複眼のホーソーン

HAWTHORNE'S MULTIPLE PERSPECTIVES

入子文子［著］

小鳥遊書房

複眼のホーソーン／目次

Centenary版書誌情報——6

第一部　〈処女作〉のめがね——『ブライズデイル・ロマンス』の複眼的想像力

第一章　夢と崩壊の逆説——『ブライズデイル・ロマンス』論——11

第二章　語り手カヴァデイルの語りをめぐって——35

第二部　図像と言葉——ジャンルを貫く想像力

第三章　“Tombstone”を特定する——『緋文字』覚え書き——59

第四章　高貴なる針仕事——ヘスター・プリンの系譜——75

第五章　小さな赤い手——〈あざ〉の図像学——123

第六章　ホーソーンの〈みた〉二つのイングランド——蔦《アイヴィー》をめぐる瞑想——145

第三部　追憶のなかの戦争――大西洋を貫く想像力

第七章　「ある鐘の伝記」を読む――ホーソーンにおける歴史と詩学の交錯　167
第八章　ホーソーンの〈ジョージ・ワシントン〉――歴史と詩的想像力の交錯　199
第九章　ホーソーンと追憶のなかのウルフ――『英国ノート』を通して　225

初出一覧　256
解説　幸いなひと（橋本安央）　259
あとがき（中村善雄）　269
出版元からの付記　274
索引　282

Centenary 版書誌情報

※本書で使用しているナサニエル・ホーソーンのテクストは、以下に示す Centenary 版全集によります。
本文中のかっこ内の数字は、それぞれの巻数およびページ数を示します。

Hawthorne, Nathaniel. *The Scarlet Letter.* 1850. Ed. William Charvat, et al. Vol. 1 of *The Centenary Edition of the Works of Nathaniel Hawthorne*. Columbus: Ohio State UP, 1962.

---. *The House of the Seven Gables*. 1851. Ed. William Charvat, et al. Vol. 2 of *The Centenary Edition of the Works of Nathaniel Hawthorne*. Columbus: Ohio State UP, 1965.

---. *The Blithedale Romance and Fanshawe*. 1852, 1828. Ed. William Charvat, et al. Vol. 3 of *The Centenary Edition of the Works of Nathaniel Hawthorne*. Columbus: Ohio State UP, 1964.

---. *The Marble Faun, or, The Romance of Monte Beni*. 1860. Ed. William Charvat, et al. Vol. 4 of *The Centenary Edition of the Works of Nathaniel Hawthorne*. Columbus: Ohio State UP, 1968.

---. *Our Old Home: A Series of English Sketches*. Ed. William Charvat, et al. Vol. 5 of *The Centenary Edition of the Works of Nathaniel Hawthorne*. Columbus: Ohio State UP, 1970.

---. *True Stories from History and Biography*. Ed. William Charvat, et al. Vol. 6 of *The Centenary Edition of the Works of Nathaniel Hawthorne*. Columbus: Ohio State UP, 1972.

---. *The American Notebooks*. Ed. William Charvat, et al. Vol. 8 of *The Centenary Edition of the Works of Nathaniel Hawthorne.* Columbus: Ohio State UP, 1972.

---. *Twice-Told Tales*. Ed. William Charvat, et al. Vol. 9 of *The Centenary Edition of the Works of Nathaniel Hawthorne*. Columbus: Ohio State UP, 1974.

---. *Mosses from an Old Manse*. Ed. William Charvat, et al. Vol. 10 of *The Centenary Edition of the Works of Nathaniel Hawthorne.* Columbus: Ohio State UP, 1974.

---. *The Snow-Image and Uncollected Tales*. Ed. William Charvat, et al. Vol. 11 of *The Centenary Edition of the Works of Nathaniel Hawthorne*. Columbus: Ohio State UP, 1974.

---. *The American Claimant Manuscripts*. Ed. William Charvat, et al. Vol. 12 of *The Centenary Edition of the Works of Nathaniel Hawthorne*. Columbus: Ohio State UP, 1977.

---. *The Elixir of Life Manuscripts*. Ed. William Charvat, et al. Vol. 13 of *The Centenary Edition of the Works of Nathaniel Hawthorne*. Columbus: Ohio State UP, 1977.

---. *French and Italian Notebooks*. Ed. William Charvat, et al. Vol. 14 of *The Centenary Edition of the Works of Nathaniel Hawthorne*. Columbus: Ohio State UP, 1980.

---. *The Letters, 1843-1853*. Ed. William Charvat, et al. Vol. 16 of *The Centenary Edition of the Works of Nathaniel Hawthorne*. Columbus: Ohio State UP, 1985.

---. *The English Notebooks, 1853-1856*. Ed. William Charvat, et al. Vol. 21 of *The Centenary Edition of the Works of Nathaniel Hawthorne*. Columbus: Ohio State UP, 1997.

---. *The English Notebooks, 1856-1860*. Ed. William Charvat, et al. Vol. 22 of *The Centenary Edition of the Works of Nathaniel Hawthorne*. Columbus: Ohio State UP, 1974.

---. *Miscellaneous Prose and Verse*. Ed. William Charvat, et al. Vol. 23 of *The Centenary Edition of the Works of Nathaniel Hawthorne*. Columbus: Ohio State UP, 1994.

一・引用文献の頁数はかっこ内に示し、日本語文献の場合は漢数字、英語文献の場合はアラビア数字としています。

一・註は各章ごとの通し番号で付してあります。

一・各章の参考・引用文献は各章末にそれぞれまとめてあります。

第一部　〈処女作〉のめがね――『ブライズデイル・ロマンス』の複眼的想像力

第一章　夢と崩壊の逆説――『ブライズデイル・ロマンス』論

はじめに

『ブライズデイル・ロマンス』（*The Blithedale Romance* 1852）はナサニエル・ホーソーン（Nathaniel Hawthorne 1804-1864）の四大ロマンスのなかで、最も人気のない作品である。ハイアット・H・ワゴナー（Hyatt H. Waggoner）はこの作品を美しい描写に富む「詩」と表現しつつも、「氷のように冷たい調子《トーン》」に、ある種の嫌悪感を表明する（Waggoner 188-208）。

ロバート・C・エリオット（Robert C. Elliott）は「寓意をほのめかす題材」が「今日の読者」はおろか「一九世紀の読者」の興味をもひくものではない、「今ある作品よりも、むしろあったかもしれない作品」を読みたいと述べる（Elliott 82-83）。結局、現在のところ「ホーソーンの長編の中で最も賞讃されない」（Crews 194）、「欠陥の明らかな」（Waggoner 208）作品だというのが、ほぼ定説となっている。

一方、ホーソーンと親しく、かつその作品の深遠な要素を直観的に読みとる能力を備えた友人たちは、この作品を讃えている。ウィリアム・B・パイク（William B. Pike）は、これをホーソーンのどの作品よりも素晴らしいと述べる[1]。また、ホーソーンがこの作品の原稿を送り、助言と批評を仰いだE・P・ウィップル（E. P. Whipple）も（Pearce xviii-xix）、「技法においてホーソーンのどの作品よりも優れ、芸術作品としてこの国［アメリカ］が生んだどの作品にもまさっている」（Cohen 78）と評価する。対立する意見を持った、これら批評家たちの存在は何を意味するのであろうか。

問題は、このロマンスに何を求めるかにある。歴史物語を期待したり、劇的要素のみを求めたりすれば、失望するであろう。このロマンスを独特なものにしているのは、そのようなものではなく、不思議な雰囲気である。ヨーロッパの伝統的な牧歌や哀歌、たとえばエドモンド・スペンサー（Edmund Spenser）の『羊飼の暦』（*The Shepheardes Calender* 1579）に見られるような、ヴェールがかった「魅惑的な雰囲気」（2）[2]である。

このような要素を読み取るには詩的想像力が必要とされる。このロマンスに人気がないとすれば、原因は作者の側にというより、特殊な雰囲気に託した作者の意図を捉えようとしない読者の側にあるのではないか。本章の目的は、この作品の独特な雰囲気を、テーマとの関係において論ずることにある。

一

『ブライズデイル・ロマンス』は、霧とヴェールの表象に満ちたヴェールの世界である。ブライズデイルはボストンに近いが場所の正確な位置は示されず、「町の時計のあちら側」（11）にあって、日常の時間から隔てられている。一連のできごとは、一二年の年月という「冷たくほの暗い」（133）ヴェールを通して語られる。さらに現在形と過去形がまざりあうために、一層曖昧な雰囲気を増す。表面的な話の筋は明確である。理想主義者たちが地上の楽園の建設を目指してブライズデイルで共同生活を営むが、それぞれが自分の目的の奴隷と化し、楽園となるべき場所も共同体もメンバーも荒廃して終わるという、夢と崩壊の物語である。しかし細部にわたって思い起こそうとすると、読者は混乱する。中心的な登場人物ゼノビア（Zenobia）の状況すら正確には把握できず、語り手カヴァデイル（Coverdale）と共に迷路の中に残される。

いったい私は、何について論じてきたのだろう。すべては何ヵ月もの間、私の心と想像力を、ただいたずらに掻き立ててきただけだ。ゼノビアという人間の経歴すべて、ウェスタヴェルト（Westervelt）との謎めいた関係、後半での、ホリングスワス（Hollingsworth）に対する彼女の目的と、逆に彼女に対する彼の意図、そしてプリシラ（Priscilla）に対する企みをどの程度知っていたか、またその企みの真の目的など、これらの点については、以前と同じく、推測の域を出てはいなかった。(215-16)

しかも主要人物はフォスター（Foster）に至るまでヴェールをかぶる。[3] 種々のヴェールが重なって、全体の雰囲気を醸し出す。

さらに曖昧な印象を与えるのは、あれかこれか式ではなく、あれもこれも式の思考様式をとる、一人称の語り手の語り口である。

カヴァデイルにとって、世界は善悪のパラドックスである。ブライズデイル共同体は「自分たちのためだけでなく、人類全体のための、地上での幸福の実現」を目ざし「努力」と「祈り」(19) を惜しまないという、「より希有で、より高貴な」(20) 精神の体現である。しかし「高慢」(19) を排し、「同胞愛」(12) を掲げたはずのこの共同体の人々は、高貴な精神の自覚ゆえに、自らを「我々、卓越した者たち」(24) と呼ぶ自己矛盾を犯す。しかも「優劣を競う」(20) ため、「近郊農夫の妬みや悪意」(65) を受け、「新たな同胞であるより、新たな敵」(20) とならざるを得ない。高貴さは外部に対してばかりか内部にも分裂を招く。共同体にやって来る人たちは、それぞれが「よりよき時代」の到来を信じ、「古い組織」(63) に代るべきものを求めていたが、「何をもって換えるかについては、意見が一致しにくかった」(63)。ばらばらの理想の受皿としての共同体は、自己中心の可能性を内在させているわけで、遂には「フーリエリズム（Fourierism）に陥り」、「実験本来の気高い精神を、このような形で裏切ったために、当然ながら死に絶えた」(246)。高貴のゆえの逆説的な崩壊である。

同じ図式は主要人物たちにおいても繰り返される。ホリングスワスは、本来高貴な本性の持主である。共同体での一日を、それにふさわしい祈りで始める敬虔さや、「神御自身の愛の投影」(43)と思われる優しさを持つ。「大部分の人間は、病や弱さや何らかの災難を身に負う人たちに対して、本質的には心を向けない」(41)ばかりか、彼らを「追い払う」(42)といった獣性を持っている。そのため「混みあった、自己中心的な世間で、［病める者は］躓き、挫ける」(41)。しかし、ホリングスワスは病床のカヴァデイルに対してのみならず、病める者、虐げられた者に対して優しい。犯罪者のための改革計画も、本来は動物と一線を画す、その高貴な優しさから出てきたものだった。

しかし、この高貴さが逆説的に崩壊をもたらす。ブライズデイルにやって来たとき、ホリングスワスはすでに、その高貴な本性のゆえに孤立し、犯罪者のための改革という理念に、「揺るがぬ安定性」(43)を見て、しがみついている。高貴な計画の「奴隷」となったのである。自分の計画の遂行のために共同体を利用しようとする結果、ブライズデイルの「より純粋で、より高い計画に、致命的な、それも裏切りの一撃」を与え、「完全な奴隷になれない」カヴァデイルを「無情にも投げ捨て」、ゼノビアを「自分の計画に役立つ間だけ計画に連れ込み」、あげくに「壊れた道具のように」捨て去る。他人の魂の神聖さを汚したのである。「利己心の化身」としてのその行為は、逆に自らの魂をも荒廃させる。利己心が、心の「最奥にある意識を窒息させる」(218)からである。ゼノビアの自殺後、瞬時の安らぎもなく、計画も失敗に帰し、死の影の谷を歩んでいる。高貴な本性がもたらした崩壊である。

同じ類の崩壊はゼノビアをも襲う。彼女は、豊かな生命の源としての「みごとな女性性の典型」(15)である。生命の象徴であるその手は「柔らかく温か」(14)で、普通の女性が「望んでも得られない」(15)ほど大きい。だが、手入れされない「土地の豊かさ」の場、そこに「雑櫜が繁茂」し、「恵みの薬草を窒息させる」(189)。同様にゼノビアの「温かく寛大な本性」も、そのあふれるばかりの生命力のゆえにそれだけ一層、「激情、自己中心、傲慢」(189)という雑草を「繁茂」(15)させる結果となった。「母親の配慮」という「適切な抑制」も「社会からの厳しい批判も受けない」ままに、「性格は、なるに任せられていた」(189-90)からである。

ゼノビアの目的は、本物の心であった。ウェスタヴェルトとの惨めな結婚生活がそうさせたのである。ウェスタヴェルトの魂の中には「動物的感覚以外には情熱はなく、神聖な優しさも、そこから生れる繊細さもない」(103)。人間の魂にあるべき大切な要素を欠いて、「自然」から「不完全なまま」送り出された、人間の形をした、人間でない人間である。豊かで深い心を持っている人ほど、それに「呼応する部分のない」状況に深く傷つく。「彼女の心の奥底からの叫び」が「深ければ深いほど、彼の沈黙も深くなる」(103)という惨めさを経験しただけに、彼女は本物の人間の心を渇望したのであった。

ホリングスワスは、彼女を「深く感動」(21)させる、深く「大きな」「本物の強い力を持つ心」の持主であった。その「我慢ならない」「博愛主義」と、「罪人の更生という汚く醜い、ほとんど成功の見込みもない目的」(21)にもかかわらず、彼女が彼のために財産を含めてすべてを献げるのは、彼の心が、彼女の心に呼応する部分を持つ、望んでいた種類の、深い心であったからだ。

渇望していたものに出会ったゼノビアは、それを手に入れること以外は考えなくなる。目的の奴隷と化したのである。ゼノビアを愛し、かつ「害を働く力も意志もない」プリシラを悪の手中に引き渡そうとした理由を、彼女は次のように説明する。

それにしても私には、あなたに害を与えようという気はなかったの。あなたはただ、私と、私が望んでいる目的との間に立っていた。私は、何にも阻まれない道が欲しかったの。望むものが何であっても同じだったわ。(220)

たとえ積極的に害するつもりはなかったとしても、目的達成のために邪魔なものは何であれ捨て去るというのであるとすれば、ホリングスワスに対するゼノビアの非難の言葉は、そっくりそのまま彼女自身にもあてはまろう。すなわち「利己心の化身」としての行為は、他人の魂の神聖を踏みにじるだけでなく、自分の心の「最奥にある」神聖な部分を「窒息させる」(218)。

プリシラへの仕打ちのために財産を失い、その結果、唯一の目的であったホリングスワスをも失い、しかもウェスタヴェルトからは逃げられないという絶望的な状況にゼノビアは追い込まれた。彼女は運命を恨み、ホリングスワスを恨み、神を呪って自殺する。「温かく豊かな」生命力と、「高貴な」(183) 母親ゆずりの「高貴な本性」(79) という、本来、優れた人間としての素質を持つがゆえの破滅である。

カヴァデイルは他人の中にのみならず自分の中にも善悪の逆転を見る。彼は、人に真実を伝える使者――すなわち天使――の御業に匹敵する「詩人」(7) になるという高い理想を抱いてブライズデイルにやって来る。「本当に詩と呼べるものだけを書きたいと思っています。――本物の、力強く自然を歌った甘美な詩、丁度これから始まる私たちの生活のような詩を」(14) とゼノビアに語る通りである。

しかし、「できごとに本来備わる合目的性を発見」したり、「全体の意味を描写抽出」(97) したりする詩人の役目を果すには、優れた観察が必要である。しかも観察にこだわると問題が生じる。観察は「好奇心」(47) に転じやすく、またそう解されやすい。ゼノビアはそれを指摘し、カヴァデイルの眼差しを締め出す。愛と親交を求めるにもかかわらず、彼は人々の輪に入れない。他人の内なる領域を見通そうとすればするほど、孤立化は進む。孤立化が進むと、唯一の慰めである観察にますますしがみつき、観察の奴隷となる。

観察はさらなる問題を生む。観察の奴隷カヴァデイルは、「顕微鏡」(69) 的、分析的「観察様式」(71) をとる。この様式は、ある人の奇形的一部分を他の部分から切り離して拡大するために、その人物を怪物として映し出す。「実際の人物の中のあらゆる姿の奇形を指摘しても――結局のところ、その怪物の様相は、主として我々自身によって創り出されたといえるかも知れない」(69)。「すべてを喰い尽す自己中心主義」(71) としてホリングスワスを分析断罪したあとで、カヴァデイルは次のように呟く。

今まで述べてきたことが、表現を適切にするための誇張であることは十分承知している。……しかし、あのくだりはやはり真実とも誇張ともいえる。ホリングスワスの中で実際に作用していた傾向を強烈に描いたものであるとともに、また、私の観察様式が陥りがちな類のあやまちを例証してもいるからだ。(71)

自分で創出した怪物は毒素を出し自らの心をも病ませて損う。「個々の人々を専ら研究することは、健康的な心の活動ではないと思う。探求される相手が自分自身である時には、心の病んだ活動に終わることがはっきりしている」(69)。

本来は気高い理想追究のための手段である観察が人を虜にすると、意志で抑えることのできない衝動として、それ自身の力で動き出す。「他のことを考えようと努力するにもかかわらず」(154) 観察へと駆り立てられる。「獲物を追い」、「人の心の暗い部分をまさぐる」(214) ことを余儀なくされると心は病みを深め、荒廃し、生命を失ってゆく。

「一〇年前」の若きカヴァデイルはグリスウォルド (Griswold) に認められた優れた「"minor" 詩人」(246) であった。「"minor" 詩人」とか「"small" 詩人」(181) と自己紹介する語り手本人の謙遜や自嘲はさておき、我々は若きカヴァデイルを「二流詩人」と解してはならない。そもそも「"minor" 詩人」とは、T・S・エリオット (T. S. Eliot) も言うように、「二流詩人」ではない。彼が目的とする「本物の、力強く自然を歌った甘美な詩」(14) は、叙事詩という長大な ("major" な) 詩のジャンルとは異なる "minor" な詩のジャンルに入るだけのことであり、劣った詩というわけではない。優れた詩人としての才能に恵まれているにもかかわらず、一二年の歳月を経て頭に白いものが混じり、中年を迎えたカヴァデイルは、詩作をやめてすでに久しい。理想は潰え去り、人生は「怠惰な道」(247)、生は「空虚」(246) なものとなった。彼の内的世界は荒れ果てている。

ブライズデイル共同体という舞台の大きな枠組みと、その中の登場人物たるホリングスワス、ゼノビア、カヴァデイルは入れ子細工をなしている。「元来の目的が、より高く、より純粋で、より没我的に始められていればいるほど」(71)、一層荒廃は激しい。夢が高貴であればあるほど、人格が気高くあればあるほど、崩壊は著しい。善が逆説的に悪を生み、「天国への入り口そのものが、地獄への脇道に連なる」(213) のである。

二

善が悪へと逆転する、陰鬱な、渾沌とした世界を描けば、その雰囲気が曖昧で冷たく暗くなるのも不思議はあるまい。しかし世界の雰囲気は、世界そのものの性質から来るだけではなく、それを眺めている観察者の目にも原因を負う。ホーソーンは一人称の語り手を用いた上で観察者の視点に言及し、この問題に読者の注意を促す。カヴァデイルは種々の観察位置をとる。部屋の中で至近距離から詳細に観察するかと思えば、松の木の自然の「狭間」(99)から遥か遠くを眺める。あるいは木の上から木の下を、宿舎の裏手から中を、そこそこの距離をとって眺めたりする。さらに他人の視点をもとる。ムーディ(Moodie)の目を通せば、「煤で黒くしたガラスを通して太陽を見ているかのように」、世界には「全く生命がなかった」(84)。ウェスタヴェルトの「懐疑的で嘲笑的な」「目を通して見る」と「笑い飛ばさざるをえない」ほど、「すべてが愚かしく」見える。「改革の計画など……馬鹿げたものにしか見えず」、ホリングスワス、ゼノビア、プリシラの「各人の本質的な美点が消え」、「高貴なものは卑しめられ、純粋なものは汚され、美しいものは歪められる」(101)。一方共同体でのプリシラの目を通すと、世界は「永遠の夏」(75)である。かと思うとカヴァデイルは自分の観察様式にこだわって、「自身の目を通して物事を眺め」(135)たり、「詩的な光」の中で、「想像力のオペラグラス」(170)を通して眺めたりする。

心の状態――応々にして身体の状態によって左右されるのだが――によっても見え方は変化する。希望に燃えれば厳しい雪さえ「心地よい」(11)。病んで「病的に敏感」(44)なときの熱っぽい想像力を通せば、ゼノビアの特性は、「穏やかで平静な目で見る時より、一層豪華で素晴らしく」(45)見える。惨めな病床での「熱による霞」を通してみると、「美しい詩」を作り、共同体での「役割を果す」という、本来なら素晴らしいと思われることが、「単なる空虚な仕事」(43)に見えてきたりする。回復し、現実へと再生した感激の中では、世界は生命にあふれ、目に映る男性は

「強く堂々と」、女性は「美しく」、自然は「厳しいが、しかし優しい母親」(62)に見える。

この作品の、さまざまに変化する視点のゆえに、ある批評家はカヴァデイルを、信用できない語り手と判断する(Chase 85-86)。しかし、語り手の報告が事実か夢か、あるいは見たものが真実か虚かを決定しようとの試みは、ホーソーンにおいては無駄である。「若いグッドマン・ブラウン」("Young Goodman Brown" 1835)における現実と夢についてのホーソーンの扱いを思い浮かべてみよう。森の中でのブラウンの経験についてホーソーンは、「グッドマン・ブラウンは森の中で眠りにおち、魔女の集会の夢を見たにすぎないのだろうか」と読者の疑問を代弁した上で、「読者がそう思いたいのなら、そういうことにしておこう」(10: 89)と、曖昧なままにしておく。現実であれ夢であれ、心の中は、どういう視点をとった結果であれ、内的世界での経験という意味では、すべて真実である。

観察者の目による見え方の相違という問題は、語りの構造へと目を向けさせる。このロマンスは、参加者カヴァデイルの一二年前の経験を、語り手カヴァデイルが語るという二重構造を持つ。とすれば、参加者カヴァデイルの目を通してみたものと、語り手カヴァデイルが現在の心の目を通してみたものとが、二重写しになって、物語の雰囲気を決めているといえよう。

ホーソーンは語り手の声の調子が物語の雰囲気を決定すると考えていた。『ブライズデイル・ロマンス』の前年に書かれた『七破風の館』(*The House of the Seven Gables* 1851)では、フィービ(Phoebe)とヘプジバ(Hepzibah)という対照的な声の持主が登場する。「美しい音楽的響きのある陽気な調子」の声の持主フィービが歌えば、「憂鬱な調べ」(2: 138)や「悲しいテーマ」を持つ曲が、「彼女が歌っている間に悲しいことをやめる」(2: 138)。一方、ヘプジバが音読すれば、「幸福の谷間」("the Happy Valley")の物語にも「雲がかかる」。声の調子が言葉の内容に及ぼす影響について次のように続く。

男であれ女であれ、喜びや悲しみの一語一語にまといつき、終生離れぬこの烏《からす》のような啼き声は、しばしば宿痾となった憂鬱症のしるしの一つである。これが起こる場合は、常に、どんなわずかな癖のある語調にも、不幸な一生の経歴が残らず伝えられる。その印象はじつに、あたかも声がまっ黒に染められてしまったかのようである。あるいは……このみじめな嗄れ声は、あらゆる音声の変化を貫いて、まるで言葉の水晶の数珠玉を連ねる一本の黒い絹紐のようなもので、そのために全部の真珠が黒く見えるのに似ている。(2: 135)

私たちはたしかに『ブライズデイル・ロマンス』に「氷のように冷たい調子」を感じる。しかし、このペシミスティックな雰囲気が、死の影の中に生きているホーソーン自身のペシミズムから来ているのだ (Eliot 65)、と結論するのは早急に過ぎる。第一に、この作品を執筆中のホーソーンは、幸せな結婚生活にひたっていた (Stewart 191-47)。第二に、プルフロック (Prufrock) がエリオットでなく、コリン (Colin) がスペンサーでないのと同様に、カヴァデイルは「ホーソーンではなく」(Matthiessen 229)、『雪人形』(*The Snow-Image* 1850) の語り手がみずからについて述べるように、「創作上の人物」(11: 4) である。陰鬱な雰囲気はホーソーンの声からでなく、カヴァデイルの声から来る。カヴァデイルの「挫折がこの書を色づけている」(Fogle 182) のである。

語り始めるときの語り手の心は陰鬱である。語り手の心に最初に浮かぶ情景である第一章は、語り始めるときの心の調子《トーン》を暗示する。昼でも夜でもなく、白でも黒でもない灰色の曖昧な時刻に、人生の夕暮にある「初老の男」が、町の「薄暗い場所」に現れる。ここに映し出されているのは、ムーディの色調に傾いた、はざまの世界である。従って語り始める語り手の心の状態もまた、かつてのムーディの心の調子《トーン》へと近づきつつある、はざまの状態といえる。「老人の目を通して世界を見てみよう」とした若いときのことを、現在と関連づけながら伝える一節に注目しよう。

こういったものすべてを、私はムーディ老人の目を通すようにして見たのだった。今ようやく霞み始めた私のこの目が、やがてもっと霞んでいくだろう。そのとき私は、もう一度あそこへ行って、もしかして自分はあの老人

　の心の調子《トーン》を正しく掴まえていたのかどうか、もしかして彼の感覚の、生命なき色調が、私の感覚の中にも再び反映するものかどうか見てみようと思う。（84）

ムーディほど死へと近づいた調子《トーン》ではないとしても、現在の語り手の目に映る世界は死の雰囲気を漂わせる、生と死のはざまの世界である。彼の心もまた生と死のはざまにあるのである。

三

　カヴァデイルは、死という「固定観念」（38）にとりつかれている。従来の批評家たちを悩ませ嫌悪感を抱かせてきた、否定すべくもなく全体を覆う冷たい雰囲気はそこから来る。彼は死にたいと同時に死にたくない。この自己撞着的感情は、かつて生死の境を彷徨った、あの「ひどい病気にまつわる多くの貴重な思い出」（41）の場面に暗示されている。「死んでもよいと決心したあのとき死ななかったことは、今も大いに悔やまれる」が、たとえ「死の床」にホリングスワスが来てくれても、今では「そのために安心して死の旅に赴けるというわけでもない」（42）。

　それでは、「決して死にたいとは思わない」（246 傍点筆者）という、死に対する強い否定の表現はどう解釈すればよいのか。原稿のなかのこの件《くだり》は、「必ずしも（do not exact）」であったものが、出版に際して「決して（by no means）」と書き直されている（294）。否定形が強調されたのである。否定の用法を効果的にするホーソーンは、この作品で、ウィリアム・エムプソン（William Empson）の第七型に対応する（Empson 237-40）、肯定と否定を両方含む複雑な否定形を多用する。ホリングスワスへのカヴァデイルの「いいえ！」（135）のなかには肯定の気持がある。「［ホリングスワスに］伝えて欲しい言葉なんて何もないわ」（226）という、ゼノビアの否定表現の背後には強い肯定の気持があふれている。というのは「激しい思いに駆られた」彼女が、「彼が私を殺したのだと伝えてちょうだい！　そして彼につきまとうわとも伝えてちょうだい！」（226）と叫ぶのは、言いたいことが大いにあったとの証明であるからだ。さらに最終章で、「結局私について語るだけの何があるのだ。何も、何も、何もない！」（245）と述べる語り手の言葉には、何かの理由で否定はするが、三度も否定を重ねて阻止せねばならないほどの何かがある。続く件《くだり》で語り手が自分について話し続け、最後に躊躇しながらも、彼にとっては大切な告白までするのを見ると、三度の否定の言葉は強い肯定を潜ませていたと思わざるをえない。とすれば、「決して死にたいとは思わない」という否定の強調は、「死にたい」という肯定の気持をも表す技法と考えてよかろう。

では、なぜ、死を望みながら、死を望まないのであろうか。それは語り手が、自分では変えることのできない永遠の裁きに連なる死を、恐れているからである。ゼノビアの死体の描写の場面では、実際の経験に基づく『アメリカン・ノートブックス』（*The American Notebooks* 1864）の記録が使用されているのだが、『ノートブックス』の「ランタン」と「星の光」は、「月光」へと変更されている（8: 261-67）。このロマンスでは、「月光」は「死の苦悶にある人を彫刻した大理石像」と共に用いられ、「生命なき複製」たる世界の、冷たい死の雰囲気を醸し出す。月光への変更によって、冷たく恐ろしい雰囲気が増し、ゼノビアの死体の異様さによるカヴァデイルの恐怖の印象が強調される。この光景の恐怖を、語り手は「一二年以上の長い年月にわたって記憶のなかに抱き続けてきた」ので「今でもまるで眼前に存在するかのようにいきいきと再現することができる」（235）ほどである。

ゼノビアの硬直した死体の、恐ろしい「不可変性（inflexibility）」（235）が、きわめて印象的であったために、語り手は永遠の裁きへと思いを馳せずにはいられない。「彼女の腕！　二本とも前に差し出し、まるで神意に対して永遠に終らぬ敵意を抱いて戦っているかのようだ。その手！　それは和らげられることのない挑戦の形をなして握りしめられている」（235）し、「死体の腕は脇に行儀よく整えることができない」（236）で、どうしても元の形にもどってしまうほど、硬直している。このあたりの描写に、「硬直」、「恐ろしい硬直」、「恐ろしい不可変性」という表現が反復されるのは、手や腕の「不可変性」が「最後の審判の日」にゼノビアに下る、神の永遠の罰を連想させるからである。

私には……まるでゼノビアの身体が棺の中でも同じ姿勢を保ち続けねばならず、骸骨も墓の中でその姿勢をとり続けて、やがて「最後の審判の日」に、彼女が起き上がるときにも、今と同じ姿勢であるかのように思われた。(235)

プリシラの魂の神聖さを冒瀆し、和解も償いも伴わぬ自殺によって、自身の魂の神聖さをも冒瀆したかのごときゼノビアの〈許されざる罪〉が、この情景に象徴されていると語り手には思われる。

ゼノビアと同じ〈許されざる罪〉を、語り手はホリングスワスと自らの中にも見ている。語り手は、「ゼノビアの状況と自分自身の状況との間の……類似関係」(222)に言及したり、「あなたの罪の中で最もひどく最も黒いのは、自身の最奥の意識を窒息させてしまったことだわ。あなたは自分の心に対して致命的な悪を働いたのよ」(218)という、ホリングスワスに対するゼノビアの言葉を、彼女と語り手自身に重ねたりする。語り手は若い頃の自分が観察にとりつかれ、他人の内部という神聖な領域を「覗き込んで」研究し、他人の魂の神聖さを冒瀆したと思う。そればかりか自己をも観察の対象とすることで「心の病的な働き」(69)をうみ出し、「非人間化」(154)し、自分の魂の神聖さをも冒瀆したとみる。このような〈許されざる罪〉(と語り手が考えている)をかかえたままで死ねば、ゼノビア同様、「変わる可能性のない」、神の永遠の裁きを受けるだろうと恐れている。

死を望むにしろ望まないにしろ、語り手が語りつつある今、死という固定観念にとりつかれていることは否めない。生死の境を彷徨い、死を思った、若き日のあの重い風邪のときと同様、「頭は一つの固定観念にとりつかれ、それでいて無数の観念が行き交い飛び交って、たえず変化しながら、またどうしようもなく、一つのことに結びついているといった」「半覚醒状態の時の夢想」(38)を、今もまた経験している。「詩作をやめ」、「何の目的もなく」、心を注ぐべき妻子も持たず、「人生はすっかり空虚になってしまった」(246)中年の語り手は、生の意味を見失い、生きながらの死という、生の危機を迎えている。死の雰囲気が物語を覆うゆえんである。

四

この作品から最終的に「最も鮮やかに出てくるのは死」（Waggoner 206）であって、「それは決してホーソーンが表現しようと意図したものではない」（Waggoner 207）というワゴナーの指摘は、半分正しく、半分誤りと思われる。この作品に死の雰囲気が充ちているのはこれまでみてきたように確かである。死の雰囲気を与えることは、ホーソーンが意図しなかったことではなく、十分に意図したことであった。しかしこの作品の最終的な印象は死ではないからである。

死の雰囲気を生み出す、死への固定観念は、逆説的に生命への渇望を含む。語り手は幸せの源である新たな命を望み、そのために罪の償いのできる死を望んでいる。だからこそ「人間の生の闘いという渾沌のただ中で、正気の人間の死に値する義があるならば……この命を差し出す勇気がある」（246）のだ。

語り手の最後の告白は、作家によって設定された、このような状況の中で解釈されなければならない。この告白は、これまで無視されるか、馬鹿げているとばかり一笑に付されるかであった。たとえばマリウス・ビューリー（Marius Bewley）はこの告白を「愚の骨頂」（Bewley 158）と評する。だがこの解釈は、『緋文字』のディムズデイル（Dimmesdale）の告白を愚の骨頂と評するにも似て、作品をロマンスではなくリアリズムの光の中で読むに等しい。ホーソーンの文脈においては、いかに馬鹿げて見えようとも告白はヴェールを着けた人物に関する限り意味がある。

カヴァデイルは常にヴェールを着けてきた。名前の示す通り、人格的にも習慣的にもヴェールを被り、「覆い隠し」、「隠れ退き」、「人の目を避ける」（Waggoner 190）と語るときも何かを隠す。ゼノビアの「本名」や「秘密」、「語り手との間にある類似」（222）の具体的な説明も避ける。恥ゆえに、プリシラへの愛も隠してきた。文学の伝統的手法に見られる、語りのヴェールも着ける。[4]「私のことについては、特に自分だけを選んでテーマにすることはせず、わずかにぼんやりとしか描写してこなかった。私のさえない色合いの人生は、他人の人生から色を借りてくるに任せていた」（245）と述べるごとく、自分の問題を他人に投影して語っている。

自らの真実を隠して他人との間にヴェールをはさむと、世界は実体を失い、偽りと見える。ヴェールは人との絆を断ち切る。絆を断つ人にとって、世界が幻のように見えることは、仲間との絆を断ったカヴァデイルにとって「すべてが夢うつつの中のできごとのように思え」、「現実世界の中の堅固な実体がすっかり奪われた」（146）かのように感じられることからわかるであろう。

外界が実体を失って見えることは、魂が実体を失っていることを示す。外界が偽りに見えることは魂が真に生きていないことを示す。『緋文字』の語り手が、「不実な人間にとって全宇宙は偽りである。……それを掴んだと思う途端に無に帰する。彼自身も偽りの光の中で、影と見えるか、あるいは存在することをやめる」（1: 145-46）と説明する通りである。世界がヴェールがかかって見えることは、魂がヴェールを着けていて、真の生命を持っていないことを意味する。

秘密の告白という行為は、このようなヴェールを脱ぐことである。いかに短くとも、いかに馬鹿げて見えようとも、秘密の告白は意味を持つ。「真実であれ、真実であれ、真実であれ！　たとえ最悪の部分ではなくとも、それによって最悪の部分が暗示されるような、ある特徴を、自由に世の中にあらわせ」（1: 260）という一節を思い出すとき、プリシラを愛していたという今の語り手の最後の告白は、人を悪へと駆り立てる嫉妬と苦い感情の告白でもあることが認められよう。この告白が「直接的に、はっきりと事物に光をあてているようには思えない」（Dryden 102）との意見もある。しかし我々には、嫉妬がカヴァデイルを観察へと駆り立てたとの解釈は納得できるので、この告白は語り手自身の言葉通り「一条の光」、「重要なかなめ」（247）を与えたと解釈できよう。

この告白の内容は嘘ではあるまい。長年のヴェールを脱ぐには「機が熟し」（134）、告白の強い衝動が「喉もとに湧きおこる」(247)ことが必要である。告白が意図的な嘘であるなら、意志を超えた衝動として「湧きおこる」ことはあるまい。言いよどみは、エレン・E・モーガン(Ellen E. Morgan)の主張するような、意図した嘘のためではなく、(5)恥の気質のためと考えてよかろう。

ところで最初の原稿では、告白を含む、「マイルズ・カヴァデイルの告白」("Miles Coverdale's Confession")という最終章は存在しなかった。この部分は、助言と批評を仰ぐために原稿の写しがウィップルに送られたときには存在せず、ウィップルからの返却後、最終的に印刷にまわす直前に付け加えられたらしい(Bowers lii-liii)。

だが最終部分を新しく付けたことをもって、この作品の失敗の証拠と断定するのは早計にすぎよう。ウィップルは恐らく原稿を読んで、「ゼノビアの墓のそばでの回想とは異なる最終部分が必要だと助言したのであろう」(Bowers 12)。しかし、そのことは、この作品の失敗を暗示するものではない。そうでなければ、ウィップルがこの作品を「技法においてホーソーンのどの作品よりも優れ、芸術作品としてこの国の生んだどの作品にもまさっている」(Cohen 78)と絶賛することはなかったはずである。優れた技法を持つ芸術作品といえるものは、一つの章を付け加えたぐらいででき上がるものではなく、個々の部分が全体と有機的な関連をもって作用しあい、全体の意味を構成するからである。従って、付加された最終章は、作品の正しい解釈のために、作者によって親切にも差し出されたヒントとして受け取られねばなるまい。ホーソーンは、ウィップルの助言のあとで突然語り手の状況を変更したのではなく、作品を執筆している間ずっと想定していた語り手の状況を、一部種明かししたにすぎない。最終的に世に出た現在の作品の最終章――特に告白の部分――によって混乱をきたすとすれば、それは作者の失敗のためではなく読者の失敗のためであろう。

「マイルズ・カヴァデイルの告白」の章が単なるヒントにすぎず、この章がなくとも全体の意味は変わらないとすれば、告白に相当する部分、すなわちヴェールを脱ぐ部分が、最初に予定していた原稿に存在するはずだ。そこで最初の原稿での最終部分――「ブライズデイルの牧草地」("Blithedale-Pasture")の章の最後の節――に注目しよう。この節は全体の筋の語りの最後の部分として、カヴァデイル自身の筋の語りの最後の告白の部分と対応するからだ。

この節の雰囲気は、それまで語りを覆ってきた雰囲気とは異なる。この変化は、語り手を駆り立ててきたものが、口にするのも恥ずかしい、嫉妬という「苦く、恨みに満ちた感情」(243)であったことを読者に告白し、「涙」によってその感情を浄化させ、プリシラの神秘的な幸福に思いをはせた直後に起こる。今、(語り手の)心の目に映る情景は、曖昧でもなく薄暗くもない。ゼノビアに対して恐ろしい永遠の〈許されざる〉罪を重ねあわせることも、「幻影」「魔女」「人工」などと不自然な美の印象を抱くこともない。生前死後いずれのゼノビアをも、自然の子として見る。人間の計らいを超えた自然の力の支配のもと、自然によって生み出され、「自然の体系」に組み込まれた、自然の一部と見なしている。彼女が生きている間、「自然は彼女を誇りにし」、「自然が創り出した最高の傑作」として「すべての人々の目を惹きつけた」。みずから生命を絶った後のゼノビアをも拒絶することなく、自然はゼノビアの「不幸をすべて、ただちに自然の体系に組み込み、ゼノビアの心［心臓］から勢い良く成長した草の茂みを見て、生前持っていた美しさに対すると同様に、よろこび」満足しているように見える。丁度神が創造の際、被造物のすべてをよしとされたように(創世記第一章)、自然がすべてをよしとしているように見える。「私たちに対する自然の愛」は「大きいと思われる」(244 傍点筆者)のだ。

すでに述べたように、世界がどのように見え、どのように思われるかは、世界を見ている人間の内的世界の状態を示すものであった。語り手にとって、語り始めからここに至るまでずっと、冷たく暗く霧がかって見えていた世界が、ここで一変して、このように透明で愛情に満ちた厳然たる世界として感じられるとすれば、今、語りを終えるに当たって、語り手の心に、ある大きな変化が起こったと考えてよかろう。それは丁度、かつてブライズデイル到着直後、病にかかって癒えたとき、若きカヴァデイルに起こった世界の変化が意味したことと同じである。今の語り手の目に映る自然は、かつて「二つの存在の間の通路」(61)、生と死のはざまを通り、死を疑似体験し、「生まれ変った」あのときに見た「自然」と同じである。「幼い息子のいたずらに鞭を与えたあと、微笑みかけてキスしたり、可愛い玩具を与えたりする、厳しさにも劣らぬ慰めを与える母親」(62) のような自然、新たな生命を得た人の目に映っていた自然と同じである。従って、生命の価値を見失い人生を空虚と感じる、生きながらの死という人生の危機にあって、生と死のはざまを彷徨ってきた語り手は、語り終えようとする今、「二つの存在の間の通路」を超えて再生したのだと結論しても、それほど無理ではあるまい。

　これを裏書きするように、語り手は、見失っていた人間の生命の価値を再発見している。自然が、他の生き物や植物を、自然の「より低い目的」として創り出しているのに対して、人間を「自覚的知的生命と感性を備えた、自然の最高の目的」(244) として創り出していることを認識するのである。ちょうど創造の神が他の被造物にも増して人間をよしとされたように(創世記一章三一節)。

　さらに、人間を他の被造物と区別し、人間としての生命の核にあって、それなくしては人間とは言えないものが「霊魂」であることも認識する。「生命なき肉体が、こんなにも少ししか価値を持たないのは、霊魂が、はかり知れない価値を持つからである」(244) という、その章の最後の言葉が伝える通りである。

　人間と世界との絆、人間と創造主との絆を認識した、このような世界の見え方は、外界との絆を断つ自己中心の偽りのヴェールを着けた人の死の雰囲気をもった世界の見え方ではない。語り手カヴァデイルは、語りの最後に至って遂にヴェールを脱いだのである。秘密の告白という章を付け加えるまでもなく、ヴェールを脱ぐことは最初の原稿において全体構想に組み込まれ、こうしてすでに用意されていた。だからこそ物語から最後に出てくるのは死の印象ではなく、世界と創造主との絆を回復した、新しい生の印象なのである。

五

カヴァデイルは幸せを求め続けてきた。若いときには物理的に存在する場所であるブライズデイルに物理的な「地上の楽園」を建設しようとした。まぶしい光の中で初めは楽園に見えたブライズデイルも、時とともに光を失い崩壊した。そこは今は楽園ではなく、「年老いた、無気力な、うらぶれた、町の乞食ともが、物臭にぶらついている」(246) 所である。カヴァデイルは夢破れた半白の中年の独身男として怠惰な空しい日を過ごしている。

だからといって、この作品を、改革に対するホーソーンの反対表明と解してはならない。白昼夢として理想が失敗に終わるものであること、理想主義者が堕落するものであることを主張するのが主目的とするなら、ことが終って一二年以上たってから語るという形式をとる必要はない。また、仮にもブルック・ファームに参加したホーソーンが、およそ改革というものをすべてが愚かだと考えるほど冷笑的人間だとも思えまい。現に、「善人の奇跡」(“A Good Man's Miracle” 1844) において、「善をなすため以外には何の意図もない」「純粋な心」を持った真の改革者、ロバート・レイクス (Mr. Robert Raikes) の成功を誉め讃えている (5: 358)。改革の夢を抱く、そのこと自体を批判するわけではないのだ。その点ではカヴァデイルはホーソーンの代弁者といえよう。

カヴァデイルは、理想や改革が馬鹿げた夢であるとか、理想主義者たちは愚かであるとかとは、思っていない。「たとえ失敗とわかっていても」、「白昼夢を追うことは」、より「知恵のあること」(10) である。なぜなら「夢は壊れた断片ですら、決して精神のがらくたではない」からである。「真実な心の人たち」(245) であるブライズデイルの人たちは、あの「素晴らしい企て」において「たしかに真実とおぼしきものをうちあてた」。語り手カヴァデイルは、生きながらの死という現状を解決する何かが、そこにはあると、祈りにも似た気持で、過去の白昼夢とその仲間たちとを、思い出のなかで追う。

白昼夢を追った体験を思い出しながら語るという行為は、白昼夢の追体験という、もう一つの白昼夢である。語り手は若いとき同様、今もなお幸せを求め続ける、夢みる人なのだ。「今の私は、それほど間違っているとも思えない希望を、ひたすら追い求め、戦っていた若いときの私と、そう変わってしまっているとは思わないで欲しい」(247) と述べる通りである。

しかし、語り手カヴァデイルは参加者カヴァデイルと同じではない。語り手は経験によって賢くなっている。もはや、住む場所のいかんによって幸せか否かが決まるとは思っていない。ブライズデイルの「田舎の夏の生活では見たこともない」ほどの幸せな「美しい自然の姿」を、熱気のこもる都会の、「むしろ当世風の宿舎」（151）の中の愛情深い家族において見たからである。また年齢の多寡によって新しい生命の獲得の可能性が決まるとも思っていない。「頭に私以上の霜雪を頂く人でさえ、世の中で名誉を得」、「私以上に心（心臓）の凍えた人でさえ、新たな温もりを得て幸せになった」（247）ことを知っているからである。

幸せが内在することを悟っている語り手はもはや、夢を現実の場所に求めようとはしない。彼はそれを内的世界に求めようとする。過去に理想追求という気高い体験を持つ人には――たとえ悲しい結果に終わっていたとしても――夢の追体験が可能である。内界に「お伽の国」を持っているからである。語り手カヴァデイルの「お伽の国」、心の内なるブライズデイルがどのようなものであるかは、若き参加者カヴァデイルが共同体離脱直後にブライズデイルに対して抱いていた不思議な感覚から説明されよう。それは「時空において遠く」、「現実世界の実体を奪われた」、生命感なき現実、虚と実のはざまの世界である。喪失感のなせる業であった。今、語りを始めた語り手の世界は、更にいっそうの喪失感にいろどられ、想像力のヴェールごしに見られた現実という、虚と実のはざまの世界である。だが、両面価値をになうはざまの世界の本質はパラドックスにある。喪失感にいろどられたブライズデイルを、想像力のヴェールを通して回想することは、「精神を喰いものにする」と同時に、何かしら魅力のある「精神のごちそう」（146）でもある。はざまの世界に遊ぶことは、外界との遮断という危険をはらむが、対象とする世界に気高い美を認め憧れる場合、物質性から解放される魂の高揚と、新しい生命獲得の契機ともなる。対象に気高い美を認め、憧れをもって崇拝する限り、魂が浄化され、微かな生命の輝きを与えられるということは、プリシラを通して示されている。ゼノビアを敬慕するプリシラは、「崇拝の念」のおかげで「魂がいっそう純粋で新鮮な趣」を帯び、内面の、「より気高く想像力豊かな世界」の「微かな輝き」（186）を表情に表していた。

語りによる、理想追求の追体験という楽しみ（recreation）は、内的世界に新しい生命の再創造（re-creation）をもたらす。消えてしまったと思っていた灰の中から不死鳥のごとく新たな希望の光が輝きでる。崩壊と悲しみという、悪とみえるもののなかから、新たな生命という善を呼び起こす、この力こそ、理想を抱くことの出来る精神構造を持つ人々の中で働いて、人を上方へと導く、霊魂の営みなのである。まことに霊魂こそ「はかり知れない価値を持っている」（244）。気高い夢は気高さのゆえに逆説的に崩壊と悲しみを生ぜしめるが、その崩壊と悲しみは再び逆説的に、より高い夢と新たな生命とを生ぜしめる。「極めて荒涼たる破壊的な思いのなかからでも、神聖で静謐で、純粋な知恵が生じ、それが気高く幸福な生命へと実現されることがあるのはたしか」（140）である。

以上見てきたように、『ブライズデイル・ロマンス』は幾重にも織り込まれた逆説の世界である。全体を覆う不思議な雰囲気はそこから醸し出される。この雰囲気を批判的にではなく受動的に味わおうとするとき、我々もまたカヴァデイルの「お伽の国」を追体験できる。我々の側のこの受容性こそ、最後の雰囲気の変化の感受に不可欠であり、またホーソーンが求めてやまなかったものでもあるのだ。

※本章は修士論文（英文、一九七九年）に修正を加え『阪南大学阪南論集　人文・科学編』第一六巻第二号（一九八一年、六五―六八頁）に英文で発表したものを縮小し、日本語に直したものである。

【註】

（1）ウィリアム・B・パイクからホーソーンへの一八五二年七月八日付け手紙。Julian Hatwhorne, *Nathaniel Hawthorne and His Wife: A Biography* (2 vols. Cambridge: James R. Osgood, 1884) 1: 443-47 に引用がある。

（2）日本語訳は西前孝氏のものを参照し随時変更を加えた。

（3）Waggoner, *Hawthorne*, 192-95; Jac Tharpe, *Nathaniel Hawthorne: Identity and Knowledge*（Carbondale and Edwardsville: Southern Illinois UP, 1967）125-56; Roy R. Male, *Hawthorne's Tragic Vision*（Texas: U of Texas P, 1957）139-56 にヴェールの人物が論じられている。ただし、フォスターについてはワゴナーとマレともに、ヴェールをかぶっていないとする。しかし、「蒸気が、ずぶぬれの衣裳からたち昇っていたので、［フォスターは］靄がかかって亡霊のように見えた」（18）とある。

（4）牧歌における仮面をつけた羊飼や、告白における仮面をつけた語り手は文学上のコンヴェンションとして存在する。後者ではたとえば Robert Burton, *The Anatomy of Melancholy* の Democritus Junior は仮面をつけた語り手である。

（5）Ellen E. Morgan, "The Veiled Lady: The Secret Love of Miles." モーガンは、カヴァデイルの秘かな愛はプリシラに対してではなく、ゼノビアに対してのものゆえ、最後の告白は嘘であると主張する。

【引用文献】

Bewley, Marius. *The Eccentric Design: Form in the Classic American Novel*. New York: Columbia UP, 1963.

Burton, Robert. *The Anatomy of Melancholy*. 1621. 3 vols. Ed. Holbrook Jackson. London: Dent, 1932.

Charvat, William. et al. Alterations in Mannuscript. *The Blithedale Romance*. Vol. 3 of *The Centenary Edition*. 29.

Chase, Richard. *The American Novel and Its Tradition*. NewYork: Gordian P, 1978.

Cohen, B. Bernard, ed. *The Recognition of Nathaniel Hawthorne: Selected Criticism since 1828*. Ann Arbor: U of Michigan P, 1969.

Crews, Frederick C. *The Sins of the Fathers: Hawthorne's Psychological Themes*. New York: Oxford UP, 1966.

Dryden, Edgar A. *Nathaniel Hawthorne: The Poetics of Enchantment*. London: Cornell UP, 1977.

Eliot, George. "Contemporary Literature of America." *The Recognition of Nathaniel Hawthorne: Selected Critiicism since 1828*. Ed. B. Bernard Cohen. Ann Arbor: U of Michigan P, 1969. 63-68.

Elliott, Robert C. *The Shape of Utopia: Studies in a Literary Genre*. Chicago: U of Chicago P, 1970.

Empson, William. *Seven Types of Ambiguity*. 1930. Harmondsworth: Penguin, 1973.

Fogle, Richard H. *Hawthorne's Fiction: The Light and the Dark*. Norman: U of Oklahoma P, 1952.

Hawthorne, Julian. *Nathaniel Hawthorne and His Wife: A Biography*. 2 vols. Cambridge: James R. Osgood, 1884.
Hawthorne, Nathaniel. “A Good Man’s Miracle.” 1844. Vol. 11 of *The Centenary Edition*. 353-58.
---. *The Snow-Image*. 1851. Vol. 11 of *The Centenary Edition*.
---. “Young Goodman Brown.” 1835. Vol. 10 of *The Centenary Edition*. 74-91.
Male, Roy R. *Hawthorne’s Tragic Vision*. Texas: U of Texas P, 1957.
Matthiessen, F. O. *American Renaissance*. New York: Oxford UP, 1941.
Morgan, Ellen E. “The Veiled Lady: The Secret Love of Miles Coverdale.” *The Nathaniel Hawthorne Journal 1971*. Ed. C. E. Fraser Clark. Jr. Washington: NCR, 1971. 169-81.
Pearce, Roy Harvey. Introduction. Vol. 3 of *The Centenary Edition of the Works of Nathaniel Hawthorne*. By Hawthorne. xvii-xxvi.
Stewart, Randall. *Nathaniel Hawthorne: A Biography*. New Haven: Yale UP, 1948.
Tharpe, Jac. *Nathaniel Hawthorne: Identity and Knowledge*. Carbondale, Edwardsville: Southern Illinois UP, 1967.
Waggoner, Hyatt H. *Hawthorne: A Critical Study*. Cambridge, Massachusetts. Harvard UP, 1955.
ホーソーン、ナサニエル『ブライズデイル・ロマンス』西前孝訳、八潮出版、一九八四年。

第二章　語り手カヴァデイルの語りをめぐって

はじめに

一人称の語り手が過去の出来事を思い出して語る、回想による語りの形式は、文学の伝統の中に古くから足跡を残している。旧約聖書の『ヨブ記』、アウグスティヌスの『告白』、ダンテの『神曲』、モンテーニュの『随想録』、バートンの『メランコリーの解剖』、フランクリンの『自伝』、メルヴィルの『白鯨』……など枚挙にいとまない。ホーソーンもまた、この形式を好んでいた。「断念された作品からの抜粋」(“Passages from a Relinguished Work” 1834)、「ある孤独な男の日記より」(“Fragmants from the Journal of a Solitary Man” 1837) そして『ブライズデイル・ロマンス』などが直ちに思い起こされる。このような回想形式の語りにはいかなる意味があるのだろうか。

この章では、ホーソーンの『ブライズデイル・ロマンス』を取り上げ、マイルズ・カヴァデイルはなぜ語るのか、を文学の伝統の中で考察する。

一

カヴァデイルはなぜ語るのか、を論ずるに当って確かめておくべきことがある。カヴァデイルがホーソーンか否かという、おなじみの問題である。ブルック・ファームでの体験がもとになっているがゆえに、カヴァデイル＝ホーソーンと解されがちである。確かに、体験をもとにホーソーンの頭の中から出てきた人物である以上、カヴァデイルはまったくホーソーンでないと言えば嘘になる。しかし、この一人称の語り手は、スペンサーのコリンや、ウェドゥル（Frances Ray Weddle）の指摘にあるT・S・エリオットのプルフロックの如く、作家の仮面を被った登場人物、すなわち虚構の人物と考えるべきであろう（Weddle 219-20）。

ホーソーンの「私」が虚構であることは、序文においてすら言えることである。たとえば『緋文字』の作家として語る「税関」（"The Custom-House"）の「私」は、なまのホーソーンではなく、ホーソーンの仮面を被った語り手である。チャーヴァット（William Charvat）によれば、ホーソーンがニューイングランドの歴史上の似たような出来事を知っていたのは事実だが、検査官ピュー（Pue）氏なる人物の手になる「ヘスター・プリン」（Hester Prynne）の生涯を要約した六枚の書きつけと、彼女が実際つけていた文字とを屋根裏で発見したというエピソードは、本当らしく見せる為の伝統的な創作上の技法であるという（Charvat, "Introduction" xxvi）。事実との相違はそれだけではない。税関での三年間の興味のあり方を、「税関」の「私」は次のように言う。

> 文学などは、その努力ならびに目的ともども、今や私の目からすれば、ほとんど重要なものではなかった。この時期においては、私は書物に関心を払わなかったし、書物は遠い存在だった。……天賦の才、すなわち能力も、去ってしまわぬまでも、私の中で宙ぶらりんになって、生気を失っていた。（1: 25-26）

しかし、税関に入った一八四六年から、職を失った一八四九年六月までの期間の実情は、右の記述とは異なる。たとえばケッセルリング（Marion L. Kesselring）の一八四八年の項を見ると、ラスキン（Ruskin）の新刊『現代画家たち』（*Modern Painters*）をはじめ、マーロー（Marlow）、デフォー（Defoe）、ルソー（Rousseau）、カーライル（Carlyle）等の作品集が借り出されている（Kesselring 41）。また、一八四七年九月一〇日付け妻ソファイア（Sophia）の手紙には、「一年間というもの、彼〔ホーソーン〕は、いつも子供部屋で子守をし、一時間たりとも邪魔されないで瞑想にふけるという時はなく、一度も机を開けることもありませんでした」と記されている。が、一一月二二日付けの手紙では、「でも、夫はまた再び、一一月一日に書斎にこもり始め、毎日午後になると書いています」と報告されている（Crowley, “Historical Commentary” 380)。更にエリザベス・ピーボディ（Elizabeth Peabody）やホーソーン自身の手紙から、「許されざる罪」（“The Unpardonable Sin”［のちの “Ethan Brand”］）を一八四八年の一二月初めまでには書き上げていたということがわかっている（Crowley 381)。また、一八四八年の初めから、『緋文字』の原型を書き始めた一八四九年一〇月までの間に、少なくとももうひとつ、「大通り」（“Main-street”）を書き、恐らくは一八四八年から一八四九年にかけての冬に、「人面の大岩」（“The Great Stone Face”）と「雪人形」も書いたであろうという（Crowley 382)。以上のことから、一見、なまのホーソーンと見える「税関」の「私」からして、すでに虚構を帯びていることがわかるであろう。

　序文の「私」が虚構であるのは、なにも「税関」にかぎったことではない。どの序文の「私」も、基本的には同一の情況のもとに想定されているということは、一八五一年（『ブライズデイル・ロマンス』の前年）発刊の短編集『雪人形』（*The Snow-Image, and Other Twice-Told Tales*）の序文に明らかである。序文やイントロダクションに於いて「若いときからずっと、私はきわめて限られた範囲の友好的な読者に向かって話しかけてきた。……この様な習慣は恐らく続くであろう」（11: 3 傍点筆者）と述べているからである。序文やイントロダクションでは常に同じタイプの「私」が登場してきたのである。その「私」は虚構を帯びている。それは序文やイントロダクションの「私」が、自分のことに焦点をあてて述べるがゆえに自己中心主義者だと非難されるのは的外れだと説明する次の一節にあらわれている。

> 思い切って言わせていただくなら、その非難は的を射たものではない。公正に解釈することのできる、いかなる観点から見てもそうである。実生活の普通の事実のいくつかに、幾分理念化された芸術的な装いをまとわせるこ

とは、まったく害にならぬどころか、かえって役に立つことだ。（11: 4）

序文の「私」といえども、なまの作家ではなくて、装われた作家、虚構を帯びた人物なのだ。とはいっても、もちろんまったくの作りものというわけでなく、なまの作家としての自分をモデルとしては使う。

私が、私自身に関連する事実をとりあげるのは、それらがたまたま最も手近にあって、たまたま私自身の特性でもあるからだ。（11: 4）

この説明は、序文に登場する作家像のモデルとして、手近にいる自分を使い、作家像を形成する、換言すれば、ロマンスを語る作家すなわち序文の「私」は、事実と想像の出会う場、二者の混合される場であるロマンスの場とかかわる人物ゆえに、事実のみならず、想像も入り混じった人物、ロマンスの登場人物と同じ傾向を帯びた人物なのである。だが、この様に、自分の語り手を説明する人物が、また序文の語り手であるとすれば、玉葱の皮をむくように、どこまでいっても核が出てこない。しかし、それまでの序文の語り手の虚構性を説明する短篇集『雪人形』の序文は、ホーソーンがしばしば自分の作品の真の理解者とみなす実在の人物ホレイショ・ブリッジ（Horatio Bridge）宛の手紙の形式である。とすれば、ここはポーズを問題にするより、作文上の技法を説明する部分として素直に受けとってもよいだろう。

以上見てきた様に、ホーソーンの「私」は、序文に於いてすら虚構性を帯びている。ましてやロマンスの登場人物としての「私」は、あくまでも虚構の人物と見てよいであろう。従って、カヴァデイルを虚構の人物とみなして、その語りを考察する。

二

カヴァデイルはなぜ語るのか、という問題は、いつも批評家たちを悩ませてきた。クルーズ（Frederick C. Crews）は、カヴァデイルはロマンスを作ろうとして語ると述べる（Crews 14-70）。フォールサム（James K. Folsom）は、カヴァデイルは社会改革というものが、いかに愚かで邪悪なものであるかを読者に教える為に語るのだという（Folsom 132-53）。また、マイケル・D・ベル（Michael D. Bell）は、歴史がいかに同じことを空しく繰り返すかを教える為だと言う（Bell 208-11）。それぞれが優れた論を展開してはいる。しかし、カヴァデイルが「自分はもうとっくに詩作をあきらめている」（246）という以上、「この語りが芸術への手向けである」というクルーズの読みは、ウェドゥルの言う様に否定されよう（Weddle 219）。また、カヴァデイルはブライズデイルの試みを、「確かに真実を掘りあてたもの」（246）と見ており、「今も誰かが行なっているなら、そこへ行って共にしたい」（245）と言うのだからフォールサムの意見も成立しない。歴史の空しい繰り返しという意見にしても、「後に続く世代が、それを掘り出して利用すればよい」（246）、とカヴァデイルが述べるとあらば、再考の余地はある。

この様に消去してきた結果として、一体筆者の意見はどうなのかということになるが、筆者は構造に注目して、それらに代る結論を出してゆく。

『ブライズデイル・ロマンス』には三つの語りがある。全体の枠組を構成しているカヴァデイルの語りと、中に含まれる二つの語り、すなわちゼノビアによる「銀色のヴェール」（"The Silvery Veil"）と、ムーディによる「フォントゥルロイ」（"Fauntleroy"）である。文学の伝統に意を用い、バンク（Stanley Bank）の言を借りるなら「形式に敏感である」（Bank 9）ホーソーンが、この「物語の中の物語」という伝統的な形式に意味を持たせているだろうことは、十分に考えられる。このことは、部分と全体の有機的つながりについてのホーソーンの記述からもうかがえる。さまざまな秋の色の衣装を身にまとった一叢の若木を見たホーソーンは、「不調和なものは何もない。より一層近寄って調べてみると、各色は互いに関連を保っているように思われる」（8: 212）と、部分と全体の調和について述べているのである。

にもかかわらず、これらの物語の評価は、かんばしいものではない。チェイス（Richard Chase）は、「寄席芸人」が「観客を失わない為にやる即席芸」の如き「不手際」とみる（Chase 83-87）。ハワード（David Howard）は、「銀色のヴェール」も「フォントルロイ」も「一片の不格好な作品」であり、「否定できないナンセンス」だと結論づける（Howard 90）。クルーズもまた、カヴァデイルが「真実をゆがめるのに余念がなく」、「ゼノビアの伝説」（「銀色のヴェール」）は、ほとんど事実から乖離した空想から出来上がっている」し、「ムーディの伝記」（「フォントルロイ」）は、単に素描に過ぎぬばかりか、ゼノビアの話「ヴェールの貴婦人」（“Veiled Lady”）と同じく、伝説的な性質に陥っている」、従ってこれら三つの語りは、すべて「いつわり」だと結論する（Crews 147-70）。

これらの批評は、折角、部分と全体との関係に注目しながら、ホーソーンが最も嫌う視点をとるがゆえに、すなわち、ホーソーンがロマンスと呼ぶ自分の作品を読む読者に、再三再四要請する視点を無視するがゆえに、すべてを許しがたいナンセンスと解するに至った。考えてみれば、ホーソーンの作品をナンセンスといって非難すること自体、ナンセンスである。ホーソーンの世界は真実の浮かび上がる場として、わざわざ事実と想像のはざまに設定されている。そこに真実を見出すには、読者の側でその様な場にふさわしい視点をとる必要がある。それは短篇「雪人形」のリンゼイ（Lindsey）夫人のような視点である。「子供のような単純さと信念」で充ちている彼女の心を通して見ると、「余りにも深い真実なので、他の人々がナンセンスだとか不条理として笑うようなところで、時として真実を見る」（11: 20）ことができるからである。カヴァデイル自身も、「最も深遠な知恵は一〇分の九のナンセンスと混ぜ合わされている。そうでなければ、それを述べる息の価値はない。」（129）という。それゆえに、三つの語りをナンセンスとして片付けるのはやめ、単純で率直な目で眺めてみよう。

三

まず、(三つの語りの)語り手たちが(それぞれ)語りを始める状況に存在する、共通のパターンに目を注ぐ。ゼノビアが語りを始めるのは、ウエスタヴェルトとの会見直後、その日の夕方である。そのとき彼女は、プリシラの処遇をめぐって二者択一の葛藤にあった。ゼノビアは、プリシラが自分を愛しており、かつ、ゼノビアに対して悪を働く意志もないことがわかっている。だからこそウエスタヴェルトに、「プリシラは私を愛しています。だから私は彼女を見捨てたくないのです」(104)と言う。良心の声である。しかし同時にゼノビアは、最も欲しいもの、すなわちホリングスワスの心を、プリシラがとどまる限り手中にすることが危くなることも知っている。頭と心、良心と自己(利己心)との板ばさみである。

ゼノビアの葛藤の激しさは、「激しい調子で早口にしゃべり、ここに繰り返すのもはばかられるほど、途方もないこともためらわず、ばかげたことをまくしたてる」(107)という衝動に駆られた語り口にうかがえる。「私たちを笑わせようとしているのか、もっとまじめな印象を与えようとしているのかわからない」(107)その語りの調子は、『大理石の牧神』(*The Marble Faun* 1860)のミリアム(Miriam)のものでもあるが、精神の危機をあらわしている。ホリングスワスを失い、苦悶の余り放心状態になった直後のゼノビアが、「深く真面目な気持と軽い気持との間で揺れ動く」(226)のも同じ理由からである。「おどけ屋」は「多かれ少なかれ狂気である」(56)と考えるカヴァデイルのことゆえ、真面目と冗談が半分半分でどちらかわからない語り口のゼノビアを、危機的状況にあると判断したのである。語り始める時のゼノビアはこうして葛藤状態にあったと結論できよう。

もう一つの「語りの中の語り」である「フォントルロイ」の物語を語る時のムーディもまた、葛藤の中にある。ムーディことフォントルロイは「表面上に輝く豪華さによってのみ生命を持つ」(182)ことのできる男、すなわち

「自尊心」（"pride"）によってのみ生き生きとする男である。しかし、ある罪を犯して以来、「自尊心」たる「表面のきらびやかな衣装はぼろぼろに崩れ」（192）、残ったのは「貧困と恥」（184）のみなので、生命の息吹に乏しい。そこへ、「自尊心」と「繁栄の輝ける子供」（192）ゼノビアが、「輝かしい装飾物をまとって輝く」ことによって、彼自身が輝き、自尊心を満足させて生きる可能性が出てきた。そうする為に彼は自分の富をゼノビアに託す気になる。彼の愛の唯一の対象プリシラは恥辱の時代に生れた「恥辱」の娘ゆえ、彼女を富で目立たせば、彼の恥辱もまた、世間にあらわれる。彼にとって望ましいのは、ゼノビアに富を渡し、光り輝かせ、それによって自分が輝くこと、そして愛するプリシラがゼノビアの富によって養われ、妹として優しく保護され、幸せを得ることである。が、ことはそうは運ばない。様子を見にブライズデイルに行った彼は、ゼノビアがプリシラに対して、「奴隷に対する女主人」の如く「傲慢な」態度をとるのを見てしまう。「首を振り」、「杖を振り上げ」て怒る彼は、プリシラとゼノビア、「愛」と「自尊心」、「恥」と「虚飾」、という二つの価値の間で二者択一のディレンマに陥る。ムーディはこの様な危機的状況にあって語り始めるのである。

同じパターンは、カヴァデイルによる全体の語りに於いても繰り返される。語りを始める彼もまた、実存の危機にある。

なるほど、中年のカヴァデイルは、「素晴らしくも賢くもなかった」（174）若い時に比較すると、ブライズデイルの経験と失敗から、より賢くなっている。目的の虜となるとき、他人をも自分をも損なうこと、目指す目的というものは到達されることはなく、到達されるとすればそれは「夢にも思わず特に求めてもいなかった、何か他のものである」（75-76）こと、前面は「世間向き」で「人工的」であり、「裏面にこそ真実が保たれている」（149）こと、町にも、田舎以上に「美しい自然〔本性〕（"nature"）」（151）があること、「天国の門から地獄への脇道がある」（243）ことなど、経験が「人を賢くするもの」（63）となったのは確かである。

しかし、これらの知識を得たからといって、それがカヴァデイルの心を甦らせたわけでもなく、未来への希望と心の幸せをもたらしたわけでもない。語り始める時の中年のカヴァデイルの心の調子は二章の始めで次のように描かれている。

（実のところ独身のまま頭に霜を置き、口ひげに日増しに白いものが目立ち始めた）今日の私には、あの翌日のブライズデイルの暖炉の炎ほど勢いよく燃えたつものは殆どない。……記憶の中の残り火の灰をかき払いながら、吐く息に力がないので、ため息でその残り火を吹きおこす。一瞬は燃え上がるが、それも束の間、すぐに輝きが薄れて、指先ばかりか心まで冷えてしまう。(9)

人生の旅にゆき暮れた、力ない旅人の心の調子である。更に、語り手が自分の歴史にのみ焦点を当てて、別に語る最後の章、「マイルズ・カヴァデイルの告白」では、ブライズデイルでの経験と失敗から、今に至るまでの、自身の生きざまが述べられ、語り始めの雰囲気をより詳しく説明してくれる。

その後の人生は、――幸福に、といいたいところだが――とにかく何とかやっている。中年になった今……独身のまま、今とは違う生き方についてのはっきりした目的とてない。ヨーロッパへの旅も二度、それぞれ一～二年かけて、何とか快適に過ごした。世間での暮しもうまくゆき、我が身を世話するのみで、まことに気楽に、毎日贅沢に暮している。詩については、あきらめてしまった。……私の人生はすっかり空虚になってしまった。(246)

安逸だが生命の核の火が消えかけ、生きる意味の希薄な現状である。しかもその原因が、目的のなさでも、年齢のせいでもないことを、語り手は知っている。目的はあっても崩れ去ったホリングスワスや、年をとっても「新たな幸せを得た人」(247) の例をあげるからである。原因が何であれ、彼は自分の生に意味を見出せず、「私にとって、人生がどちらかと言えば怠惰な道となってしまったということは認めねばなるまい」(247)とつぶやく。続く一節でも、「活気とてないこの中年」、「人生を振り返る時の不満」、「希望のない未来」への言及がある。生きるということの意味を見失っている語り手は、生と死を天秤にかけても、自らの生命の価値を見出そうとする。

私は断じて死にたいとは思わないけれども、もし、この人間の生存の戦場のただ中で、正気の人間が死を賭して求めるに値するだけの大義というものがあるなら、そして私の生命が役にたつのなら――その為の努力が不当なまでの多くの苦難を伴わないものである限り――私は勇気をふるってこの生命を差し出してもいいと思っている。(246)

ここにあるのは、生と死のはざまに立った、実存の危機に面した語り手の姿である。
こうして、語りの中の二つの語りのパターン、すなわち、二つの価値の間でゆれ動き、実存の危機的状況にいる人が語りを始めるというパターンは、全体の語りにおいても繰り返されているのである。

四

とすれば、語るという行為は、相反する価値の間でひき裂かれたり、いわば断片化してしまった自己を統合し、一つの生命体へと再生させる行為といえる。過去の記憶は断片化している。謎を含みつつ、しかし自分の生に意味を持つ部分だけが残っている。その断片をつなぐことによって、一つの有機体としての、自分に意味のある"history"ができ上がる。ばらばらになった自己、という実存の危機に直面した人に、無意識に起こって来る一体化の衝動である。だからこそゼノビア、ムーディ、カヴァデイルいずれの語りにおいても、自分の過去と現在を結ぶ試みが行われる。

語りは救いへの契機となる可能性を秘めている。さらに言えば、語りには、いわば祈りとしての働きがあるのだ。語りに祈りの意味が含まれることを、カヴァデイルは意識している。それはムーディを語らせるに至るいきさつから明らかである。ムーディ自身のことや、ムーディとプリシラとの関係を聞き出す為に、つまり、ムーディに彼の歴史もしくは物語を語らせる為に酒屋に出かけて行ったカヴァデイルは、ムーディの「色褪せて生気なく」、「みじめな老いた亡霊」（179）の如き姿を見て、次のように言う。「一杯のブランデーを飲ませれば効果がある。恐らくは、クラレット一びんなら、もっと穏やかに、同じような効果を及ぼすかもしれない」（179）と。「この老人の血の中の霜と、心の中に凍結してしまった氷」をとかすためのぶどう酒の効果をねらってのことだが、同じ章でそれまでになされた、ぶどう酒へのおびただしい言及の中の次の一節は、カヴァデイルがムーディにぶどう酒を飲ませる真の理由を語っている。

> だが、人々の飲酒の真の目的は――この荒《すさ》んだ世界が続く限り、わざわざ酒を飲ませたり、何か同様のことをさせたりする真の目的は――あの若さと力の回復であり、現在と未来のことを楽しく陽気な気分で考えることができるということだ。（178）

現在と未来を考える前提は過去と現在とを考えることであるから、結局のところ、過去を語らせるというカヴァデイルの目的を遂行する手段としてのぶどう酒の効き目を考えているといえよう。

カヴァデイルが語りと祈りとに重なる部分を意識していることは、ムーディに対する、続く次の一節にも示されている。

一杯のぶどう酒の夏の暖かさによって以外に、どのようにしてこれから先の、より幸せな状態を希望するだけの力を吹き込むことができるというのだ。祈りの言葉を発する為に、それ以外にどのようにして鼓舞されるというのだ。というのは、魂の鼓動が余りにもひそかで弱々しい為に、宗教的な憧れをもって天へと向かうことさえできないという、そのような精神状態の時が、確かにあるのだから。（180）

ここに祈りの為の条件としてあげられている項目は、すべて語りの条件でもある。「チックタックといっては止まってしまう時計のような」（84）、余りにも鼓動の少ない魂の持主であるムーディは、口数が少ない。また苦悶に消耗し、涙も枯渇した最後のゼノビアの指先は末端部から死にかけていることを示して「死人の様に冷たい」（227）。内部の暖かさに欠け、生命の鼓動の消えかけた彼女には、語ることも祈ることもできない。その死体は「神への反抗の姿勢」のまま「硬直」（235）している。

語りには、内からわき上がる力が必要である。ゼノビアは「銀色のヴェール」を語るとき、プリシラを「霊感源」（107）とし、想像力を活性化して語る。ムーディはぶどう酒を源として「連想の力」（181）――想像力の一種――を働かせ、ゼノビアの輝きを思い浮かべ、生命力を得て語る。カヴァデイルの場合、これだけの語りを続けさせた霊感源は何であったのであろう。ブライズデイルの火はとっくに消えてしまっている。ため息は力弱く、火を消してしまう。彼の心を暖め、かろうじて内から力を与えたもの、それはプリシラへの思いである。

最後の告白を待つまでもなく、カヴァデイルはプリシラを愛していた。隠遁所である松の老木から目を向けたゼノビアの部屋の窓辺にプリシラの姿を見かけるというくだりで、「相当離れてはいるけれど、思いを馳せる私の誠実な目にはそれがプリシラだとはっきりわかった」（100）と付記されている。彼女への想いがほのめかされているこの一節に続く、小鳥に託す彼女への伝言では、一層はっきりと気持が述べられる。

伝えておくれ、もし本当にお前のことをいつくしみ、心にかける人間がいるとすれば、それは私なのだ、と。

（100）

ところで、ここで問題になるのは、カヴァデイルは、「現実の可愛そうな針子である」プリシラではなく、彼が「いたずらにそのまわりに飾りめぐらせた想像の織物」（100）のゆえにプリシラを愛しているという個所である。それは怪しからぬとしばしば非難されるけれども、そのような非難は、雪人形を雪人形としてみないで、生きた子供とみるのは怪しからぬ、という非難に等しい。ホーソーンのロマンスが、月光と石炭によって現実から粗雑さを取り除いた所に真実を見ることを目指す以上、想像力を通して現実から粗雑さを除き、真実の姿を見ようとするカヴァデイルの見方を非難することは妥当ではない。

この様なプリシラへの想いが、かろうじて魂に鼓動を与える。プリシラの中には、「鉄」の如く硬いホリングスワスの心からさえ、「人間的優しさと共感」（72）を引き出すほどの、人の心を和らげる力、「赤ん坊の微笑」に似て、「不思議な新鮮さ」（73）を与える微笑、「小川のせせらぎ」や、「繊細な」「ハープ」の「やさしい音楽」（75）の如き声など、人に新鮮な息吹や、心の生命の鼓動を与える要素がある。プリシラのことを心に思い浮かべると、「彼女に関する質問がどうしようもなく口の中に湧き上がり、いわばひとりでに口をついて出た。何かそうなる本質的な性質のものがあったに違いない」（134）のである。「プリシラの生活に満ちている」「小さな出来事のひとつひとつ」が彼の「心を動かす」（74）ものである。「過去の一層の大きな喜びや悲しみでさえも、昔のがらくたのように一掃されていく」中で、彼女に関するひとつひとつの小さな出来事は、決してがらくたではなく、「長く、いつまでも記憶に残っている」（74）。

プリシラの心を動かすひとつひとつの出来事とともに記憶から湧き上る彼女への想いによって魂は鼓動し想像力が鼓舞される。カヴァデイルの語りはプリシラを霊感源として語られたのである。

五

語りと祈りの重なりを意識しているカヴァデイルが、実存の危機にあって、プリシラを霊感源として語る語りは、救いを求めての祈りの意味を持っていると考えることは可能であろう。

魂の救いの問題についてのカヴァデイルの意見は次の様に述べられている。

物事のよりよい秩序の為に、魂の導きの問題は女性の手に委ねるのが神慮である。……神は女性に最も深く最も純粋な宗教的信条をお与えになった。それは、あらゆる男性の神学者が信仰に混ぜがちな、あの粗雑な知性の不純物を免れている。但し神ご自身がヴェールをまとって人間の男性の姿に身をやつされるが、なお根本的には神性であられるあのお方を除く、他のすべての男性についてではあるけれども。私はいつもカトリックの、優しく神聖な聖母への崇拝を羨ましいと思う。聖母は信者と神との間に立って、神の恐るべき光輝を幾分遮断し、しかも神を仰ぎ見る者たちの上に神の愛を注がせる。女性の優しさを仲介にして、人間の知性にもより一層理解できる形となっているのだ。(121-22)

ここに述べられる聖母の優しさはプリシラの優しさに通ずる。「フォントルロイ」の物語の中のプリシラには、「優しい母の性格を受け継ぎ」、「深く静かにたたえられた愛」があり、その生活は「愛の生活」(186) であった。カヴァデイルもまた彼女の中に、「恵みのまなざし」(123)、「優しく繊細な性質」(101)、「無垢な心」(77)、「汚れなく慎ましい高潔な魂」(203)、そして「仲介」の本性など、聖母のイメージを見る。特に、罪人となったホリングスワスが、プリシラに「子供のよう」なしぐさと心情で身を寄せる姿を見たカヴァデイルは、彼女の中に母性に根ざす無私の愛を見る。おのれを低くし、罪人たるホリングスワスを対等の人間、「仲間」として「尊敬」し、しかも「いつくしみ深く見守る」「保護者」としてのプリシラ、「神秘的な幸せの表情」(242) を浮かべ、美しく静かな顔つきをしたプリシラは、まさしく「ヴェールをかけた」(242) 聖母のイメージそのものである。

聖母のイメージを重ねてプリシラを思いながら語るとすれば、カヴァデイルの語りは救いを求めての祈りであると考えてよいであろう。

ホーソーンの世界では、語りが祈りの効果を持つ条件、すなわち実存の危機から生の方向に向かう条件は、祈りが祈りの効果を持つ為の条件と同じである。「真実であれ、真実であれ、真実であれ！ たとえ最悪の部分ではなくとも、それによって最悪の部分が暗示されるような、ある特徴を自由に世の中に表わせ」(1: 260) という『緋文字』の一節が示すように、恥辱にまみれる態度があって初めて祈りは効力を発する。恥をさらすことは、人間の根本的な罪である「自尊心」("pride") の衣装を捨てることであるからだ。真のへりくだりなくしては、祈りは効果を発揮しない。

ゼノビアは恥を嫌った。秘密を誰にも明かそうとせず、「秘密まで知られてしまっている人たちのまなざしの下では、どうしても赤くなる」(225) 誇り高さを、最期まで脱することがない。「衣装が似合わないだけでも人前に出るのを嫌がる」(236) ほど、外面の飾りを重んじ、死に臨んでもなお「外面の優美さ」(236)、すなわち虚飾の美、自尊心の衣装を身にまとおうとした。ゼノビアの語り「銀色のヴェール」では、彼女にとって最大の恥辱であるウエスタヴェルトとの結婚のエピソードは遂に明かされない。この様な心の態度では、語りは祈りの効果を発揮しない。彼女は結局、良心を捨てて利己的目的の方を選び、死への道を辿る。死体さえも神への反抗の姿勢を取り、永遠の死を思わせる。彼女にとって、語りは救いとはならなかった。

恥をさらすことをことさら嫌うムーディは、語りにおいて彼なりに恥をさらす。ぶどう酒を飲みながら若い頃の思い出話をしてくれというカヴァデイルの頼みに対して、「いやいや……お話ししないでおくほうがいいと思います。もしかしてこのぶどう酒の為に、私の口がすべりすぎでもしたら、二度とあなたの顔をまともに見ることができなくなってしまいますから」(181) と言いながら、結局は自分から進んで語り始めてしまう。つまり恥をさらすことを恐れないで語り始めるのである。「現在のみじめな状況に至った事情については、ほんの少しばかり、必要やむなく言及する程度」（181）ではあるが、彼の最大の恥辱である犯罪、それも、まやかしの輝きという、「人工的な状態から育まれ、社会が許すことができないし、また許すべきでもないといった類の犯罪」（183）、すなわち最大の恥辱をこうむる犯罪に言及する。従ってこの語りは、恥辱を人一倍嫌うムーディにとっては、大変な恥さらしである。この語りの結果、彼はゼノビアを捨て、プリシラを選択する。「自尊心」（“pride”）、「虚飾の娘」（192）を捨て、「恥辱」の娘を選ぶ、すなわち、「自尊心」「虚飾」を捨て「恥辱」を選ぶ。しかも「恥辱」の娘プリシラは「優しい母の性格を受け継ぎ」、「深く静かにたたえられた愛」（186）の娘である。愛は生命の源であるから、結局ムーディは「恥辱」の娘を選ぶことによって生命への道を選ぶことになる。ゼノビアの葬儀には、彼にとっての恥辱のしるしであるプリシラと並んで姿を現し、それまで世間に隠していた親子関係を公然と自然な形で示すのである。彼の語りは祈りの効果をもたらしたと言えよう。

　カヴァデイルもまた、語りの中で恥をさらす。最後の告白は、いかに馬鹿げて見えようとも、彼にとっては大いなる恥さらしの行為として意味を持つ。「この言葉を書きながら、恥かしそうに顔を赤らめて、横を向きたくなる私の気持を察して欲しい」（247）という言葉はこのことを示している。

　カヴァデイルの語りは最後に祈りの効果を発揮する。見失っていた生の価値を見出す、すなわち生の方向へと向きなおるのである。そのことを跡付ける為に、まず「ブライズデイルの牧場」の章の最後の節に注目しよう。この章は最初の原稿での最終部分、すなわち、最初の計画での語りの最終章の最終部に設定されていた箇所である。印刷の段階で最終的に付け加えられた「マイルズ・カヴァデイルの告白」の章の最終部分、恥さらしの告白の部分に対応する部分である。[1]

> それにしても、その間ずっと、我々はゼノビアの墓のそばに立ちつくしていた。その時以来私はその墓を見てい

ない。けれどもきっと、その下に眠る朽ちた美しい女性のために、それだけ一層勢いよく、牧草地のあの小さな平行四辺形の盛土の上に草が生い茂っているであろう。私たちに対する自然の愛はなんと大きく思われることであろうか！　そして、それにもかかわらず、意識的で知的な生命と感受性とを備えた、自然の最高の目的が、時を得ずしてくじかれると、ため息も不満も漏らさず、自然は何と快く我々をより低い目的に切り換えることであろうか！　ゼノビアが生きている間は、自然は彼女を誇りとし、自ら製作した最高の傑作として、彼女の輝くばかりの存在にすべての人々の目をひきつけた。そして、彼女は滅びた。自然は涙ひとつ流そうとしないのだろうか。あゝ、その通りなのだ。自然はこの不幸をそっくり、ただちに自然の体系に組み込み、我々人間にはなぜだかわからないけれど、ゼノビアの心臓から成長し、より一層繁茂した草のこんもりした塚を見て、（全く同じように）喜んでいるのだ。それは、今ではこの一群の雑草という形でしかこの世に何の名残もとどめていない、あの生前の美しかったものすべてに対して喜び満足していたのと全く同じような喜び方なのだ。生命なき肉体がこんなにも少ししか価値を与えられないのは、霊魂にはかり知れない価値が与えられているからなのだ。（244）

この節の雰囲気は、それまで語りを覆ってきた雰囲気とは異なる。この変化は、語り手の中に、口にするのも恥かしい嫉妬という「苦く、恨みに満ちた感情」（111）があったことを読者に告白し、「涙」を流してその感情を浄化させ、プリシラの神秘の「ヴェールに覆われた幸福」に思いをはせた直後におこる。カヴァデイルが語りを終えようとする今、心の眼に映るブライズデイルのゼノビアの墓の情景は暗いものではない。ゼノビアに罪を重ねることも、自尊心や人工の虚飾を重ねることもしない。生前死後いずれのゼノビアをも自然の子としてみる。人間の計らいを超えた自然のいとなみのもと、自然によって「作り出され」その「体系に組み込まれ」た自然の一部とみなしている。彼女が生きている間、自然は「自ら作り出した最高の傑作」として「彼女を誇りにし」、「すべての人々の目をひきつけた」。自ら生命を絶ったゼノビアをも拒絶することなく、自然は彼女の「不幸をそっくり、ただちに自然の体系に組み込み」、人間の浅薄な知恵にはなぜだかわからないが、ゼノビアの生命の源であった「心臓から成長し、より一層繁茂した草」の、盛り上がった塚を見て、彼女が生前持っていた「美しさに対すると同様に、よろこび」満足しているように見える。神が創造の際、被造物のすべてをよしとされた様に、自然がすべてをよしとしているように見える［註：自殺は自分を殺人する行為として罪］。「私たちに対する自然の愛」は「何と大きく思われることか」とカヴァデイルは言う（傍点筆者）。

この作品では、世界がどのように目に映るかは、世界を見ている人間の内的世界の状態を示すものである。自然がすべてを自然の体系に組み込んで喜んでいると見えるのは、あるいは自然が生命のある、一つのまとまった有機体系と見えるのは、見る人の心が、ばらばらにひき裂かれた状態ではなく、統合された、生命に満たされた一つの有機体へと再生された心であるからである。(2)

「ブライズデイルの牧場」の章の最終部分を以上のように解釈することは反論を呼ぶかも知れない。しかし、「ある孤独な男の日記より」というホーソーンの短篇の記述から、以上のような解釈がホーソーンによって支持されることが裏付けられるであろう。この短篇は、文学的才能に恵まれながらも隠遁生活を送り、不治の病でこの世を去ったオベロン（Oberon）という若い男の残した古い手記を、この男の親友であった語り手が、やむにやまれぬ思いに駆られて、抜粋編纂して世に著すという体裁をとる。オベロンに愛情こもる共感を抱く語り手は、オベロンのよき理解者として、その手記をただ編纂し、補足説明を加えるだけの役目の人物として登場している。従って、この語り手の意見は、ホーソーンの意見と見なして構うまい。悲しみの生涯を送ったオベロンが不治の病に冒されていることを悟ったあとの手記の記述には「優しい精神が息づいており」、「オベロンの精神は憂鬱の色を増すのではなく、一層あるべき自然の心の状態を取り戻している」（11: 313）ことがうかがえると、語り手は感じている。それは次のような記述である。

最近まで、私は自分が不治の病に冒されていることを信じることができなかった。過去は、その悲惨を、過去を越えてまで拡げることはできないと思っていた。そして一命をとりとめたからには二度と乱暴に費やされるべきではあるまいと考えた。結婚の幸せを夢見たことさえあった。しかし、日一日と過ぎるごとに、私の身体と精神がじわじわと弱ってくる。それによって、たとえ非常に年老いた人でも二四才の私と同じように希望と若々しい望みを育むことができるということを意識する。しかし私の置かれている情況を考えるとき、必ずしも悲しくなるわけではない。時々私は静かな興味をもって世界を眺める。なぜならそれは、私と個人的な利害関係を持つことはあり得ないからだ。また同じ理由から、愛情こもる関心を抱いて世界を眺める。同胞意識を妨げる自己中心的な感情は何も持ちあわせていないからだ。……私は今、以前より世界を素晴らしいものとして評価し、その長所を一層寛大に、その欠点は一層慈悲深く考え、世界の現在の幸福を一層高く評価し、その運命に、より明るい希望を抱く。私の心は小春日和の木々のように第二の花ざかりを呈している。それらの花の美しさは、いかなる冬といえども破壊することはないであろう。その花は楽園の庭に吹くそよ風によって風［息］を送られ、楽園の庭に降る俄雨《にわかあめ》によって甦るからである。(11: 327-28)

ここには先ほどのカヴァデイルの語りの、問題の個所と同じ類の雰囲気と世界の見え方とが示されている。この記述を、オベロンの友人であり編纂者である語り手は、次のように評する。

ここに掲げるのは、彼［オベロン］の手になる最後の言葉であろう。こんなにも純化洗練された心は、天の純粋なるものとの真の霊的まじわりを見出した人のものではなかろうか。(11: 327)

オベロンの手記をホーソーンがこの様に解しているなら、カヴァデイルの先ほどの語りの個所に対しても、同様の解釈を下しているであろうことは容易に想像できる。

とすればカヴァデイルは、見失っていた人間の生命の価値を再発見したと見てよかろう。自然が、他の生き物や植物を、自然の「より低い目的」として創り出しているのに対して、人間を「意識的で知的な生命と感受性とを備えた、自然の最高の目的」として創り出していることを認識する。さらに、人間を他の被造物と区別し、人間としての生命の核にあって、それなくしては生きた人間とは言えないものが「霊魂」であることも認識する。「生命なき肉体がこんなにも少ししか価値を持たないのは、霊魂がはかり知れない価値を持つからである」という、その章最後の言葉が伝える通りである。

以上のように語りの構造の分析から導き出されるのは、カヴァデイルの語りが祈りの効果を発揮し、語りの結果、彼が再び生命を回復することが出来たということである。

※本章は、日本アメリカ文学会関西支部例会（一九八八年一〇月八日、於：奈良女子大学、司会：松山信直先生）にて口頭発表した原稿に基づいている。

【註】

（1）この間の事情については、拙論「ホーソーンの『ブライズデイル・ロマンス』における夢と崩壊の逆説」（『アメリカ文学における夢と崩壊』創元社、一九八八年、六五―六六頁）に詳説した。（※本書第一章）

（2）最終部分の解釈に関する記述は、ほぼ右記の論文からの引用である。

【引用文献】

Bank, Stanley. "Nathaniel Hawthorne's *Blithedale Romance*: A Pivotal Work for Studying American Literature." Diss. Columbia University, 1966.

Bell, Michael D. *Hawthorne and the Historical Romance of New England*. New Jersey: Princeton UP, 1971.

Charvat, William. Introduction. *The Scarlet Letter*. Vol.1 of *The Centenary Edition of the Works of Nathaniel Hawthorne*. Ed. William Charvat, et al. Columbus: Ohio State UP, 1962.

Chase, Richard. *The American Novel and Its Tradition*. 1957. New York: Gordian Press, 1978.

Crews, Frederick C. "A New Reading of *The Blithdale Romance*." *American Literature* 29（1957）: 147-70.

Crowley, J. Donald. "Historical Commentary." *The Snow-Image and Uncollected Tales*. Vol. 11 of *The Centenary Edition of the Works of Nathaniel Hawthorne*. Ed. William Charvat, et al. Columbus: Ohio State UP, 1974. 379-409.

Folsom, James K. *Man's Accidents and God's Purposes: Multiplicity in Hawthorne's Fiction*. New Haven: College and UP, 1963.

Hawthorne, Nathaniel. "Ethan Brand." 1850. Vol. 11 of *The Centenary Edition*. 83-102.

---. "Fragments from the Journal of a Solitary Man." 1837. Vol. 11 of *The Centenary Edition*. 312-28.

---. "The Great Stone Face." 1850. Vol. 11 of *The Centenary Edition*. 26-48.

---. "Main-street." 1849. Vol. 11 of *The Centenary Edition*. 49-82.

---. "Passage from a Relinquished Work." 1834. Vol. 10 of *The Centenary Edition*. 405-21.

---. "The Snow-Image." 1850. Vol. 11 of *The Centenary Edition*. 7-25.

---. *Peter Parley's Universal History, on the Basis of Geography*. By S. G. Goodrich. Boston: American Stationer's Company, 1837.

Howard, David. "*The Blithedale Romance* and a Sense of Revolution." *Tradition and Tolerance in Nineteeth-Century Fiction: Critical Essays on Some English and American Novels*. Ed. David Howard, et al. London: Routledge and Kegan Paul, 1966. 55-97.

Kesselring, Marion L. *Hawthorne's Reading, 1828-1850: A Transcription and Identification of Titles Recorded in the Charge-books of the Salem Athenaeum*. New York: The New York Public Library, 1949.

Weddle, Frances Ray. "The Garden and the Wilderness: Traditional Moral Landscape in Hawthorne's Fiction." Diss. University of California, 1971.

入子文子「『ブライズデイル・ロマンス』における夢と崩壊の逆説」、『アメリカ文学における夢と崩壊』、井上博嗣編、創元社、一九八八年、六五―六六頁。（※本書第一章）

第二部　図像と言葉――ジャンルを貫く想像力

第三章　“Tombstone” を特定する――『緋文字』覚え書き

はじめに

ナサニエル・ホーソーンの『緋文字』は、二つの墓に共通の一つの墓石 “one tombstone” (1: 264)[1] の描写で終っている。謎めいた、この墓石について批評家たちはさまざまに言及してきた。しかし、具体的形状については明確にされていない。そこでホーソーンの頭の中で “tombstone” とはどの様な形状なのか、『緋文字』で用いられる、墓石を意味するもう一つの言葉 “grave-stone” (1: 218) と同じなのか異なるのか、などという疑問が生ずる。

この様な疑問が生ずるには原因がある。従来の批評家たちが “grave-stone” と “tombstone” を代替可能な同意語として使用してきたからだ。現在の決定版テキストである、オハイオ版センテナリー・エディションの『アメリカン・ノートブックス』の編者クロード・M・シンプソン (Claude M. Simpson) は、ホーソーンが “grave-stone” (8: 173) という語を用いて記述しているナサニエル・マザー (Nathaniel Mather) の墓石に註を施し、同じ墓石を “tombstone” という語で説明する (Simpson, 8: 595n)。また、最近の新歴史主義的手法を取り入れたエドウィン・ハヴィランド・ミラー (Edwin Haviland Miller) の大著『セイラムは我がすみか』(*Salem Is My Dwelling Place: A Life of Nathaniel Hawthorne* 1991) においても同様の現象が見られる。ホーソーンゆかりの墓地や墓に興味深く言及し、現地に出向いて写真をも掲載するミラーは、ウィリアム・ホリングワスの墓石について、本文では「ウィリアム・ホリングワスの “the tombstone”」と述べながら、同じ墓石の写真の説明には「ウィリアム・ホリングワスの “gravestone”」と表記するのである（Miller 18）[2]。

ホーソーンの研究におけるこの様な状況は腑におちない。ホーソーンは墓石を、厳然と存在する過去の標本、目に見え手に触れる実体として用いる。たとえば生前の業績を彫刻した墓石としてのトラヤヌス帝の石柱は『大理石の牧神』において次の様に描かれる。

> それは「過去」の偉大にして実体のある事実で、古代ローマを実際に手で触れ目に見えるものとする。そして歴史のいかなる研究も、思想の力も、唄の魔力も、ローマの支配者と人民たちが作ったものの、このしっかりした標本ほど活き活きと、ローマがかつて存在したことを我々に確信させることはできない。
>
> It was a great, solid fact of the Past, making old Rome actually sensible to the touch and eye; and no study of history, nor force of thought, nor magic of song, could so vitally assure us that Rome once existed, as this sturdy specimen of what its rulers and people wrought.（4: 150）

「古代ローマを遺体、時を墓掘男とする」（4: 150）この『大理石の牧神』は、ローマ全体を墓場と考えている。そのなかで記念石柱という墓石は、実体を備えた過去の事実として扱われている。

『緋文字』の“tombstone”もまた、実在の事実としての物体として過去の遺物として扱われる。「今も念入りに調べる人なら識別できるが、その意味には困惑するであろう」（1: 264）図像の彫込まれた墓石は、一七世紀ニューイングランドで作られ、一九世紀中葉の「今も手元にある」（1: 33）緋文字同様、手で触れ目で見ることのできる、実体を備えた過去の遺物として設定されている。とすれば、ホーソーンの頭の中にある『緋文字』の“tombstone”は、作者や読者の単なるロマンチックな感傷の対象として抽象的に存在しているのではない。たとえホーソーンが創り出した墓石であるとしても、明確な形を持って具体的に存在する遺跡なのである。彼は一語一語を吟味しながら、頭の中に厳然と存在する墓石のイメージを言葉に移しかえていったに違いない。それを読む読者は従って、逆に彼の用語を一語一語吟味しながら、言葉を視覚的イメージに移しかえてゆく作業を要求されるであろう。

そこでこの覚え書では、“tombstone” という語を “grave-stone” との比較の内に取り上げ、『緋文字』においてホーソーンはこの語で表わす墓石にいかなる形状を与えていたかを考察し、作品解釈の一助とする。

ちなみにこの件に関しては *OED* はその威力を発揮しない。*OED* にも、“tombstone” と “grave-stone” を代替可能とする面があるからだ。“tombstone” の 1-b には “A stone or monument of any kind placed over the grave of a deceased person to preserve his memory; *a grave-stone* including a headstone”（斜体筆者）とあり、“tombstone” の項でも 2. には “A stone placed over a grave, or at the entrance of a tomb;” とあり、墓石の総称をも意味する。[3] これでは、*OED* に頼っても『緋文字』での “tombstone” の用い方は不明のままである。

一

ホーソーンが作品を書いていた一九世紀中葉の西欧は、考古学的意識の高揚した時代である。ナポレオンのエジプト遠征隊による古代の墓ピラミッドの調査をはじめ、国家規模でのエーゲ海全域、小アジア全域、東アジアそしてアメリカなど、広範にわたる古代遺跡の発掘と遺品の大規模なコレクション形成、フェニキア語碑文付墓碑の発見（一八一七年）、ヒエログリフ解読（一八二二年）、国立博物館の創立、ライデンにおける大学考古学講座世界初の開講（一八一七年）など、活発な動きが見られた。[4]

アメリカでは対英戦争後のナショナリズムの高揚と相俟って、原点回帰のこの傾向に拍車がかかる。『マサチューセッツ・ヒストリカル・コレクションズ』（*Massachusetts Historical Collections* 1792-）、『ニューヨーク・ヒストリカル・コレクションズ』（*New York Historical Collections* 1811-）、『アーケオロジカル・アメリカーナ』（*Archaeological*

Americana 1820-）など、初期植民地時代の古文書類の刊行、エセックス歴史協会（Essex Historical Society 1821-）をはじめとする歴史資料館の整備、移民ルーツを探る好古家の存在などが、『アメリカン・ノートブックス』やケッセルリングの『ホーソーンの読書』（*Hawthorne's Reading* 1949）からうかがえる（Hawthorne 8: 74-75, 154; Kesselring）。また、『ウィンスロップの日誌』（*Winthrop's Journal*）の長い間見つからなかった三番目の手稿が、一八一六年にオールド・サウス教会（Old South Church）の塔で発見され、一八二五—二六年に、初めて完全な『日誌』（*Journal*）として刊行された（Hosmer 1:16）。さらに一八五三年には「懸案」の『マサチューセッツ湾植民地記録』（*The Records of the Colony of the Massachusetts Bay*）が刊行された（Shurtleff 1: v）。

原点回帰の気運のなかで、人間の原点回帰である死をめぐる慣習への関心は高い。フィリップ・アリエス（Philippe Ariès）によると、一九世紀中葉のアメリカでは、W・S・マウントをはじめ、死者の肖像を専門分野とする画家たちが出現した他、墓石の刺繍された追悼刺繍、追悼画の名で知られる石版画、愛する人の墓の絵の描かれたブローチやペンダントといった、ロマンチックな墓への思い入れが流行した。また、一八三一年、ボストンのマウント・オーバーン墓地を皮切りとする、公園の趣を持つ共同墓地への関心が拡がった（アリエス 三六一—七七）。文学面でも英国墓畔派の流れをくむウィリアム・カレン・ブライアント（William Cullen Bryant）、サー・ウォルター・スコット（Sir Walter Scott）のゴシック小説ばりのチャールズ・ブロックデン・ブラウン（Charles Brockden Brown）、英国墓地への哀愁に満ちた言及のみられるワシントン・アーヴィング（Washington Irving）、グロテスクな死体趣味のエドガー・アラン・ポー（Edgar Allan Poe）、ハーマン・メルヴィル等、墓に目を注ぐ作家が顕著である。

ホーソーンも例外ではない。それどころか彼は、一七、一八世紀の有名なピューリタンたちの伝統にどっぷりつかっていた。「瞑想の行為」として「一七、一八世紀においてすすめられた」「墓地まいり」を実行したコットン・マザー（Cotton Mather）や、「地方の墓石彫りを訪れては心地よい会話に午後のひとときを過ごした」サミュエル・シーウォル（Samuel Sewall）のような多くの傑出したピューリタンたちにならって（Ludwig 455）、一九世紀にもそれらをせっせと実行したのである。ハリー・レヴィン（Harry Levin）の指摘の如く、ホーソーンは「少年時代から墓地をうろつき、家庭新聞にうじ虫や墓碑銘の話を満載」した（Levin 45）。『アメリカン・ノートブックス』を繙けば、ニューイングランド各地の墓地を訪れては、墓の主や形状、碑文、図像などを確認する彼の姿が彷彿とする。[5] 一八二〇年の無題詩「墓へ行け」（“Go to the Grave”）、短篇「墓と亡霊たち」（“Graves and Goblins” 1835）や「鑿で彫る」（“Chippings with a Chisel” 1838）、それにローマ全体を墓場とする長編『大理石の牧神』など、墓地を舞台とする作品は勿論のこと、墓への言及のない作品を探すのは難しくさえある。初期から晩年に至るまで、各作品のはしばしに墓への関心を忍ばせているのだ。

墓を前にしたホーソーンの態度は好古家的というよりも考古学的である。たとえば、ニューイングランドの墓石の考古学的研究の大著である『彫られた図像』（*Graven Images: New England Stonecarving and its Symbols, 1650-1815* 1966）の著者アラン・I・ルードウィク（Allan I. Ludwig）が考古学的に着目する事象は、ホーソーンの記述の関心と一致する。ルードウィクは一七世紀後半のマサチューセッツの墓石に彫られた図像の特徴を観察する。彼の注目する「砂時計」（“hourglass”）、「交叉した二本の骨」（“crossed bones”）、「どくろ」（“skull”）、「二枚の翼の生えた天使」（“two winged cherubim”）（Ludwig 291）や、「死の勝利もしくは死にうちかつ魂の勝利」を象徴する「翼の生えた死の頭上に置かれる勝利の花環」（“A garland of victory set above a winged death's head”）という図像は（148）、ホーソーンの記述の考古学的性格を裏付ける。「鑿で彫る」に登場する、ニューイングランドのマサチューセッツ州マーサズ・ビニャード島エドガー・タウンの墓碑もルードウィクに類似した描写となって次のように描かれているからだ。

百年かそれ以上も昔のより古い墓石は、丹念に花の彫刻で縁どられ、死の頭や交叉した二本の骨や、大鎌や砂時計、その他痛ましい死の象徴がいっぱい飾られていて、哀悼者の心を天に向ける為にあちこちに翼の生えた天使の像が彫られていた。

The elder stones, dated a century back, or more, have borders elaborately carved with flowers, and are adorned with a multiplicity of death's-heads, cross-bones, scythes, hour-glasses, and other lugubrious emblems of mortality, with here and there a winged cherub to direct the mourner's spirit upward.（8: 408）

この一節には続いて、「こうしたゴシック趣味の作品は、当時の植民地の技術をはるかに超えていたに違いないので、この孤島の今は亡き名士たちをこうして記念する為に、恐らくロンドンで彫られ、はるばる大西洋を渡って運ばれて来た」という歴史学的考察が加わる。ルードウィックが特徴としてあげるピューリタンの「肖像図像」（“Portrait effigies”）も（Ludwig 309）、「エサリッジ」（“Sylph Etherege” 1838）の「ピューリタンたちの厳しい顔つきの肖像画」を彫り込んだ「背の高い石板の“grave-stones”」（12: 91）や『グリムショウ』（*Doctor Grimshawe's Secret: A Romance* 1882）の「著名なピューリタンたちの肖像」の彫られた「奇妙な“grave-stones”」（12: 345）として、ホーソーンの注目するところとなっている。

二

墓石に関してかくも考古学的態度をとるホーソーンが、『緋文字』の解釈を左右しかねない、「最終章」（“Conclusion”）最終部に登場する重要な墓石を曖昧な定義の言葉で描写したとは考えられない。ヘスター（Hester）がその下に埋葬される、「二人で一つ」の「墓石」（“one tombstone,” 1: 264）という語を、ホーソーンは彼なりに定義して用いていたに違いない。

ホーソーンは実際のところ、先述のホーソーンの批評家たちと違って、“tomb-stone”と“grave-stone”を区別している。そのことを端的に示すのは、一八三七年八月の『アメリカン・ノートブックス』の記述である。大理石産地のトマストン（Thomastone）地方の古い墓地の墓石は次の様に描かれる。

この墓所［＝Knox 将軍の墓所］のまわりには石垣が築かれている。この外側には、古い墓地の“grave-stones”と大きな平たい“tomb-stones”がある。“tomb-stones”は赤い砂岩で、抜けて空白の部分がある。そこには以前石板がはめこまれ、その上に碑文と恐らくは紋章が刻まれていたのであろう。

There is a stone fence around the monument. On the outside of this are the *grave-stones* and large flat *tomb-stones* of the ancient burial ground; the tomb-stones being of red-freestone, with vacant spaces, formerly inlaid with slate, on which were the inscriptions and perhaps coats of arms.（8: 60 斜体筆者）

ここでは明らかに“grave-stone”と“tomb-stone”の二種類の墓石を認め、後者は大きく平らな形状で、はめ込まれた石板に碑文と紋章が彫り込まれた墓石と考えられている。ホーソーンが“tomb-stone”を平型墓石と考えていたらしいことは他の作品からも推測できる。『グリムショウ』で“a flat tombstone”（12: 343）と表現されるスウィナトン博士（“Dr. Swinnerton”）の墓石が、『ドリヴァー・ロマンス』（*The Dolliver Romance* 1863）でも“a small flat stone”（13: 478）として登場する。その際後者は、そこから「出るか入るかする人は誰もが必ずその石の上を踏むか越えるかしなければならない」と記されるところから、この“tomb-stone”は地面に平らに置かれていることになる。「鑿で彫る」の墓石彫りが「腰をおろして食事をする」のが“a broad flat tombstone”（9: 414）であるのも、“tomb-stone”がテーブル状の平型墓石と考えられている事を示す。

ところで先に『アメリカン・ノートブックス』で“tomb-stone”と区別されていた“grave-stone”は、いかなる形状の墓石と考えられていたのだろうか。同じ『アメリカン・ノートブックス』の、イプスウィッチ（Ipswich）での一八三五年九月七日付け記述がヒントを与えてくれる。

ナサニエル・ロジャーズ牧師の、石板の "grave-stone" には、そのやんごとなきおかたの外套、垂れ襟、かつらを着けた浮き彫りの三分の一身像が見事に保存されており、チョッキのボタンすべてがきわめて精巧に彫刻されていた——牧師の鼻はその頬と同じ高さであった。それはたて型の "grave-stone" であった。

On one slate *grave-stone*, of the Rev. Nathl. Rogers, there was a portrait of that worthy, about a third of the size of life, carved in relief, with his cloak, bend, and wig, in excellent preservation, all the buttons of his waistcoat being cut with great minuteness, -- the minister's nose being on a level with his cheeks. It was an upright grave-stone.（8: 9 斜体筆者）

"grave-stone" はホーソーンによってたて型墓石と考えられているらしい。このことは先に述べた「エサリッジ」でのピューリタンたちの肖像図像の彫られた墓石が「背の高い石板の "grave-stone"」（12: 91）と表されることからも推測される。短篇「ロジャー・マルヴィンの埋葬」（"Roger Marvin's Burial" 1832）では義理の父となる瀕死の人の頼みでその人をそこに置いて去った「花崗岩の塊は、彼らの頭上一五乃至二〇フィートもその滑らかで平たい表面をそびえさせて、巨大な "grave-stone" に似てなくもなかった」（10: 338）。この巨大な岩の塊は頂上まで登ってみると反対側の「片面はごつごつとして、でこぼこの表面」（10: 343）である。「その形とその両面のうちの一方の面のなめらかさとによって」この岩は「巨大な "grave-stone" に似てなくはない」（10: 356）。「なめらかで平たい表面」には、「岩脈」が「今は忘れられた文字による碑文の様に走る」（10: 338）。結局この岩には、たて型で、碑文を刻む側の表面のみ平らになめらかに加工した墓石としての "grave-stone" が想定されている。「年老いた狩人の "grave-stone" として役に立つ」（10: 339）とか、「あなたの近い身内の "grave-stone"」（10: 560）など、この短篇のなかでこの岩は "grave-stone" と表される。

ただし、一度だけ同じ岩が "a noble tomb-stone"（10: 348）と表現される。ホーソーンが "tomb-stone" と "grave-stone"

を区別しているという仮説に反するかの如きこの事実を、いかに解釈すべきだろうか。

三

論を進める前にここで、ルードウィックによるニューイングランドの墓石の考古学的研究に本格的に目を向けよう。マサチューセッツ湾植民地への移民の丁度その時期のイギリスの埋葬の慣習を明らかにしたジョン・ウィーヴァ(John Weever)の『昔の埋葬記念物』(*Ancient Funeral Monument* 1631)をつぶさに調べたルードウィックは、ニューイングランドの埋葬の慣習はただ一点を除いてすべてイギリスから携えて来たものとの結論を出す(Ludwig 54)。(ただ一点か否かは疑問の残るところであるが、ルードウィックがあげる相違点は、ニューイングランドの人々が、埋葬地の権威を教会に与えず、タウンの手に委ねた点である。)

ルードウィックによれば、ニューイングランドの人々はイギリスから二つのタイプの墓石の思い出を携えて来た。"upright gravestone"と"flat tombstone"である(Ludwig 444)。"upright gravestone"は前史時代の"menhir"(巨大立石)が、ギリシャ・ローマの"stela"経由で発達したもの。一方"flat tombstone"は"tomb"とも言うが、前史時代の"cist"(石棺)がギリシャ・ローマの"sarcophagus"(大理石石棺)経由で発展したものである(Ludwig 232)。またルードウィックが一四世紀末までに使用されるようになった"headstone"を"or gravestone"と言いかえている点でも、"gravestone"がたて型を意味すると言えよう(Ludwig 239)。とすれば、ホーソーンが"grave-stone"に"upright"を付し、"tomb-stone"に"flat"を付すのは、この伝統を知っての事とも考えられる。"grave-stone"はたて型、"tomb-stone"は平型というわけだ。

さらに、"grave-stone"と"tomb-stone"には彫刻内容や図像に於いても伝統的に区別がある。前者は「殆んど宗教的エンブレム」で彫刻されるが、後者は「象徴図像を殆んど持たないか、もしくは装飾紋様が要求されるとしても普通は紋章である」という(Ludwig 444)。

ホーソーンもまた、「宗教的エンブレム」の彫られた墓石を“grave-stone”と記す。『アメリカン・ノートブックス』一八三八年九月九日の記述には「ぶどうの葉とたわわに実る房とからなる花輪で縁飾りを彫刻された」「ある紳士の浅浮彫の肖像」図像のある“gravestone”が見られる（8: 149）。「エサリッジ」の墓地で、「鼻ぺちゃの天使たち」は「背の高い石板の“grave-stone”」（12: 91）に彫られている。『グリムショウ』でも「まるまるした小さな天使たちを載せている」のは「いくつかの奇妙な“grave-stones”」（12: 345）である。ホーソーンの“grave-stone”の記述は、考古学的定義に則ってなされていると考えてよいであろう。

これに対し、ホーソーンの描く“tomb-stone”の紋様はどうであろうか。ここで確認しておかねばならないのは、ホーソーンの記述において、“tomb”が*OED*（1）と（2）の意味、すなわち、（1）地中に作った部屋形態の墓所と、（2）“tomb-stone”の、双方の意味で用いられる点である。一八三七年八月一二日付け『アメリカン・ノートブックス』の記述のノックス将軍の“tomb”は、「広々とした内部を擁し、芝で覆われた塚の端に鉄の扉がつき、頂部にトマストン産大理石のオベリスクが建てられた」（8: 66）、（1）の意味の墓所である。同じく一八三八年七月二七日付けのピッツフィールドでの記述では、「頂部に大理石のオベリスクが建てられた、緑の盛土の脇腹にあけられた木の扉」をもった“tomb”（8: 85）が、これまた（1）の意味で用いられている。「墓と亡霊たち」の、乙女の横たわる「先祖たちの“tomb”」（11: 296）も、「昔の祖先の地下納骨室で、草の生えた土手の脇にくりぬかれ」、「鉄の蝶番の付いた石の扉があり、その上方に一族の紋章の粗っぽい彫刻と、昔の植民地時代の父と子、母と娘を含む、そこに埋葬されてきたすべての人々の名前が刻まれている」（11: 295）と、（1）の意味で記される。

（2）の意味ではどうであろうか。『アメリカン・ノートブックス』から拾うと一八三八年七月四日の記述に、「れんが工事の片面に石板が取り付けられ、紋章が彩り込まれた、リンド（Lynde）家の“tomb”」（8: 173）があるが、これは箱型の平型の墓石で、“tomb-stone”の一種と考えられる。

以上のことを踏まえた上で、ホーソーンの“tomb-stone”の彫刻紋様を考えてみよう。これまであげた例からは、一部にはめ込まれた石板に、埋葬された人物の名前と一族の紋章が刻まれているのがふつうである。重複を恐れずここに再びまとめると、今は「抜け落ちて」いるが「以前は石板がはめこまれ、その上に碑文と恐らくは紋章が刻まれていたのであろう」「赤い砂岩」の“tomb-stone”(8: 67)、「れんが工事の片面に石板が取り付けられ、紋章が彫り込まれた」リンド家の“tomb”(8: 173)、「奇妙な、苔むした“grave-stone”」の他に同じ墓地にある「紋章彫刻のある古い“tombs”」(12: 92)などである。天使像など宗教的図像は“tomb”(1)、(2)の意味とも)にも“tomb-stone”にも見られない。従ってホーソーンによる“tomb-stone”の紋様も、ルードウィックが明らかにするニューイングランドの墓石の伝統のなかでのそれと一致する。

紋章彫刻が“tomb-stone”にあるとすれば、“tomb-stone”は紋章を許される階級の墓石、すなわち高貴な家柄の印である。このことが伝統的決まりであることは、「平民より上の身分の人の埋葬」は「ふつう“a flat to tomb-stone”を意味し」「ボストン、ニューポート、ロード・アイランドで社会的身分の印として好まれた」というルードウィックの言葉に示される(Ludwig 55)。紋章彫刻のある墓石を“tomb-stone”と称するホーソーンはこの伝統を考慮しているといえよう。

ここで話を「ロジャー・マルヴィンの埋葬」の“noble tomb-stone”にもどす。この短篇中、マルヴィンをもたれさせて坐らせた岩は“grave-stone”で統一されているが、ただ一度だけ同じ岩が“tomb-stone”と呼ばれるという不都合をどう解するかという問題である。解釈の糸口は、“tomb-stone”に付けられた形容詞「高貴な」(“noble”)にある。ホーソーンはどうやら、墓石に関する言葉の定義を、考古学的裏付けのもとに行なっているらしい。

“tomb-stone”が使われるのは、婚約者ドーカス(Dorcas)の父に対して埋葬の儀式を行なっていないルーベン(Reuben)が、彼女に嘘をつくせりふの中においてである。「あなたは荒野で、あわれな父の為にお墓を掘ってくれたのね」という彼女に対して、彼は答える。「僕の手は弱っていたが、できるだけのことはしたんだ。あの人の頭上には、“a noble tomb-stone”が立っているよ」(10: 348)。後めたさが逆に、埋葬の儀式の挙行を強調したいが為に、ルーベンは背後の岩を"grave-stone"でなく、誇らしい高貴な家柄の墓石"tomb-stone"に無意識に変更してしまったとの示唆だ。我々の仮説に一見不都合と見えたこの件は、かえってホーソーンが二つの語を区別して用いていることの証拠となっている。

四

以上の考察を経た今、本章の始まりであり目的でもある、『緋文字』の最終章の"tombstone"にたち帰ろう。『緋文字』で用いられる"tombstone"もまた、伝統を踏まえての用語である。ディムズデイルとチリングワース（Chillingworth）が見降ろす墓地をヘスターとパール（Pearl）が通る場面はそれを端的に表わす。

She［Pearl］now skipped irreverently from one grave to another; until, coming to *the broad, flat, armorial tombstone of a departed worthy*,--perhaps of Isaac Johnson himself, --she began to dance upon it .... Pearl paused to gather the prickly burrs from a tall burdock, which grew beside *the tomb*.（1: 133 斜体筆者）

この"tombstone"は「平型」で「その上でパールが踊る」ほど広い。リンカン（Lincoln）伯の女子相続人のアーベラ（Arbella）を妻とした、「身分の高い」アイザック・ジョンソン（Isaac Johnson）の墓石らしい、「紋章の彫刻された広く平たい"tombstone"」（1: 133）の描写の仕方は、ルードウィックによる伝統的定義と合致する。すでに述べたように伝統的に"tombstone"は「装飾紋様が要求されるとしても普通は紋章」の彫刻を持ち、「石棺」から発展した「平たい」形状をなし、「平民より上の身分の人の埋葬」形式であるからだ。

アイザック・ジョンソンの墓石を擁するこの墓地のこの領域は身分の高い人々の為にある。元来、ジョンソン館《やかた》建設用地としての私有地だったが、彼が移住したその年に、妻より一ヵ月遅れて他界した為に彼の遺体用の住居［墓］となった。以後彼と親しく接触し尊敬してきた人々が共に葬られるのを希望して墓地となった（6: 19）。ボストンの階級社会の一定身分以上の人々の墓がジョンソンの墓のまわりに集る結果となったゆえんである。

従って、この墓地には、紋章所持階級の特徴たる“tombstone”や「塚」が印象的である。チリングワースが「ここで」摘んだ「黒いだらりと垂れた葉」の「醜い草」さえ“tombstone”（1: 131）をイメージして描かれる。また、ヘスターとパールがその間を縫って進む、「亡き人々の“hillocks”」（1: 134）とは、芝生をはった塚の形式の、高貴な身分の人々の“tomb”、*OED* の(1)の意味の別表現である。

ヘスターが埋葬された墓地は、このジョンソンの墓のある墓地と同一である。それはどちらについても、「のちに、敷地内の墓地であるキングズ・チャペルがその傍らに建てられる」（1: 126, 264）こと、ヘスターの墓石の「まわりがすべて紋章の彫り込まれた記念碑」（1: 264）である、すなわち高貴な身分の人たちの墓であることから推察できる。従って周囲の墓の形態は、紋様が紋章と決まっている“tombstone”と“tomb”である。

ヘスターが埋葬された墓もまた、周囲と同じく“tomb-stone”と描写される。“tombstone”であるからには平型であろう。その一部に「石板」がはめこまれ、「その石板に楯型紋章類似の彫刻」が表れている、というのが、これまで調べてきた内容から導き出される、この“tomb-stone”の形状である。問題は「紋章類似」の紋様であるが、それについての検証は別に機会を譲る。が、少なくともここで、右記の形状に加えて言えることは、ヘスターも、ヘスターと墓石を共にする人も、墓地の特別な領域の高貴な身分の印である“tombstone”の下に埋葬される資格のある高貴な身分の人であるということである。

※本章は第二九回日本アメリカ文学会全国大会（一九九〇年一〇月二〇日、於：甲南女子大学、司会：国重純二先生）での口頭発表の一部に加筆した原稿をもとにしている。

【註】

（1）Hawthorne, Nathaniel. *The Scarlet Letter*, Vol. 1 of *The Centenary Edition of the Works of Nathaniel Hawthone*. Ed. William Charvat, et al. Columbus: OhioState UP, 1962 以後本文からの引用はすべてこの版による。引用末尾のかっこ内に巻数と頁数を記す。訳はすべて筆者試訳とする。

（2）Miller, Edwin Haviland. *Salem Is My Dwelling Place: A Life of Nathaniel Hawthorne*. Iowa City: U of Iowa P, 1991 18, 写真番号なし。

（3）*Oxford English Dictionary*, 一九三三年版。

（4）R・B・ヘルベルツマ『古代ギリシャ・ローマ展』パンフレット（美術出版デザインセンター、一九八九年）一八―二一頁。ジャン・ベルクテール『古代エジプト探検史』吉村作治訳（創元社、一九九〇年）参照。

（5）主な項目は後述。

【引用文献】

Hawthorne, Nathaniel. "The Artist of the Beautiful." 1844. Vol. 10 of *The Centenary Edition*. 447-75.

---. "Chippings with a Chisel." 1838. Vol. 9 of *The Centenary Edition*. 407-18.

---. *The Dolliver Romance*. 1863. Vol. 13 of *The Centenary Edition*. 449-97.

---. *Dr. Grimshawe's Secret: A Romance*. 1882. Vol. 12 of *The Centenary Edition*. 343-471.

---. "Go to the Grave." 1820. Vol. 23 of *The Centenary Edition*. 28.

---. "Graves and Goblins." 1835. Vol. 11 of *The Centenary Edition*. 289-97.

---. “Roger Malvin’s Burial.” 1832. Vol. 10 of *The Centenary Edition.* 337-60.

---. “Sylph Etherege.” 1838. Vol. 11 of *The Centenary Edition.* 111-19.

---. *The Whole History of Grandfather’s Chair.* 1840. Vol. 6 of *The Centenary Edition.* 5-210.

Hosmer, James Kendall, ed. *Winthrop’s Journal: History of New England.* 1908. New York: Scribner’s, 1946.

Kesselring, Marion L. *Hawthorne’s Reading, 1828-1850*. New York: The New York Public Library, 1949.

Levin, Harry. *The Power of Blackness: Hawthorne, Poe, Melville.* 1958. Columbia: Ohio UP, 1980.

Ludwig, Allan I. *Graven Images: New England Stonecarving and Its Symbols, 1650-1815*. Middletown, Conn.: Wesleyan UP, 1966.

Miller, Edwin Haviland. *Salem Is My Dwelling Place: A Life of Nathaniel Hawthorne.* Iowa City: U of Iowa P, 1991.

Simpson, Claude M. “Explanatory Notes.” *The American Notebooks.* Vol 8 of *The Centenary Edition* of *the Works of Nathaniel Hawthorne.* Columbus: Ohio State UP, 1972. 559-673.

Shurtleff, Nathaniel B., ed. *Records of the Governor and Company of the Massachusetts Bay in New England.* 5 vols. 1853. New York: AMS P, 1968.

アリエス、フィリップ『図説・死の文化史――ひとは死をどのように生きたか』福井憲彦訳、日本エディタースクール出版部、一九九〇年。

ヘルベルツマ、R・B『古代ギリシャ・ローマ展』パンフレット、美術出版デザインセンター、一九八九年、一八―二一頁。

ベルクテール、ジャン『古代エジプト探検史』吉村作治訳、創元社、一九九〇年。

第四章　高貴なる針仕事——ヘスター・プリンの系譜

「*The Scarlet Letter* における Hester の見事な針仕事の、従来見過ごされてきた比類なき技」（入子 一九九四、二九〇）は、いつ、どこで、どのようにして習得されたのか。この問題を、日本英文学会全国大会（一九九三年）にて口頭で発表して以来、はや十余年が経過した。新しかったこのトピックも、その間、他の研究者たちによって断片的に取り上げられてきた。ヘスターの技の由来をカトリックの修道会と関連づけるのは、その一例である。しかし、『緋文字』の背景をなす一七世紀という時代の状況と、ヘスターの針仕事の特質、特にパールの衣裳の不思議な描写を考えると、これらの見解だけでは十分とは言えまい。そこでこの章では、口頭発表の原稿をもとに大幅に改稿し、この問題について改めて筆者の見解を提示することにする。

はじめに

ヘスター・プリンの見事な「針仕事」（"Needle-work"）は、『緋文字』の暗い雰囲気のなかで批評家たちを魅了し、幾多の論を生み出してきた。しかも、ヘスターの刺繍に関しては「これ以上言及すべきことは殆どない」（Bohnam 184）と、ヒルダ・M・ボーナム（Hilda M. Bohnam）に言わしめたのは半世紀前のことである。しかし従来の批評には、作品解釈の上で重要な、ある視点が欠けている。ヘスターの針仕事が具体的にはどのような技なのか、彼女はいつ、どこで、いかにして、その並外れた技を習得したのか、という視点である。

たとえばボーナムは、ヘスターの針仕事を、彼女の性格や芸術家としての特質を示す象徴として、「単なるエピソードでなく、小説の不可欠の要素」（Bohnam 184-86）とみなす。グレイス・P・ウェルボーン（Grace P. Wellborn）は、ヘスターの刺繍に特徴的で、かつホーソーン好みでもある緋色と金色との組み合わせを、善悪を共に含むものの象徴と読む（Wellborn 169-78）。『緋文字』を歴史的事実との関係で追ったチャールズ・ライスキャンプ（Charles Ryskamp）も、「ピューリタンの衣装についてのホーソーンの記述は、二〇世紀の研究によって実証された」（Ryskamp 268）と述べはするものの、「結局心理面が重要」と言うに留まり、技の具体的背景への深入りは避ける。しかもライスキャンプが実証の根拠とするA・M・アール（Alice Morse Earle）の『アメリカにおける服飾二百年』（*Two Centuries of Costume in America* 1903）には、ヘスターの技の由来に関する具体的な歴史上の示唆は見当たらない。一七世紀イギリスとニューイングランドの歴史的側面での相互作用を重視するフレデリック・ニューベリー（Frederick Newberry）は、国教会のカトリック的な面を取り上げ、イギリスとニューイングランドの美の伝統に注目し、芸術としてのヘスターの針仕事に筆を尽くす。しかし彼女の技そのものの具体的背景については触れない。社会学の視点から針仕事の文化史を背景に『緋文字』の針仕事を具体的に捉えようとしたデイヴィッド・S・レノルズ（David S. Reynolds）も、作品舞台である一七世紀前半の植民地という背景を無視して、ヘスターを一九世紀アメリカの惨めな「お針子」（Reynolds 183）と同列に論じてしまう。『緋文字』のテクストに見るように、ヘスターの針仕事には、「楽しみを犠牲にし、多くの時間を割いて」する「慈善」のための「粗野な手仕事」と、「有り余る収入」をもたらす「楽しみ」のための「華麗な針仕事」（83）[1]との二種類あることや、一七世紀イギリスにおける特殊な針仕事の文化を考慮しないのである。また一九九〇年代新歴史主義の旗手ジーン・フェイガン・イェリン（Jean Fagan Yellin）は、緋文字の刺繍を「抑圧の象徴」と読み、「ホーソーンのニューイングランドの読者は、ペンシルヴェニア・ホールで包囲された奴隷制度廃止論者マリア・ウェストン・チャプマンの赤いショールを思い出して、ヘスターの刺繍の赤に反応するだろう」（Yellin 153）と、一九世紀のコンテクストでのみ考える。

ヘスターの技の由来に関するこのような批評の現状は、「ホーソーンが触れないままにし」（Bohnam 184）、語り手が黙して語らない部分であるからだ。しかし、ヘスターの針仕事が一七世紀に実在した技としてテクストに登場する限り、これでは十分とは言えない。歴史的遺物への入れ込みと信憑性を特徴とする一九世紀の作家の例にホーソーンも漏れてはいない。「技の標本」（81）緋文字は、一七世紀の神秘的な「驚くべき技術の跡」（31）を示し、語り手の「手元に今も存在する」「特別興味を惹かれる過去の遺物」（33）、レイモンド・バヌア（Raymond Benoit）の言葉を借りるなら、「確固たる事実」（Benoit 86）として設定されている。緋文字の刺繍は物語の舞台の時代に、実際に存在していたとしても不思議ではない。

一方語り手は、「男性には理解できない喜び」（83）を女性に与える針仕事に興味を抱き、「その種の流行のうつろいやすさ」（31）を承知してもいる。クロムウェル（Oliver Cromwell）の「護民官時代」の「古い風習」に、「インディアンの矢尻」同様の「喜び」（29）を覚える、歴史感覚を備えた一九世紀の好古家である。彼は一七世紀初期植民地ボストンの晒し台風景の「厳しい緊張」（“grim rigidity” 49）を例にとり、「どこかよその住民」や、「もっと後代のこととなら」（49）、異なる意味を持つだろうと述べ、遠い〈土地〉と〈時代〉の風習の無知が誤読を呼ぶ危険性を警告する。

このような語り手の背後にいるホーソーンが、『緋文字』執筆に際して多用する針仕事の歴史的研究を怠ったとは思えない。ヘスターの豪華で神秘的で高度な技の由来は、ホーソーンの想像力のなかで歴史的な具体性を帯びているに違いない。そこで本章では、ホーソーンの言葉が喚起するヘスターの針仕事を具体的に一七世紀の図像で捉え、技の由来を探る。そこからヘスターの出自と精神の並はずれた高貴性とを導き出し、作品解釈のための一助とする。

一　ホーソーンと〈針仕事〉

『緋文字』が綿密な時代考証に立脚していることは、ニューベリーをはじめとする種々の研究に明らかである。[2]ホーソーンのこの態度は衣裳に関しても同様である。『アメリカン・ノートブックス』に描かれるニューイングランド初期植民地第一世代のジョン・ウィンスロップやリチャード・ソールトンストール卿などの衣裳は、エセックス・インスティテュート(Essex Institute)で見た肖像画がもとになっているという(Earle 1903, 165)。「いかめしい歴史家の書物」(639) を典拠にして語る『おじいさんの椅子の全歴史』(*The Whole History of Grandfather's Chair* 1841) の語り手「おじいさん」は、「風俗慣習」("fashions and manners," 6: 108) に詳しい。しかし一七世紀の総督「ベラモント伯爵」の妻の服装については、「歴史に記録されたものが見つからない」(6: 89) との理由で、語るのを避ける。史料の裏付けのない衣裳の描写は行わないとの、ホーソーンの創作態度の表明である。

衣裳を扱う芸術家の慎重さは『大理石の牧神』の彫刻家ケニヨンの手になるクレオパトラ像の記述からも読み取れる。

> それは頭から足まで、衣裳——古代エジプトの珍奇な彫刻や貨幣、線描画、ミイラの彩色された棺、その他ピラミッドや墓、地下墳墓の出土品から明らかになってきたものは何であれ、古代エジプトの衣装の綿密で周到な研究をふまえた衣裳——を纏っていた。(4: 125-26)

一九世紀の芸術家ケニヨンが制作するクレオパトラの衣裳は一九世紀のそれではなく、古代エジプト時代の衣裳の「綿密で周到な研究をふまえた衣裳」である。このようにホーソーンは視覚に訴える図像的なモノを通して、衣裳の綿密な時代考証を行うことを怠らない。一七世紀前半を舞台に、「時代の趣味にあった」(53, 82) と形容する衣裳を登場させる『緋文字』執筆に際しても、一七世紀前半の衣裳に関する図像と言葉による史料を駆使したであろうことは想像に難くない。

古い風習と歴史的遺物への関心が高まり、遺跡の発掘が盛んになった一八世紀後半から一九世紀前半のヨーロッパでは、一九世紀服飾史家J・R・プランシェ（J. R. Planché）が述べるように、「祖先の衣裳についての正しい知識への趣味」が広がり、「歴史家、詩人、小説家、画家、それに俳優が衣裳に注目」（Planché 1834 xvi）する。服飾史の刊行が相次ぎ、博物館や歴史資料館で古い肖像画や衣裳の展示収集が始まっていた時代であった。[3]

衣裳に関する範疇に入る〈針仕事〉も、一七世紀の再生という形をとって一九世紀の中流や上流の女性に流行した。マーシャル（Frances Marshall）によれば、イギリスの豪華な伝統刺繍の詳細は、一七九七年に行われたジョン王の墓の発掘のように、中世王侯貴族の墓を開いた結果解明されたという。彼らは生前身につけていた衣裳にくるまれており、型・材質・細部にわたり詳細に見ることが出来るからである（Marshall 78）。

ホーソーンの生きていた一九世紀の〈針仕事〉には二種類ある。一つは、卑しい針仕事である。特に一九世紀にはお針子の低賃金労働によるつらい仕事として社会問題になった。一八四三年『パンチ』誌は「シャツの歌」でこのお針子の悲惨な状況を取り上げている（川北 一九八七、一〇）。もう一つの種類の針仕事は――ヘスターを追う我々の関心はこちらにあるのだが――レディーの嗜みとしての楽しい針仕事である。一九世紀の大西洋両岸の上流・中流の女性たちの間では、一七世紀のリヴァイヴァルとして衣裳の範疇にある刺繍やレース編みなど、入念な〈針仕事〉（needlework）が流行し（Hodges 114, 116）、一八一五年から一八四八年にかけて「刺繍の黄金時代」（Forstner 11）と呼ばれる時代が到来した。『ホーソーンの読書』にケッセルリングがあげる書物の内、一八世紀末から一九世紀にヨーロッパの伝統的な余暇・娯楽を論じたジョセフ・ストラット（Joseph Strutt）の書によれば、入念な〈針仕事〉は刺繍、仕立て、レース編み、その他時代と共に領域が拡大するが、古くからの伝統としては主に刺繍を意味した（Strutt, 68-69）。一七世紀への好古趣味と相俟って、刺繍のパターン・ブックや腕のよい刺繍家によるサンプラーと呼ばれる刺繍見本が用いられ（Wardle 22; Levey 4, 11, 28）、刺繍への意欲をそそる手芸雑誌が出版される（クラバーン 二二六）。

一九世紀前半のニューイングランドでは、単なる裁縫と区別して、刺繍を中心に楽しい手仕事がもてはやされ、刺繍絵が流行した。一七九〇年から一八二〇年まで大西洋の両岸では刺繍による哀悼画（mourning picture）の制作が人気を博したが、アメリカでは特に一七九九年のジョージ・ワシントンの死を契機として、家族や親戚の故人を偲ぶために没年月日を入れた墓碑や墓所を刺繍して飾ることが流行った（Hodges 116; Earle 1899, 325）。悲しみと愛情の、図像による表現である。同じ一九世紀初めのニューイングランドには、少女たちに古い紋章刺繍の手ほどきをし、いわばイギリスの「意味深い紋章刺繍の後継者」（Earle 1899, 327）を育成する手芸学校が出来ている。少女たちのための刺繍学校は一九世紀ニューイングランドを嚆矢とするのである。ロード・アイランドに「ミス・メアリー・バルチズ・アカデミー」が、ボストンに「ミセス・スザンナ・ローソンズ・アカデミー」があり、一八〇三年にはマサチューセッツ州ドーチェスタに「ミセス・ソーンダーズ・アンド・ミス・ビーチズ・アカデミー」が開校した（Hodges 117）。

ホーソーンの妻ソファイアもこのような古典的な刺繍を趣味としていたことが彼女の手紙からうかがえる。一八四四年二月四日付けルイーザ宛の手紙によれば、ソファイアの周囲にはやがて生まれる子供（Una）のための身近な女性たちからの贈り物として、三枚の「美しく刺繍されたローブ」や「儀式用ローブ」、「キャサリン・バレット嬢の手になる絹の「刺繍の素晴らしいペティコート」（16: 13）など、古くは貴婦人の好んだ伝統的な刺繍で溢れている。『緋文字』の語り手の周りに存在した「その道の奥義に通じた貴婦人たち」（31）が、実際にホーソーンの周りにいたのである。ホーソーンを取り巻く環境は針仕事の時代考証に好都合であった。

一九世紀前半のアメリカでは、レディーの嗜みのための雑誌『ゴーディーズ・レディーズ・ブック』（*Godey's Magazine and Lady's Book*）がフィラデルフィアのルイス・ゴーディー（Louis Godey）によって一八三〇年に創刊され、一八九八年まで刊行が続いた。アメリカの婦人たちに最も大きな影響を与えた雑誌と言われている（クラバーン 二二一）。

ホーソーンはこの種の雑誌に親しんでいた。一八四四年三月一一日付けの副編集長ジョン・フロスト宛の手紙でゴーディーの『レディーズ・ブック』に言及し（16: 17）、一八四五年四月七日付けのエヴァート・A・ダイキンク（Evert A. Duyckinck）宛の手紙では、短篇「ドラウンの木彫像」を一八四四年五月か六月の『ゴーディー』誌に掲載したと述べている（16: 86）。フロストはゴーディーとマクマイケルが一八四一年から一八四二年にかけて創刊した『ヤング・ピープルズ・ブック』（*The Young People's Book*）の編者でもあった。

対照的な二種類の針仕事が一九世紀にも一七世紀にもあることを、ホーソーンは熟知していた。確かにレノルズの言うように、一九世紀のお針子の窮状を知っていたホーソーンは、青白くか細いお針子プリシラを『ブライズデイル・ロマンス』に、登場させた。短篇「人生の行列」（"The Procession of Life" 1843）でも、「短く乾いた咳をする、顔の青白い痩せた女性たちの群」、「親方にしてけちん坊なる請負人（"contractor"）のために」せっせと針を動かし、やがて自分の棺衣を縫うことになる「お針子たち」を描いた（Reynolds 180）。しかし、レノルズの意見とは異なり、『緋文字』の語り手は、一七世紀のヘスターの「手仕事が紡ぎ出す、より華やいだ製品」（82）を、「楽しみ」としての「優雅な針仕事」（83）に分類する。単なる裁縫のごとき、「苦行」（"penance"）としての「粗野な手仕事」（"rude handiwork" 83）とは明らかに区別している。ホーソーンはお針子としてのつらい針仕事も知っていたが、レディーの嗜みとしての針仕事もそれとは別に知っていたのである。

昔の衣裳に関する情報の入手先は他にも考えられる。若い頃入手可能なほとんどの書物に目を通したホーソーンは、イギリスの出版物をも情報源とした。イギリスでの出版物はほとんどアメリカに入っていたからだ。先述のケッセルリングにあがっているストラットの『イギリス人の娯楽』（*Sports and Pastimes of the People of England* 1810）は、衣裳を含むイギリスの娯楽の風習の変遷をたどる（Kesserling 62）。また『緋文字』と同じ頃に書かれた短篇「大通り」（"The Main-street" 1849）には、一七世紀の衣裳の考察に不可欠の、『アメリカのアガワムの素朴な靴直し』（*The Simple Cobler of Aggawam in America* 1674）への言及がある（11: 62）。一七世紀初期マサチューセッツ湾植民地で最初の法典の起草に寄与したナサニエル・ウォード（Nathaniel Ward）の作品である。また『アメリカン・ノートブックス』の一八三七年八月二二日付けのメモには、「エセックス歴史協会」所蔵の「総督レヴァレット」、「エンディコット、ピンチョンやその他の人々」の「昔の肖像画」の衣裳が記されている（8: 154）。さらにアールによれば、リチャード・ソールトンストール卿についてのホーソーンの記述は、ある肖像画に基づいているらしい（Earle 1903, 165）。これらに加えて、『緋文字』のピュー氏同様役人という身分を利用して、衣裳に関する情報を公文書類から得た可能性もある。アールがよりどころとする「財産目録、遺言書」、「船の積荷の目録、法廷記録」（Earle 1903, 6）などからである。ホーソーンは『緋文字』執筆にあたり針仕事の実際の技を実物で、あるいは図像で、あるいは言葉で、相関的に具体的に研究していたと考えてよい。

以上のように十分な時代考証のなかでホーソーンがヘスターに与えたのは、一九世紀の惨めなお針子の系譜ではない。レノルズの主張するような、生計をたてるために「せっせと針を動かす、お針子として苦闘する勤労女性」（183）の役柄ではない。なぜならヘスターは「自分が好きなだけの時間を針仕事にあて、いつもかなりの収入を得ていた」。「子供を着飾らせるわずかな出費を別にして、余剰収入のことごとく」を「慈善」（83）のために費やし、「自分の技をもっと有利に利用できたはずの時間の多くを割いて、貧しい人たちの粗末な衣服を縫ってやってもいた」。自由意志によって「粗野な手仕事」に時間とお金の多くを割き、「楽しみを犠牲に」するこのやり方は「苦行」のためであったかも知れない、とさえ語り手は言う。語り手は、彼女の生計自体は悲惨な針仕事にではなく、たっぷりとした収入をもたらす、楽しく華麗な針仕事に支えられていた、と主張しているのである。

二　一七世紀イギリスの刺繍

一七世紀の人であるヘスターの針仕事は並外れて見事である。彼女の刺繍の技の「標本」（81）と語り手の言う緋文字には、「針仕事に驚くほど熟達した人」（31）の、「複雑で復元不可能」な、「今は忘れられた技の証拠」である高度な「ステッチ」が用いてある。「上等な赤い布」と「金糸」（31）を用いた、「豪華で贅沢な奇想」により「芸術的に」（53）細工された、「神秘的な象徴」（31）としての刺繡である。

ヘスターの手になる、このように「神秘的な」金糸刺繡は、ニューイングランド初期植民地では比類なき技によっていた。なぜなら「ヘスターがしなければ、空白のままであったに違いない部分を埋めた」のが「ヘスターの手仕事」（82）だからである。この並外れた技を、いったい彼女はいつ、どこで、どのように身につけたのであろう。緋文字と、それに「最も似つかわしい」（53）「豪華なガウン」（54）を、「この日のために作った」のは「獄中」（53）である。子供は「生後三ヵ月」（52）ゆえ、獄中生活はせいぜい四、五ヵ月。獄中でのわずかな期間で、これほど並外れた技そのものを習得し、かつこれほど豪華で贅沢な作品を制作し得たとは思えない。投獄以前にすでに習得していなければ無理である。ではアメリカにやってきた直後から学んだのであろうか。たとえ渡米後の「二年かそこら」（62）を丸々かけていたとしても、彼女に匹敵する技を持つ指導者さえいない状況では、そこまでの達成は無理である。とすれば技の習得は渡米前、即ちイギリス在住時に相当の期間をかけて、ということになる。

実のところ、『緋文字』のテクストに描かれるヘスターの技は一七世紀前半のイギリスのものとの設定である。彼女の針仕事は一七世紀前半を舞台とする『緋文字』の、「時代の趣味にあっている」（53）。彼女の刺繡が第一世代植民地指導者にもてはやされるのは、それがイギリスに残してきた「古き良きロンドン」の「いまだに記憶に残る華麗さ」の「おぼろな反映」（230）であるからだ。

エリザベス朝の文化を引き継いで洗練させた一七世紀前半のステュアート朝で、ヘスターに見るような高価で上等な布地への贅沢な金糸刺繡を習得し披露することを許されていた人は限られている。職業としては、一九世紀的なみじめなお針子は存在せず、宮廷や大貴族御用達で権威ある同業組合（ギルド）に登録された、男性のみからなる親方たちとその徒弟、女性では親方の未亡人に限られる。それ以外では上流階級の貴婦人たちだけである（飯塚

三三、四〇、七六—七七、クラバーン 三九）。[4] その歴史を簡単に跡付けてみよう。

イギリスではローマ教会の支配下にあった中世から、金糸を用いた豪華で手の込んだ〈オプス・アングリカーヌム〉（イギリス製品）の名声が、ヨーロッパに鳴り響いていた。佐野敬彦によれば、当時の装飾写本に通じる緻密でリアルなデザイン、ゴシック時代の豊麗な装飾性を特徴とし、絹糸と金銀糸をふんだんに用いて、下地布が見えないほど刺繍で覆い尽くされている。一二九五年のバチカン財産目録には百点以上のイギリス刺繍の所蔵が確認されている。聖なるものを金の輝きで表現しようとしたイギリス中世末期の刺繍は、宗教的荘厳さのため、教会を飾り、ミサ用の上祭服カズラ、聖壇覆い、カリス覆いを飾った（佐野 一八—一九）。〈教会刺繍〉とも言われる所以である。その制作のために、教会にはお抱えの刺繍職人がいた。一方、聖書にも述べられている聖なる幕屋や聖職者の衣服の刺繍をみずから手がけ、信仰の証として教会に寄進した高貴な女性たちもいた。またそのなかには、修道院に入り尼僧としての信仰を証するために丹誠込めた刺繍を日課とした者もいた（Strutt 69-70）。

しかしヘンリー八世による修道院解散後、「イギリスの教会芸術は突然終焉を迎える」（Marshall 80）。〈教会刺繍〉は消滅、その技術は俗界で引き継がれる。教会のお抱え刺繍職人たちは活動の場を俗界に見出し、王侯貴族のお抱え職人となり、一五六一年刺繍業組合（Broderer's Company）を結成、技術を継承する。一五八〇年には八九人の親方職人が登録し、活動していた（Digby 29）。尼僧の刺繍は俗界の高貴な女性たちに引き継がれる。一六二五年以降、すなわちチャールズ一世の即位後、ロードの保護のもとにしばらくの間イギリスに豪華絢爛たる教会刺繍が復活する。とは言っても尼僧によるものではない。殆どはアマチュアの高貴なる貴婦人たちによったが、教会の財産目録によれば、金銀糸による豪華な教会用の刺繍は専門職人が請け負った（Wardle 13-14）。イギリス国教会に本格的に〈教会刺繍〉が復活するのは、ようやく一九世紀になってからであった。

このような経緯で、一六、一七世紀の上流階級の貴婦人たちは高度な針仕事の技を、特に〈レイズド・ワーク〉〈浮きあげ刺繍〉をステイタス・シンボルとした。[5]

〈レイズド・ワーク〉はエリザベス朝の「浮きあがった金銀糸刺繍」（"raised metal thread embroidery"）（Wardle 14）の伝統を受け継ぎ、より華麗に、より奇想を凝らして発展し、〈スタンプ・ワーク〉（"Stump work"）と呼ばれるものともなった。一七世紀ステュアート朝上流階級の貴婦人の表象である、最も高度な技を要する最も高価な刺繍と言われる。部分的にアップリケのように詰め物をしたり、ステッチの一部を編み物のように編み、下地布から離して浮かせたりして図像を浮き出させ、浮き彫りのごとき三次元効果を出す（Marshall 95）【図1】。イタリアから輸入された高価な深紅のビロード（"crimson velvet" 95）やサテンの地に、同じくベニスから輸入した「ベニス・ゴールド」（"Venice Gold"）と呼ばれる純度の高い金糸による唐草模様と、絹の色糸による繊細なステッチで、金糸のきらめく美しい図像が描かれるのも特徴だ。[6] ベニス・ゴールドでふんだんに刺繍された「ジャーキン」（ジャケット）はヘンリー八世への贈り物にされているところから（Strutt 243）、この糸の贅沢のほどがわかるであろう。

（右）【図1】スタンプ・ワークの小箱
イギリス製（17 世紀）"Little Gidding Casket" として知られ、19 世紀にはスコットランドのメアリー女王の持ち物であったと伝えられていた。ホーリールードハウス宮殿蔵。
（左）【図2】唐草模様の女性用上衣（背）

　深紅のビロードやサテンは極めて高価である。ビロードやサテンといった絹織物そのものが高価な輸入ものである上に、絹を深紅に染めるコチニールの正体が秘密にされていたため、深紅の絹織物が極めて高価であったからだ。また唐草模様はルネサンスに好まれた装飾であり（Digby 20, 38; Marshall 76）、建築の細部や衣裳の図柄、紋章図像の一部を構成するマント

(mantle) や兜飾りの羽飾りにも用いられた【図2】。〈レイズド・ワーク〉は本のカバー、本のクッション、クッション、小箱、財布などの小物に仕立てられ、個人が愛用したり贈り物にしたりした (Digby 96-114)。〈レイズド・ワーク〉に用いる金糸の扱いは難しく、刺繍糸の光沢を損なうことなく「絹やサテン地に絹糸や金銀糸で直接刺繍するには極めて高度な技を要した」(Swain 25)。とすれば、この種の刺繍の上達には上等な絹織物や金銀糸を消費する相当の練習量を要する。金銀糸が極めて高価であることと、高度な刺繍図案を集めたパターン・ブックが高価であるため一般には入手困難なことから (Forstner 15)、金銀糸刺繍は贅沢禁止令を持ち出すまでもなく、それ自体で財力と閑暇と地位の、さらに言えば高貴さの象徴なのである。

三　「縫い針の賛歌」と高貴なる刺繍

このような背景を伝えるのが、ジョン・テイラー (John Taylor) の詩「縫い針の賛歌」("The Prayse of the Needle") である。この詩はイギリスで出版され、一六三一年の初版以後一六四〇年までに一二版を重ねて人気を博した、刺繍小冊子『縫い針閣下』(*The Needle's Excellency*) の一六四〇年版に収められている (クラバーン 一八六)。一六四〇年といえば、奇しくも『緋文字』のヘスターが植民地での生活を始めた年である。

この詩でテイラーは、高度な刺繍を生み出す縫い針と高貴な女性たちを次のように謳う。

> このように縫い針の働きは偉大であり、／役に立つ、楽しい飾りを生み出してゆく道具。／それは高貴な女王たちが手にすると優雅になるので／生まれつき身分の高い貴婦人たちが、それを大切なものとする。／彼女たちの娘が娘として生長した時に／彼女たちは娘に、この縫い針の見事な技術を示すのだ。／それは賞賛すべき手練ゆえ、／当節これほど高貴の名に値するものがありえるだろうか。(Taylor "Prayse" 4)[7]

さらにテイラーは「テント・ワーク、レイズド・ワーク、レード・ワーク」他、高度な技を列挙し、「最も入念な金銀糸刺繍（Most Curious Purles）、あるいはイタリアのカット・ワーク」を讃える。これらは高貴なる母から娘に受け継がれる高貴なる刺繍の技なのである。

『緋文字』において、この詩とほぼ同時代にヘスターの手で作られたことになっているテクスト上の緋文字は、我々の想像力のキャンバスに言葉のちからによって刺繍の図像を描く。それは、テイラーの詩の言葉が喚起する図像と響きあう。ホーソーンの緋文字は次のように述べられる。

> 上等な赤い布に、入念な刺繍と、金糸による幻想的な唐草模様（"fantastic flourishes of goldthread"）で囲まれて、赤い大文字Aが現れていた。それには極めて高度な技を尽くしてあった。（53）

ここでの「赤い大文字A」が浮き彫り効果を呈していることは、ヘスターの胸の緋文字に似た、最後の墓石の赤い「大文字A」の標が、「常に輝く、影よりも暗い光の一点によって浮き彫りにされている（relieved）」（264）と記されることから類推できよう。緋文字を描写するテクスト表現は次の様な刺繍の手仕事を眼前に浮かび上がらせはすまいか。即ち、白い麻布か絹布の上にAのかたちに詰め物をし、緋色の布をかぶせて絹糸と金糸で縁取り、盛り上がったAの形に仕上げて切り取り、緋色のベルベット地に置いて金糸でかがり付け、周囲に金糸で唐草模様の刺繍を施した華麗な作品である。『緋文字』のテクスト表現は、このような〈レイズド・ワーク〉の（Hodges 95）、言葉のちからによる図像なのである。

緋文字の刺繍が、糸をほぐしても再現できないほど複雑で「神秘的な」ステッチであること、テイラーの言う「異教のマホメットの地域を越えて」（Taylor 5）やって来た「唐草模様」が、ルネサンスの好みであることを考え合わせると、テイラーの詩と『緋文字』という二つのテクストが喚起する図像は重なり合う。以上の考察を経た後ではさらに、ヘスターお手製の、総督邸でのパールの衣装も重なってくる。「深紅のビロード」に、「幻想的な唐草模様を金糸でふんだんに刺繡した上衣」（102）を身につけた、ふくらみを持ったパールは、我々の心の舞台で「もう一つの形を取った緋文字」、「生命を与えられた緋文字」（102）の図像として、きらきらと光を反射させながら踊り始める。ヘスターの刺繡が上流階級の高貴なる刺繡であることを、図像を生み出す言葉の力で印象づけながら。

ヘスターの刺繡は単にお金に糸目を付けない華麗な贅沢さだけではなく、霊性をも付与されている。"a fantastic ingenuity"（83）、"morbid ingenuity"（102）と語り手が繰り返す「創意」（"ingenuity"）という言葉には、霊的な高貴さが香りたつ。「天才」や「独創性」による「問題の発見」を一九世紀前半に説いたウィリアム・ベリー（William Berry）に見られるように、「創意」という語は一九世紀のお気に入りの言葉である。与えられるあらゆる情報を集め、「事実を新しい光の中に置くことによって、真実なるものを確認、樹立する」（Berry, "Preface" b）ために寄与する力であるからだ。クィンティリアヌスやキケロに信頼を置いたルネサンスは、理想的人間を意味する理想的紳士の素質である"Nature"を"Art"の上位に置き、"Nature＝natural gift"すなわち生来の高貴な素質を不可欠とした。ヘンリー・ピーチャム（Henry Peacham）の『完全なる紳士』（*The Compleat Gentleman* 1622）に見るように、エリザベス朝やステュアート朝の宮廷人たちは、"ingenuity"というこの高貴な生来の素質を、天賦の才、神々の贈り物と同義語と考えた（Peacham A3）。ルネサンスの「創意」という語はこの意味とともに、一六、一七世紀の"wit"の意味とも重なり、主題の目新しさ、配列により新しい意味を見出す能力という、ルネサンス修辞学の〈発想〉（inventio）の意味をも与えられている（トネリ「天才」『西洋思想大事典』）。〈創意〉と人間の高貴性とは不可分な関係にある。

ルネサンスには、高貴なるためには学識が必要、との考えから、高貴と学識の合体した〈高貴なる学識〉が理想的紳士の条件とされた（Corbett 168）。ジェイムズ一世の時代のこの信条の代弁者ピーチャムをはじめ、一六、一七世紀のコンダクト・ブックは、紳士が楽しく徳を高めるための手段である〈高貴なる学識〉、すなわち歴史、詩、絵画、幾何学などの総合としての紋章学、寓意《エンブレム》、私標画《ディバイス》の嗜みを推奨した。神から与えられた高貴な"Nature"である〈創意〉もしくは〈発想〉は、それらを通して働くからだと言う。そこでエリザベス女王をはじめとするエリザベス朝や一七世紀のステュアート朝の宮廷人たちは、これらの学問を愛好した（Corbett 169; Digby 115-16, 123）。『緋文字』のお偉方は、イギリスでこの種の文化に浸っていた人たちだ。ディムズデイルは「予表《タイプ》や寓意《エンブレム》」（131）という語彙を用い、アイザック・ジョンソンは「紋章付き墓石《アーモリアル・トゥームストン》」（133）の下に眠る。「紳士のみで構成される軍人の一隊」は「紋章学の学べる」「紋章院《コート・オブ・アームズ》のごときものを設立しようとしていた」（237）。

私標画《ディヴァイス》は、王侯貴族が自分を表すために好んで用いた、象徴的意味を担わせた図像だが、紋章ではない。紋章と異なって登録も認定も必要なく、一人でいくつでも持つことができ、また一つを何人で共有してもよいからである（Corbett 10）。古代の格言や歴史、聖書、神話に題材をとり、〈創意〉を働かせて再解釈し、自分の名前や人生の教訓を図像に託すという宮廷人の知的遊びの一種である。彼らはこれを自ら作る楽しい嗜みをもって紳士の印としていた。神から与えられた高貴なる素質である〈創意〉がこれらの嗜みを通して働くとの理論に基づいてのことである（入子 二〇〇四、二二三、三二五―二六参照）。

一六、一七世紀の宮廷人たちが特に好んだのは自由学科で重視された幾何学との関わりである。幾何学は、高貴なる紳士にふさわしい学問であった。古代ギリシャのプラトンの『ティマイオス』に則り、世界の根本が完全の表象である円、三角、四角とそれらの組み合わせにあるとの考えに立脚し、世界の生成を考察し、神の栄光を讃える高貴なる学問とみなされたからだった（入子 二〇〇六、一五四―七六）。『緋文字』世界の指導者も幾何学への貴族趣味に養われていた。イギリスの「相当の地所のある紳士たちの屋敷を手本に」（104）設計したベリンンガム邸の「屋敷の壁」は、「時代の風変わりな趣向にふさわしく、一見奇妙で秘儀的な図像や図形で飾られていた」（103）し、その庭は「故国イギリスの装飾庭園」（106）即ち〈幾何学〉庭園に則っていた。真実を求めるチリングワースもまた「空中に引かれた幾何学の問題の線や図形であるかのような態度」（129）を示した。

（右）【図3】スコットランドのメアリー女王と貴婦人たちによる《マリアの掛け物》（1569?）正方形、八角形、十字型に寓意や組み合わせ文字の刺繍が収まっている。ヴィクトリア＆アルバート美術館蔵。
（左）【図4】《黒衣の貴婦人》喪服のメアリー１世（1550）漆黒のサテン地のフランス風ガウンと雪白のローンに黒糸で寓意模様が刺繍されたビロードのパーレット。ハドゥルストン家蔵。

これらの一環として宮廷の貴婦人に好まれたのが、〈高貴なる学識〉の一つである寓意《エンブレム》を扱うエンブレム刺繍である。エンブレム刺繍という手仕事を通じて〈創意〉を働かせ、徳の涵養に努め、かつ宮廷人たちの知的遊びに供するものであるからだ。聖書、歴史場面、紋章、私標画（ディヴァイス、インプレーザ）、寓意《エンブレム》、頭文字や組み合わせ文字、綴り換え、モットーなどが、八角形や、楕円形、十字形などの〈幾何学〉図形の小さなパネルに別個に刺繍され、それらが別の一枚の金糸を織り込んだ絹やビロードなど高価な地布に〈幾何学的〉配置をとって止め付けられる（Digby 114-23）。

　テイラーの先ほどの詩の別の一節が、図像のちからと言葉のちからを一体とする、この種の刺繍の特質を伝える。

> その上、珍しい花束や語句の綴り換え／種々の名前や真の歴史、さまざまな楽しい物語から意味ある格言を探求する、／さまざまな色をまぜあわせ、／技術をまぜあわせ、／すべてを卵形の、四角形の、円形のほどよい大きさと形の中で、／自然の領域に技術の生命が含まれる。／そこで技術は自然そのもののように見えてくる。／そのように幾何学的に形態を形作るときに。／そしてわが

> 国はいたるところにこの珍しい技術を／習熟した貴族の女性たちで、そして紳士階級の女性たちでみち満ちている……（Taylor 5）

刺繍において、「卵形の、四角形の、円形の」、「幾何学的」形態を形作ったり、図像や言葉に意味を探求するのは、高貴な血にふさわしい〈高貴なる学識〉に連なるというのである。

　この詩を図像化した典型として、スコットランドのメアリー女王の手になる刺繍《マリアの掛け物》【図3】がある（Swain 100-101）。メアリー女王は、後でも述べるように、八角形、四角形、十字形で構成されたこの刺繍作品を三人の貴婦人たちと制作したのだが、「当時フランス同様イギリスでも流行していた寓意画集《エンブレムブック》から、二重の意味を持つラテン語のモットーと共に刺繍の意匠を考案した」（Swain 63）。

　ヘスターの刺繍はこのような〈高貴なる学識〉に連なる。彼女の刺繍する「漆黒の布地や雪白のローン」で出来た「葬式の装束」には、「あとに残された者の悲しみを表現するための」、「さまざま寓意的私標画《エンブレマティック・ディヴァイス》」（82）が見られるからだ【図4】。このようなヘスターの刺繍の技について、ホーソーンの語り手が述べる次の言葉は、テイラーの詩と同じく〈高貴なる学識〉の図像を呼び起こす。

> 彼女の繊細で想像力あふれる技を、宮廷の貴婦人たちが喜んで役立て、彼女たちの絹と金糸の織物に、人間の創意（ingenuity）という、一層豊かで一層霊的な飾り（spiritual adornment）を付け加えるのだ。（81-82）

四　高貴なる仕立術

ヘスターの針仕事は刺繍のみならず仕立て（ここで言う仕立てとは一般庶民の家庭の粗末な日常着のことではない）に

も特別の技を披露する。ヘスターの手になる総督邸でのパールの衣裳は、ヘスターの「特別の裁断」（“peculiar cut” 102）による。最後の行列の場面でのヘスターの衣裳の仕立ても特別である。「身体の輪郭を消し」（226）かねないその衣裳の特徴は、灰色の「色のせいというより、その仕立て方の神秘的な特質（some indescribable peculiarity in its fashion）（226）による。彼女の仕立ては刺繍と同じく特別高度で神秘的な針仕事の技、さらに言えば〈高貴なる学識〉の系列に入る。仕立術はこれから述べるように、実践的な幾何学とみなされており、その幾何学は紳士の修めるべき学問であったからである。

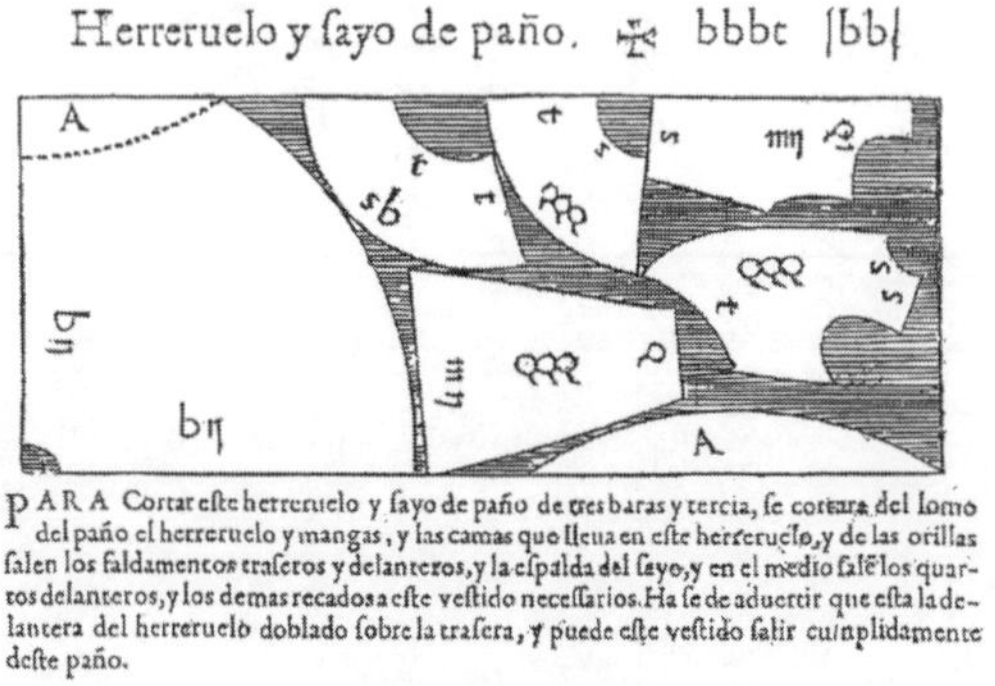
Herreruelo y ſayo de paño.
PARA Cortar eſte herreruelo y ſayo de paño de tres baras y tercia, ſe cortara del lomo del paño el herreruelo y mangas, y las camas que lleua en eſte herreruelo, y de las orillas ſalen los faldamentos traſeros y delanteros, y la eſpalda del ſayo, y en el medio ſalẽ los quartos delanteros, y los demas recados a eſte veſtido neceſſarios. Ha ſe de aduertir que eſta la delantera del herreruelo doblado ſobre la traſera, y puede eſte veſtido ſalir cumplidamente deſte paño.

【図5】アルセガ（Alcega）の断裁図（1580年）

凝ったデザインと金糸織り、銀糸織り、ビロード、ブロケードなど高価で扱いにくい布の流行に要請され、一五八〇年スペインのマドリッドでアルセガ（Alcega）は『仕立屋のパターン・ブック』（*Tailor's Pattern Book*）【図5】を出版した。原題は *Libro de Geometria, Practica, y Traca*（『実践と商売の幾何学』）である。この書は類似本を生み出していった。一六一八年にシャンパーニュ生まれのバーガンがアルセガのスケッチしていた木版を写し取って彩色し、二四葉の木版画を載せて出版した。一六四〇年マドリッドで出版された同種の書物をカーディナル・マザランが写したものが、ジョン・イーヴリンによって購入され、イギリスにもたらされた。仕立術に関するスペイン語以外の書物が初めて出たのはようやく一六七一年、フランス語によってであった（Nevinson 11-12）。以後、長い間、スペイン語とフランス語の専売特許の相を呈していた仕立術に関する書物が初めて英語で出版されたのは一七九六年、イギリスにおいてであった（Giles 78）。この種の書物のアメリカでの出版は一八〇九年、前掲書のリプリント版といわれる代物だが、仕立術に関して英語で出された第二番目の書物となった（Giles 79）。一九世紀前半に、ホーソーンが仕立術に関する知識を仕入れる可能性は十分にあった。

それにしても仕立術とは具体的にいかなるものであろうか。『緋文字』の扱う時代とほぼ同時代に出版された、アルセガの『仕立屋のパターン・ブック』の目的は、「衣装の測量術と裁断術を無私の精神をもって編集し」、「仕立屋や他の人々の幸福に寄与すること」、「この職業の神秘性と仕立術に関する驚くべき性質の神秘をあかすこと」（Nevinson 10）にある。「仕立術（Art of Tailoring）」は「何か神秘的なもの（mystery）」を持ち、「算術、幾何学を用いて配置する」、「素質と学識」（Alcega 17）を要するという。「幾何学と測量術によって導かれる」「主題は高貴」である。「仕立業組合の親方」である「著者よりも、高貴なる」「知恵ある方々」が、「この書をお読みになり」、「神をよりよく知ることができますように」（Alcega 17）と結んである。ヘスターの不思議な仕立術は、この〈高貴なる〉仕立術に属する。

このような特別の仕立は、スペインでは刺繍と同じく職業としては同業組合の手に委ねられた。「明らかに女性の仕立屋は存在せず」、女性の衣装は「男性の特権」（Nevinson 11）なのであった。同時代イギリスの仕立ても、少なくとも一六〇〇年過ぎにはスペインと同じ状況にあった。刺繍業組合を代表とする四つの組合が、呉服商組合の傘下に入り、親方や徒弟職人という男性の専門的職業人組織を継続させていたからである。『仕立屋のパターン・ブック』がイギリスに入ってきた一七世紀ステュアート朝では、高度な仕立は職業的男性のものであった。

では、ヘスターと同時代の、一七世紀前半のイギリス女性は、まったく仕立てと無関係であったのだろうか。一七世紀末までは、「麻のスモック、シャツ、襞襟、首周りのネッカチーフの類の制作はお針子が手がけた」（Arnold 3）し、絹の靴下もシルク・ウーマン（silk woman）の手になった（Strutt 150）。しかし、それ以外にも、仕立術に携わることが許された女性はいた。それは、⑴職業人としての組合の親方の未亡人と、⑵チャールズ一世の王妃ヘンリエッタ・マライアと、その宮廷に属する上流階級のサークルの貴婦人であった。仕立術は〈高貴なる刺繍〉と同様に、これらの人々にのみ習得可能な奥義であった。アールによれば、チャールズ一世の王妃は素晴らしい趣味を持ち、女性のドレスを完璧なまでに素晴らしく作りあげることができたという（Earle 1903, 45）。仕立てのパターン・ブックは一般の手が届かないほど高価であったし、一般のイギリス人には読めないスペイン語で書かれていた。しかも仕立術を要するのは、ごわごわしたり、あまりにも柔らかだったりで、身体にぴったりあう複雑な仕立ての難しい布地、ブロケードやビロードやサテン、金銀糸織りや沙織など、特別高価な輸入物の絹織物を用いる階級のみであった。とすれば、ヘスターは親方の未亡人として、その神秘的な針仕事の技を習得した可能性もある。

だがチリングワースと結婚する前に、ヘスターが親方の未亡人であった可能性はあるだろうか。結論から言えば、ない。語り手によれば、緋文字をつけて晒し台に立つ時までのヘスターは、祝祭日を除いては「炉辺の静かな薄明かりの中や、家庭の幸せな日陰のもとや、教会で既婚婦人がかぶるヴェールの下でしか見られてはならない容貌」を「衆人に監視される」（63）ことはなかった。したがってそれまでは、生計をたてるために職業人として真昼の日光の太陽の元で働いたり、移動したり、群集に顔を晒したりする環境にはいなかった。彼女は親方の未亡人ではなく、深窓の貴婦人であった。

五　ヘスターの高貴なる生まれ

事実、ヘスターの生まれは高貴である。このことはすでに他のところで詳しく述べたので、ここでは簡単な説明に留める。

ヘスターの父祖伝来の生家は、イギリスによく見かける要塞を兼ねた中世の典型的な城である。中世に特有の「灰色の石造り」の「崩れかけた館」の「入り口」には、「古くからの上流階級であることを示す楯型紋章」（58）が「消えかかりつつ」も掲げられている。衰えを示す館と、父の「エリザベス朝に流行した襞襟」が語るように、エリザベス朝を過ぎるころ衰退し始めた、十字軍に由来する爵位貴族を思わせる。資格審査を経て紋章院に登録された紋章は、所有資格を失うと如何なる形でも使用を許されない。紋章院の巡回調査により無資格使用が発覚すれば、入り口であれステンドグラスの中であれ、紋章の部分が打ち壊される。巡回調査制度は「一六世紀の初めから一七紀の終り」(Burke vi) の年まで続けられていたので、ヘスターが実家を回想する場面にあたる一六四二年には、この制度は厳格に守られていた。紋章に詳しいホーソーンゆえ（入子一九九五、三九―四〇）、このことは知っていたのであろう。したがって崩れかけたとはいえ、相変わらず入り口に紋章を掲げ続けるヘスターの生家は、衰退してはいても今も紋章所持を許される由緒ある爵位貴族である。「エリザベス朝襞襟」や、高く「禿げ上がった額」、「うやうやしい白髭」(58) が示すように、父親はエリザベス朝宮廷人であると同時に学問のある敬虔なクリスチャン、「気遣わしげな慈愛の表情を浮かべ」「穏やかな叱責」により娘を正道に保とうとする母親もキリスト教的愛の持ち主として、貧に傾いたとは言え、誇り高く生きていたと思われる。ヘスターも、「両親ともに高貴な血筋の子」(79)、「敬虔な家庭の娘」(111) としての誇りを矜持して、その生まれにふさわしく背筋を伸ばして生きてきたと考えてよいであろう。

ヘスターの風格は彼女の高貴な生まれと、これまでの生き方を物語る。晒し台での「傲然たる微笑」と「まなざし」(52)、「堂々たる威厳」(53) は、古典悲劇のヒロインの、きわめて高貴な血を連想させる。ピューリタンの法の「陰惨な厳しさ」を体現する町役人の手を振り払う「生まれながらの威厳」(52)、時の権力者と渡り合う態度、移住間もないベリンガム邸の召使が「大貴族の貴婦人」(104) と判断した「彼女の決然たる態度」(104) などである。しかもこれは獄中の人となる以前といささかも変わらない。町の女たちが、「あの浮気女は、当局がそのガウンの身頃に付けるものを気にもせず、その上にブローチか何か異教の飾りの類をつけて、これまで同様堂々と町の通りを闊歩するでしょうよ」(51) と言うからだ。「ブローチか何か、異教の飾りのようなもの」とは、金や宝石が燦然と輝き、上流階級にしか許されない特別の贅沢品である【図6】。その意匠としてしばしば用いられた十字架は、短篇「エンディコットと赤い十字」(“Endicott and the Red Cross” 1838) に記されるように、ピューリタンが嫌悪したカトリック

【図6】ウィリアム・スコッツの工房による《少女時代のエリザベス１世》（1546 年）。最高級の生地 "tissue" 仕立ての衣装の胸に宝石の十字架。贅沢な好みがすでにある。

という偶像崇拝の異教徒の表象である。

幼子を抱いたヘスターが、ピューリタン社会には似つかわしくない「聖母子像」で説明されるのも、彼女がピューリタンと対峙し、マリア信仰を教義に入れるカトリックを信奉する王党派貴族の出であることを示唆する。ヘスターは宝石という贅沢品の着用を許されている。移住の最初から、また今後とも、町の人たちとは一線を画す高貴な身分であった。彼女が爵位貴族の女性の敬称「マダム」（Thoms 95-129）を付けて、「マダム・ヘスター」（51）と呼ばれていることが何よりの証となろう。

ヘスターの高貴な身分は、ヘスターが所有していた生地や、パールの衣裳や緋文字の刺繍から判明する。それらがいかに豪華で贅沢であるかは、イギリスから持ち込まれ、ニューイングランドの贅沢禁止令の原型となったイギリスの贅沢禁止令（一六〇三年廃止）が明らかにしてくれる。赤い上等の布に金糸刺繍を施した緋文字とパールの衣装は、イギリスでは禁令の第一と第二の項目に当たる、上位爵位貴族にのみ許される特別の贅沢品であった。たとえばホーソーンが一八四九年に借り出した『宮廷の本』（*Book of the Court* 1844）によれば、「緋色のビロード」は、イギリスの爵位貴族やガーター受勲ナイトにのみ所有が許される〈国家の布《クロス・オブ・エステイト》〉である（Thoms 94, 157）。イングランドにおける一五九七年の贅沢禁止令では、金糸、銀糸、金箔のサテン、金銀の縁飾りの施された絹・毛織物は男爵以上の爵位貴族、ガーター受勲ナイト、枢密院議員にしか許されなかった（川北 一九八六、六六）。また、ヘスターがパールの衣裳に買い求めた“the richest tissues”（90）は、後述するようにエドワード四世の治世二二年目に、「公爵より下位の者の着用を禁じ」られていた（Strutt 111）。

さらにこれらが初期マサチューセッツのピューリタン社会にあっていかに贅沢であるかは、当時のニューイングランドの贅沢禁止令から知ることができる。一六三四年、三九年、四四年の禁令における禁止品目は、レースや過度のリボン、絹のフードやスカーフ程度、一六五一年の禁令も次のように似通っている。

財産の二〇〇ポンドを越えざる者は、金銀レースや金銀ボタン、一ヤード二シリング以上のボーン・レース、絹のフードもしくはスカーフの着用を禁ず。違反者は各品目につき一〇シリングの罰金……行政官や役人、彼らの妻子、軍人、その他教育、職業において他に特別抜きんでる者、あるいは現在衰退せりといえども、かつて財産・地位の相当なりし者にはこの限りにあらず。(Shurtleff 3: 243-44)

身分規定がなされてはいるが、禁止品目はささやかである。これらの禁令に照らすとき、ヘスターの緋文字とパールの装いが当時の植民地にあっていかに贅沢であったかが想像できよう。

この歴史的記述は、『緋文字』の植民地ボストンの社会に持ち込まれている。海の人間に陸の法が適用されない例として船長の服装を巡る次の一節は、この間の事情を伝えている。

その衣服にはおびただしい数のリボンがついており、帽子には金レースが、また金鎖がめぐらされてあり、頭頂部に羽根飾りがついていた。……陸の人間なら行政官の面前で厳しい尋問を受け、おそらくは罰金、投獄もしくは晒し台の刑ぐらいは免れないだろう。(233)

この程度のささやかな贅沢品を身につけても、陸の人なら厳罰に処せられる。しかるに陸の人間であるにもかかわらずヘスターの並はずれた贅沢は罰せられない。衣裳の禁令に関する『緋文字』の記述は、前記一六五一年の歴史上の禁令における財産・地位・身分による特権項目を下敷きとしている。ヒビンズ夫人の「三重の襞襟」という、とりわけ「豪華な」（241）装いも、ディムズデイルによって「マダム」と呼ばれる「貴婦人（lady）の身分」（221）と、ベリンガム総督の妹という最高権力者の身内の特権として許されている。前記禁令の特権項目、「行政官や役人、彼らの妻子、軍人……」を視野に入れてのことである。ヘスターの生まれと身分の高貴性は、このような特権を与えられるに十分であった。

六　パールと妖精と宮廷仮面劇《コート・マスク》

パールの衣裳とその動きの不思議な描写には、これまであまり論じられなかった意味が込められている。この描写の意味を読み解くとき、ヘスターの技の由来はより確定的になる。

このことは、ヘスターをカトリックの尼僧とみなして彼女の技を教会刺繍に位置づけるという批評の傾向を検証することにもなる。

従来パールといえば、第七章の「深紅のビロード」に「金糸で幻想的な唐草模様をふんだんに刺繍した上衣《チュニック》」（102）を着た姿を思い浮かべる。「衣装を考案」する際、ヘスターはパールの容姿を「もう一つの形を取った緋文字」、「生命を与えられた緋文字」（102）として現出させようとした。ヘスターのこの意図が見事に実を結んだことは、ピューリタンの子供たちがパールを「緋文字そっくりなやつ」（102）と呼んでいることから明らかであろう。

しかしパールの衣裳には、緋の文字を表しているとは思えない不思議な表現が見られる。たとえばパールの装いの一つにあげられる“russet gown”(90)である。“russet”には文脈によって色を指す場合と織物を指す場合がある。ホーソーンが読んだ可能性のあるストラットの『イングランドの人々の衣装と慣習』（*A Complete View of the Dress and Habits of the People of England* 1796）によれば、“russet satin,” “russet velvet”（Strutt 196, 264）の“russet”は、特別高価な織物を形容するので色彩名だが、「低い階級の人々のための……“russet”」（Strutt 93）の場合は、農夫の着る「粗い手織りの」（Schmidt, “russet” 2）ラシャと考えてよい。また『ハムレット』（*Hamlet* 1559-1601[?]）一幕一場一六六行でのホレイショの厳粛なせりふのなかの、“the morn in russet mantle clad”（*Hamlet* 1. 1. 166）[8]の“russet”は、太陽という高貴で厳かな「日の神」（“the god of day,” *Hamlet* 1. 1. 152）の朝一番の謁見のための衣裳としての“mantle”を形容するので、色彩名“reddish-brown”（Hibbard 153）、日本語の「あずき色」もしくは「さび赤」として使われている。

　では、『緋文字』のパールの“russet gown”の“russet”はどのように捉えるべき言葉であろうか。色彩名としてか、それとも農夫の着る粗末な粗い手織りのラシャとしてか、どちらであろうか。それを決めるには、当時の“gown”がいかなるモノであったかを理解する必要がある。“gown”は、チョーサーの時代には「極めて豪華な衣装」（Strutt 264）であり、ヘンリー八世の時代には「女王」をはじめ「貴婦人たち」（Strutt 264）が纏う、最高級の生地で仕立てた最も贅沢な衣裳である。時代が下っても同じで、エリザベス「女王のあまたある」“gown”にたっぷりと使われる生地は、“purple cloth of gold *tissue* for a gown for the queen’s grace,” “rich rilver [sic] cloth of *tissue*,” “riche cloth of gold *tissue* damask gold, raised with pirles of damask silver,” “rich cloth of gold for a gown for the queen,” “crimson velvet upon velvet,” “crimson cloth of gold of damask for... cuffs of a gown for her majesty” などと、目を射んばかりにきらびやかに表現される。さらに“white clothe of gold *tissue* were allowed to make a gown for ‘my lady the Princess’”（Strutt 264 斜体筆者）と続くとき、我々は娘時代のエリザベス一世の肖像画を思い浮かべる（【図6】）。

　話を進める前に、このように描かれる“gown”が具体的にはどのような織物で出来ているのかを考えてみよう。頻出する“tissue”は、文字資料を調べても具体的にはわからない。ストラットは「エドワード四世の二二年目に、公爵より下の身分の者はいかなる“cloth of gold of tissue”も着用すべからず」（Strutt 263）、*OED*では「金または銀の織り込まれることの多い豪華な種類の生地」、シュミット（Alexander Schmidt）の『シェイクスピア用語辞典』でも、『アントニーとクレオパトラ』から“cloth of gold, of tissue”を出しているのだが、単に「金または銀を織り交ぜた生地」（Schmidt 1232）との解説が見られるのみである。“cloth of gold of tissue”が“cloth of gold”とどのようにことなるのか、具体的にはわからない。想像力を通して図像を呼び起こすとしても、言葉によるのみでは限界があるのだ。

ところが図像資料を用いれば、言葉の呼び起こすちからが補強される。サンティナ・M・リーヴィ（Santina M. Levey）の『エリザベス朝の遺産』は、“tissue”の金糸織の図像と【図7】、図に付された“tissue”についての解説の、「一五〜一六世紀初めの聖職者用衣服の遺物。地は浮きだしループで模様を織り込んだ金糸織り」（Levey 70, 71）という言葉とで、“tissue”を示している。

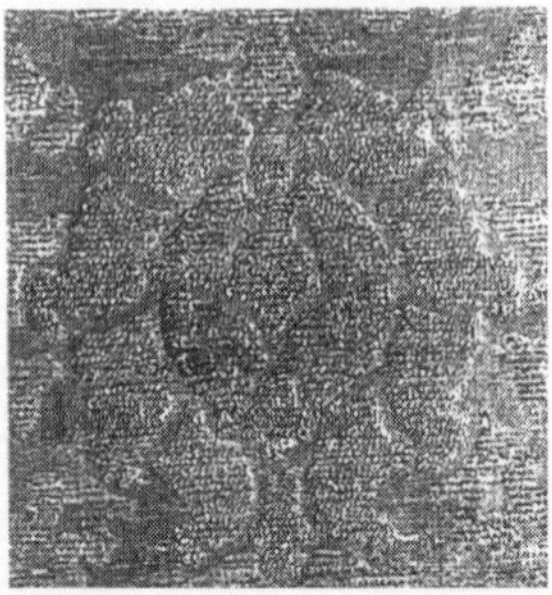

【図7】“cloth of gold tissue” 浮きだしループ織込模様のある金銀糸織り（15-16世紀）

この結果、初めて我々は“tissue”を具体的に把握することができる。こうして図像の補助を得て、この書の巻末「用語解説」の、「金属糸の浮きだしループで装飾された、一六世紀の最高級の金または銀織物。ビロード地にも織り込まれる」という言葉を読めば、想像力のキャンバスに図像がさらに鮮明に浮かび出る。

“tissue”を把握したところで先ほどの話題である“gown”に戻ろう。娘時代のエリザベス女王の“gown”のカタログには、“russet velvet”でできた“night-gown”が加わっている。文脈からすれば「あずき色のビロード」でできた「ナイトガウン」であろう。現在の用法と異なり、当時のナイトガウンはたとえば国王が寝室で朝一番の公式の会見時に着用する公式の贅沢な衣裳であり（Earl 1903, 430）、豪華な素材で作られていると考えられる。

『緋文字』のパールがまとう“russet gown”も今見てきた“gown”と同じ、贅沢な系列にある衣裳と考えられる。『緋文字』の語り手によれば、「小さい」パールは粗末な「鄙びた装い」（“rustic weeds” 90）をしていたわけではなく、「彼女の母親［ヘスター］は……手に入る最高級の浮きだし模様を織り込んだ金銀糸織り（the richest *tissues*）を買い求めて、娘に装わせていたからだ。そこでパールの“russet gown”の“russet”は、農夫の着る粗末な織物をさしているのではなく、曙の空の色である「あずき色」を指している、と考えてよい。このことからさらに、パールの衣裳は贅沢という点ではいずれの場合にも共通しているが、必ずしも緋色のビロードと金との組み合わせのみでなく、別の色や材質のものも登場すると結論できよう。

　以上のことを踏まえると、パールの装いと様子から、これまで見えなかった様相が見えてくる。まず、語り手がパールを王女のごとく登場させる場を見てみよう。

> 彼女の母親［ヘスター］は……手に入る最高級の浮きだし模様を織り込んだ金銀糸織り（the richest *tissues*）を買い求め、想像力の限りを尽くして、その子が人前で（before the public eye）着る衣服の仕立てや装飾に意を用いた。このように装うと、この小さい人の姿はあまりにも壮麗で（magnificent）あったし、また生まれながらに備わったパール固有の美しいきらめき（the splendor of Pearl's own proper beauty）が壮麗な輝きを放ち、並みの愛らしさなら色あせてしまいそうな豪華なローブ（gorgeous robe）をとおして輝き出たので、小暗い小屋の床のうえには彼女を取り囲む光の真円（absolute circle of radiance）が実際にできたのであった。（90 傍点および斜体筆者）

この場面で、外見、中味ともに“magnificent”な美を備えたパールが、「プリンセスのなかのプリンセスである〈皇女〉」（入子 二〇〇四、三七六）という特別高貴な存在の表象となっていることは、すでに他のところで述べた（入子 二〇〇四、三三二）。

　しかし、わけても注目したいのは、「小さい人」パールが妖精の子供として描かれている点だ。ヘスターの目に映るパールは、赤ん坊の時から「妖精の魅力」（“airy charm”）（83）をたたえ、人間界の秩序を持たないかのような、外面と内面の「多様性」を特徴とした。ヘスターはこの「小さい」パールを“airy sprite”（92）、“little elf”（92）、“spirit”（93）、“imp of evil”（93）、“play of the northern lights”（95）、“sprite-like intelligence”（96）、“elfish child”（98）、などと、さまざまな妖精として把握していた。「三歳」（112）のパールのなかにもヘスターは“elfish intelligence”（106）、“imp”（106）を見ており、「七年たった」（177）パールをも“elfish child”（180）とか“one of the fairies”（206）と重ねている。

このようなヘスターの想像力は、そしてヘスターの背後にいる語り手の想像力は、パールを宮廷仮面劇の妖精として捉える。『緋文字』と宮廷仮面劇についてはアーサー王伝説に焦点をあててすでに他のところで論じたので（入子二〇〇四）、ここでは、あらたにパールの衣裳と動きを宮廷仮面劇の妖精との関係に絞って論じていこう。

「金糸による幻想的な唐草模様を豪華に刺繍した、特殊な仕立ての、深紅のビロードの上衣《チュニック》」（102）を身につけたパールの姿が、イギリスの宮廷での経験を持つ人たちに宮廷仮面劇に登場する妖精を思い出させることは、ベリンガム総督やウィルソン牧師の反応から明らかである。ベリンガムがそれとは知らず、総督邸に突如現れたパールという「眼前の緋色の小さい者」（109）の姿を見て直ちに連想したのは、「宮廷仮面劇《コート・マスク》」や「祝祭日」の「小さな妖精ども」（109 傍点筆者）だった。イングランドの「甘美で心地よいあらゆるものに対する長い間に培われた確かな嗜好」を持ったウィルソン牧師も、パールから即座に「カトリックの遺物ともども、古い陽気なイングランドに置いてきた」「例のいたずら好きの小妖精（elfs）か妖精（fairies）の一味」（110）を思い浮かべた。パールが「真珠」、「ルビー」、「珊瑚」、エナメル仕上げの「赤薔薇」など、宝石の豪華なきらびやかさを伴う宮廷の祝祭催事におなじみの妖精のいでたちであったからである。ウィルソンが緋色に罪の色合いを載せるのは、パールがヘスターの子供だと気付いた後からであった。お偉がたのこのような反応は、ヘスターがパールを宮廷仮面劇や宮廷の祝祭催事に現れる妖精として装わせている可能性の高さを示している。

宮廷仮面劇やパジェントリーの「小さな」妖精としてパールを考えるとき、テクストの不思議な表現は具体的な妖精の衣裳をまとったパールとして立ち上がってくる。

森の中でディムズデイルと会ったヘスターは、パールを眺めながら、「きれいな子だとお思いになりませんか。それにごらん下さい、なんでもない花をあしらって、あんなにうまく身を飾る、生まれながらの技（skill）を！　森の中で集めたのが、真珠や、ダイアモンドや、ルビーだったところで、あれほどうまくあしらえませんわ」（206）と牧師に話しかけ、さらに、「野の花を髪につけると、どうしてあの子は奇妙なほどに美しいのでしょう。まるでふるさとイングランドにおいてきた妖精たち（fairies）のひとりが、おめかしをして出迎えにきたみたいですわ」（206）と続ける。この場面でのパールの装いは緋色のビロードに金糸刺繍を施した上衣とは思われない。しかも頭の花輪以外に衣裳の明確な描写はない。確かなのは、ヘスターが眼前のパールから思い浮かべているのが、イギリス宮廷仮面劇に登場する、真珠やダイアモンドやルビーで身を飾る、〈小さな〉妖精の姿だということだ。

ホーソーンが依拠した宮廷仮面劇の文献や図版が何であったかはわからない。しかし、一八四八年にイニゴー・ジョーンズ（Inigo Jones）による仮面劇のコレクションを扱った『イニゴー・ジョーンズの生涯』が出版されているところから（Bell 21, n. 2）、『緋文字』執筆当時には、その方面の研究が比較的進んでおり、資料にも触れる機会があったと推測される。

森の中で頭に花輪を飾る宮廷仮面劇の妖精といえば、一六三一年に上演されたイニゴー・ジョーンズによる『クロリスの仮面劇』（*Chloridia, Rites to Chloris and her Nymphs*）が浮上する。チャールズ一世の王妃ヘンリエッタ・マライアが「花の女神クロリス」（"Goddess Chloris"）に扮するこの劇を、イニゴー・ジョーンズは図像のちからと言葉のちからで我々の想像力に訴える。舞台は『緋文字』と同じく森の中だが、ジョーンズは森の様子を舞台装置【図8】で示すと同時に、言葉でも次の様に描出する。

【図8】イニゴー・ジョーンズによる森の舞台

> 舞台が現れる。若い木々の生えた心地よい丘が連なり、比較的低い川沿いの地は花々で飾られ覆い尽くされている。そしてこの丘の連なる幾つかの窪地から幾つかの〈泉〉が滑り落ち、遠くの〈風景〉ではすべてが合流し一本の川となる。頭上には、光を透過させる明るい雲が

幾つか浮かんだ晴朗な空が広がり、舞台全体に大いなる輝きを与えているが、それは心地良い〈春〉の模倣である。（Jones No. 83）

ジョーンズのこの描写は、緋文字を投げ捨てたあと、ヘスターがパールを見ている先ほどの『緋文字』の森の場面を思わせる。小川の向こう岸に広がる一帯に「緑の小枝」とともに「スミレや、アネモネや、おだまき」（205）など牧歌に伝統的な春の野の花々が咲き、日光の輝きが満ちあふれる森である。

このような森を背景にヘンリエッタ・マライア扮する花の女神クロリスが、〈春〉として出現する。その姿をジョーンズは【図9】のようにスケッチし、かつ「緑色の上着（garment）、その下にはたくさんの花を刺繍した白いローブ（robe）、頭に花冠（garland）を載せた」「美しい少女」の姿の「〈春〉が現れる」（Jones No. 85）、と言葉を添える。このクロリスの複数の習作の解説によれば、「髪は巻き毛をなして肩に垂れ、花の冠をかぶり」、「背中に透明のスカーフを「長くたなびかせている」（Jones No. 85 97）。「花もしくは宝石のコロネット」（Jones No. 95）、「胸が下まで大きく開いた“gown”」、「肩と腰の周りに大きなアカンサスの葉の三重のフリンジ」、「白い地に金銀を混ぜ合わせた若葉の「小枝模様のスカートとペティコート」（Jones Noe. 97）という解説が付いている。

【図9】イニゴー・ジョーンズによる花の女神〈クロリス〉。チャールズ1世の妃ヘンリエッタ・マライアのためのデザイン。

花の女神に侍る一四人の「妖精たち」（“Nymphs”）には王妃の侍女たちが扮している。彼女たちの装いは、女神に似てはいるが「細部を変化させ女神とは区別している」。「花もしくは宝石のコロネット」、「胸が下まで大きく開いたガウン」（Jones No. 99）、「肩は緑のアカンサスの大きな葉で縁取られ」（Jones No. 101）、「白地に」銀糸や金糸で刺繍された「小枝模様のドレス」、その「頭部から薄いベールが垂れ下がる」（Jones No. 101）。

イニゴー・ジョーンズ描くこれら宮廷仮面劇のクロリスと妖精たちの装いから、花や緑の小枝を「髪や腰に飾った」パールの姿が具体性を帯びてくる。身を飾るパールの「技」（"skill"）についてヘスターの言う、「森の中で集めたのが、真珠や、ダイアモンドや、ルビーだったところで、あれほどうまくあしらえませんわ」という言葉は、宮廷仮面劇に登場する「花もしくは宝石のコロネット」を冠った妖精の装いを念頭に置いて出たのであった。「スミレや、アネモネや、おだまき」、それに「緑の小枝……を髪や腰にかざる」パールが、たちまち「妖精の子か、幼い木の精」（"a nymph-child, or an infant dryad" 205）になるのも頷けよう。森で「日光と戯れ」、「日光を捉え」（183）、「日光に燦然と輝き」（184）、「金属製の光沢」（184）をもった「妖精の子」、「明るい衣装を身につけた幻」（"bright-apparelled vision," 204）であるパールの "robe" は、クロリスに侍る妖精の装いに近い描写となっている。白地にふんだんに刺繍を施した金糸銀糸が日光を捉えて白く輝く様子を端的に表してはいまいか。

「黒く艶やかな巻き毛の、妖精のような笑み」（168）をたたえて登場する、『緋文字』一五章のパールの衣裳もまた、金糸の刺繍の施された緋色のビロードではなく、軽やかで白く透明な衣を彷彿とさせる。医者チリングワースとヘスターの会見の間、浜辺で遊ぶパールには、「小鳥」のように「翼の生えた足取り」（"winged footsteps"）で軽やかに踊る、「妖精の子供」（"elfchild" 178）のイメージがつきまとう。パールが一体となって戯れる「海の水」、「雪の花びら」とも表現される「白い泡」や、「海の風」、「白い胸をした灰色の小鳥」である「海鳥」（"sea-bird" 177）など海の生み出す自然の子供たちと、私生児＝自然の子（natural child）パールとは、同じように「気ままな」（"wild"）自然の存在として同類である。海の子供たちは、人間の子供ではなく自然の子供なのである。

一五章のヘスターが特にパールを、「妖精の戯れ」（"airy sport" 179）に時を過ごす、「気まぐれな四月のそよかぜ」（"waywardness of an April breeze"）、すなわち春の風ゼフィラスと関連させているのが興味を引く。「白くかわいい素足もあらわに」（168）、「膝まで水につかって」駆け回ったり「踊ったりする」（178）この場面のパールから連想するのは、白く透明な、風になびくスカーフや、白や銀の軽やかな生地でできた膝までの短い衣服を身につけた、海や水や風や春と連なる「妖精の子供」である。

類似の妖精が宮廷仮面劇『テティスの祝祭、または女王のお目覚め』（*Tethys's Festival; or, The Queen's Wake* 1610）にも登場する。『テティスの祝祭』はサミュエル・ダニエル（Samuel Daniel）とイニゴー・ジョーンズの考案によって舞台に載せられた、ヘンリー王子のプリンス・オブ・ウェールズ叙任を祝う宮廷仮面劇であった。この作品は、ホーソーンも目にしていた一八二八年出版のジョン・ニコールズ（John Nichols）の『ジェイムズ一世の行幸』に含まれている（2. 346-58）。「海の女王にして海神ネプチューンの妻テティス（Tethys）」にアン女王が、またお付きの「水の妖精たち」（"Nymphs"）には「一三人の貴婦人たち（Ladies）」――エリザベス王女をはじめ、公爵夫人、侯爵夫人、伯爵夫人たちが名を連ねている――が扮していた（Nichols 2: 348）。さらに春の風「ゼフィラス」（"Zephyrus"）を、一六〇五年にヨーク公となり、当時九歳半だった、のちのチャールズ一世が演じた。彼の宮廷仮面劇初出演の機会であった（Simpson 42 No. 36）。〈小さな〉水の妖精「ナーイアス」（"Nayades"）を貴婦人たちの子供である「小さな貴婦人たち」が演じていることは注目に値する。子供の妖精と言われる所以であろう。

『テティスの祝祭』のテティスの装いは【図10】、海の女神にふさわしい。「波を暗示する形の王冠」から「長く流れ漂うベールを後ろに垂らし」、「透明な身頃と短い重ね袖のついた"gown"」、下半身は「いるかと貝殻模様」の帯状布を二段にして胴回りに巡らせた衣裳を身につける（Jones No. 38）。「貴婦人たち」扮する「水の妖精」の衣裳は「軽やか」をむねとする。「薄い波打つベール」、「一面に海の模様の刺繍のある、空の色のタフタでできた軽やかな身頃」、「軽やかにするために地にカットが施されている、金糸刺繍のある銀糸織りの短いスカート」、「金糸ですげや海草が巡らせてあるレース細工の長スカート」（Jones No. 38）と記されている。

ヨーク公扮する春の風「ゼフィラス」の衣裳もまた、その特性を表わす。「ワイアーに張ったローン製の一枚の丸い羽の付いた、金の花々の刺繍された緑のサテンの短いローブ」、「肩の後に銀の二枚の羽」、「頭には色とりどりの花の冠」、「一方の腕に豪華な宝石のはめ込まれた金の腕輪」（Jones No. 36）といういでたちである。ゼフィラスに従う

（右）【図10】イニゴー・ジョーンズによる海の女神〈テティス〉。海草で飾られる。ジェイムズ1世の妃アン・オヴ・デンマークのためのデザイン。
（左）【図11】イニゴー・ジョーンズによる 水の精〈ナーイアス〉。8人の小さな貴婦人たちが演じる。

小さな水の妖精「ナーイアス」【図11】は、「花々で飾られた軽い"robe"」を身に纏い、波打つ髪を垂らした頭には「水にまつわる装飾からなる冠」（Jones No. 37）をいただいている。ホーソーンの思い描く海辺のパールは、テティスやナーイアスのように、たとえば白く薄い絹の長いスカーフを風になびかせ、薄いブルーのサテンやタフタの上着、金糸刺繍のある薄い銀糸織りの短いスカートといった装いではなかったか。

テティスの宮廷仮面劇を念頭に置いて、「彼女［パール］が最後にしたこと」を眺めてみよう。

彼女が最後にしたことは、いろんな海草をあつめて、スカーフ、もしくはマント、ヘッドドレス（頭飾り）などをこしらえ、小さな人魚の姿を装うことだった。彼女は母親から垂れ布や衣裳に工夫を凝らす才を生まれながらに受けついでいたのだ。（傍点筆者）

Her final employment was to gather sea-weed, of various kinds, and make herself a scarf, or mantle, and a head-dress, and thus assume the aspect of *a little mermaid*. She inherited her mother's gift for devising drapery and costume.（178 斜体筆者）

パールの想像力が生み出す〈小さな人魚〉は、男性を誘惑して命を奪う恐ろしい美女セイレンではなく、シェイクスピアの『アントニーとクレオパトラ』二幕二場二〇六－一一行のスペクタクルに登場する人魚であり、贅を凝らしたクレオパトラの船で、お付きの女官が扮する、「御主人に仕える飾り」となる「人魚」のカテゴリーに入る。海

(右)【図12】海の女神テティスに使える女官としての人魚とトライトン 'L'Unione Perla Peregrina,' Turin, 1660.
(左)【図13】イニゴー・ジョーンズによる〈黒い妖精〉のマント。後ろから斜めに回して結ぶ。

の女神テティスの侍女として宮廷仮面劇や祝祭に登場する、半人半魚の美しく神秘的な水の妖精であり【図12】、海神ネプチューンに侍るトライトンと対をなす。ちなみに『テティスの祝祭』のトライトンは、「銀で明るさを与えたタフタ製の、肌に密着して筋肉を見せる服」を着用し、「ペティコートの要領で腰から膝まで銀のひれを付ける。金のレースとフリンジのついた海緑色のマントは、片方の肩で結び目を作って結び、襞をなして後ろに垂らす」。「頭にすげの冠、手にはトランペットと湾曲した貝殻を持つ」(Nichols 2: 350)。

パールが扮する〈小さな人魚〉のスカーフやマント、頭飾り《ヘッドドレス》は、ヨーロッパ中の宮廷仮面劇や祝祭で王侯貴女が扮する妖精におなじみの衣裳である。これまでの検討から、「スカーフ」とは水の妖精が頭から羽織って身頃に垂らす、透明の布で出来たゆったりした垂れ布、「マント」はトライトンに見た様に、古代ローマのトーガに似た、一方の肩で止めて斜めに流す、貴顕の纏う衣裳【図13】、「頭飾り《ヘッドドレス》」とは頭頂に被る王冠や、リボン・花・櫛など、頭部を飾る装飾品である。水の妖精やトライトンは花やすげや海草で身を飾る。パールが海草で胸に飾る緑のAは、この文脈で解釈されるべきだ。

ホーソーンのヘスターは、この場の「小さなパール」を、宮廷仮面劇のこのような〈小さな〉水の〈妖精〉を演じる「小さな貴婦人」とみなしている。「小さな貴婦人」は大人になれば貴婦人となる。だからこそヘスターは、「この妖精の子供（"this elfish child"）が長じて貴婦人（"a noble woman"）にならないことがあるとすれば、それは彼女が母親から受け継いだ罪の大きさのせいであるにちがいない」（180）と思うのである。

ヘスターがパールを、宮廷仮面劇の妖精として装わせていると仮定するとき、『緋文字』二一章の「ニューイングランドの祭日」における、「鳥のように軽やかにひらひらと飛ぶ」（228）パールの衣裳の、次のような謎めいた不思議な描写も読み解けよう。

> パールは妖精のようなあでやかさで飾りたてられていた。この光り輝く太陽のような幻が陰気な灰色をした姿から生まれ出たとは、想像しがたいことであったろう。また、そのような子供の衣裳を考案するには是非とも必要であったにちがいない極めて豪華でしかも同時に繊細な想像力が、ヘスターの飾り気のないローブにあれほど異彩を放つという、さらに困難な仕事を成し遂げたのと同じ想像力であったとは、なおさら思いおよばないことであったろう。小さなパールにそれほど似つかわしい衣裳とは、いわば彼女の本性から流れ出たもの、あるいはその本性から必然的に形成されまた外側に表出したものであるように思われ、衣裳と彼女を切り離せないのは、チョウの羽からその多彩な輝きを切り離したり、色鮮やかな花のひとひらの花弁からその輝く色彩を切り離したりすることができないのと同じであった。チョウや花びらの場合と同じく、この子供の場合もそうなのであって、彼女の衣裳は彼女の本性と全く同じ観念からできていた。（傍点筆者）
>
> Pearl was decked out *with airy gayety*. It would have been impossible to guess that this bright and sunny apparition owed its existence to the shape of gloomy gray; or that a fancy, at once so gorgeous and so delicate as must have been requisite to contrive the child's apparel, was the same that had achieved a task perhaps more difficult, in imparting so distinct a peculiarity

to Hester's simple robe. The dress, so proper was it to *little* Pearl, seemed an effluence, or inevitable development and outward manifestation of her character, no more to be separated from her than the manu-hued brilliancy from a butterfly's wing, or the painted glory from the leaf of a bright flower. As with these, so tith the child; her garb all of one idea with her nature.（227-28, 斜体筆者）

まず、妖精の身体の本質が、ずっしりとした、手に触れることのできる物質としての固体ではなく、空気に溶け込む精気（spirit）であることを確認しておこう。ここで言う「ヘスターの飾り気のないローブにあれほど異彩を放つ」とは、ヘスターが祝日にいつも身につける「灰色の粗い織り地の衣服」が、「その色のせいというより、何か名状しがたい独特の裁断によって、個人としての彼女の姿を輪郭ともどもぼやかし」（226）、一方で「緋文字の道徳的な光のもとに彼女を浮かび上がらせる」ことを言う。仮面劇の寓意的人物の神秘的な衣裳のための高度な仕立術を思わせはすまいか。

妖精の本性である空中を舞う軽やかさは、ひらひらと舞う「チョウ」や風に舞う「ひとひらの花弁」（227-28）という姿をも帯びる。仮面劇の衣裳のスケッチに現れる羽の生えた妖精や金糸銀糸を織り交ぜた多彩な薄ものを纏う妖精の姿と重なるであろう。

以上のことから、ヘスターがいかに宮廷仮面劇に親しんでいたかが明らかになろう。ベリンガムも言うように、宮廷仮面劇に招かれることは「名誉なこと」（109）であった。ロイ・ストロングによれば、宮廷仮面劇は、庶民が出向くことのできない、宮殿という閉ざされた世界で行われる（ストロング 上 121, 127）。そこに招かれる人は、宮廷人や外交官など、ごく限られた、選りすぐりの人であったからだ。とすればヘスターは宮廷の貴婦人として、刺繍と仕立ての技を磨いたことになろう。さらに言えば、ヘスターの刺繍と仕立ての技は彼女の高貴なる血筋を示す表象と考えてよい。

だが結論を出す前に、まだ検証すべきことが残っている。『緋文字』のテクストのヘスターがカトリックの信仰の対象たる聖母マリアとの対比で説明されるところから、宮廷の貴婦人としてではなく、カトリックの修道院で尼僧としてその技を習得したとの考えも想定されるからだ。

しかし、その考えは二つの理由から成立しない。第一に、一七世紀前半のイギリスには尼僧による刺繍は存在し得なかった。なぜなら本章のはじめで述べたように、ヘンリー八世が英国国教会を樹立し、カトリックの修道院を解散したため、修道院も尼僧も存在しなくなったからだ。いかに修道院の尼僧による〈オプス・アングリカーヌム〉がイギリスにおいて伝統的に名を馳せていたとしても、カトリックの修道院も尼僧も存在しない以上、ヘスターが尼僧として刺繍の技を磨くことは不可能である。

第二に、ヘスターがパールに装わせる宮廷仮面劇の妖精の衣裳が、教会とは無縁な特徴を備えているからだ。イニゴー・ジョーンズをはじめ、宮廷仮面劇で妖精を演ずる女性の装いを描いた多くの図像には、共通して不可解なところがある。男性や子供はともかくとして、女性の胸が、侍女たちはおろか王妃まで、薄物を透かして乳房も乳首もあらわに描かれている【図10、12】。空気に溶け込む特性を持ち、空中を浮遊する妖精の身体の表象として、軽やかな薄物をふんだんに使った衣裳を纏わせるのである。

妖精としてのパールの衣裳に神秘的な色合いを帯びさせるには、金銀糸を織り込んだ高価で細工の難しい、このような沙織の扱いに習熟し、全体から細部に至るまで妖精の衣裳の特徴を把握していることが不可欠である。さらに言うなら、宮廷仮面劇の妖精によほど馴染んでいなければ、ヘスターはこのような衣裳を作ることはできない。

胸もあらわなこのような衣裳は、宮廷内で行われる仮面劇だからこそ許される。ストロングの指摘するように、大宇宙・小宇宙の照応から、理想的人間である王侯の身体は、大宇宙の調和の表象として誇示すべきものであった（ストロング 下 一九〇）。胸もあらわに薄物の衣裳を身に纏って踊る王妃、及び侍女は、このような思想の表象である。一六三二年にジョーンズは、仮面劇におけるヘンリエッタ・マライアの衣裳を考案する目的を次のように述べている。「シンメトリーや色彩による身体の美の表現しがたき気品。それらが女王陛下のなかで光り輝き、我々をこれと相似した魂の美の黙想へと誘う」（ストロング 下 一二四）。王妃の身体は「魂の美しさへの真の入り口」（Chirelstein 58）であった。だが、それでも、身体は問題をはらむ。「仮面劇という観念的で特権的な文脈では許される魅惑的な身体の誇示も、肖像画では受け入れられず」、「この時代の全身像の肖像画には丸い乳房と乳首の描かれた例は一つたりともない」。「最も個人的な芸術様式である細密肖像画においてのみ、胸や乳首がしっかりと描かれた」（Chirelstein 58）。裸体の受容には制限があったのだった。

このような衣裳は教会とは無縁である。それどころか教会は胸もあらわな装いに早くから警告を発していた。ロミの説く『乳房の神話学』によれば、古代ギリシャ・ローマの寺院にキリスト教が入り込むと、豊穣の象徴であった乳房を持つ古代の女神像は終焉を迎える。裸体は禁じられ、あらわな乳房は排斥される（ロミ 三六）。胸の透ける衣裳を着て礼拝に参加することは禁じられていた（ロミ 七二、八二、九三）。透ける服を身につけて礼拝に赴くことを禁じる教会で、高価で扱いのやっかいな薄物の衣裳をつぶさに眺める機会はなく、ましてやそれを仕立てる技を習得する機会はあるまい。

これらを総合すれば、ヘスターの見せる刺繍や仕立ての並はずれた技が教会で得られたとは考えにくい。それは宮廷の貴婦人として習得した、宮廷の貴婦人を表象する技である。

七　〈高貴なる針仕事〉の系譜

ヘスターはホーソーンの想像力のなかで、いわゆる〈高貴なる針仕事〉の系譜に連なっている。針仕事のなかでも刺繍が圧巻なので、これにたずさわる貴婦人を特に〈高貴なる刺繍家〉と呼ぶ。ストラットもいうように、この系譜では早くから「アングロ・サクソンの貴婦人たち」が有名を馳せる。昔の大陸の著述家は次のように述べている。「フランス人やノルマン人たちは、イギリス貴顕の美しいドレスを賞賛した。イギリスの女性は針仕事、そして金を用いた刺繍において他のすべての女性に抜きんでる」(Strutt 69)。懺悔王エドワードの妻に代表されるように、「イギリスの王妃や王女、上位貴族の貴婦人たち」は、「教会の祭壇」や「聖職者の衣服」を刺繍で美しく飾って寄進した(Strutt 70)。〈高貴なる刺繍家〉の系譜はその後、ソールズベリー伯爵夫人をはじめ、ヘンリー八世の外国から嫁した妃たちとその娘たちや、王侯貴女たちへと受け継がれる。ヘンリー八世の妃であるアラゴンのキャサリン、その娘メアリー女王、クレーブのアンらに続き、アン・ブーリンの娘エリザベス女王がその技に熟達し、作品を今に伝えている。エリザベスの不運な従妹である美しい女性スコットランドのメアリー女王【図14】もこの系譜に加えられる(Taylor 6-8; Marshall 84-85)。

　歴史好きな一九世紀のイギリスとアメリカでは、スコットランドのメアリー女王は人気があった。彼女に関する一連の伝記や物語が出版され、ディグビーの指摘にあるように、一八一五年には、彼女がスコットランド宮廷で保持していた壮麗な衣裳や宝石、フランスから送られた刺繍や豪華な布地類の数々を明示した『財産目録集』(*Collection of Inventories and Other Records of the Royal Wardrobe and Jewel House*)がエディンバラで公刊された(Digby 54)。独立後百年間に催されたアメリカの美術展におけるメアリー女王の肖像画の延べ出展数も多かった。古代ギリシャ・ローマの英雄たちを描いた歴史絵画には及ばないが、メアリー女王の延べ数は、筆者の多少の数え間違いがあるにしても、チャールズ一世の四五点を越えて、五一点に達する(入子 二〇〇四、一七五)。メアリー女王の人気はその系譜がジェイムズ一世のステュアート家を通してヴィクトリア女王の血筋に繋がるからだけでは

【図14】〈スコットランドのメアリー女王〉(16世紀)作者不詳。フランス到着時に未来の義父となるフランス国王にして「最も完全なる子供」と感嘆せしめ、フランス宮廷をとりこにした子供時代メアリーが、cloth of gold, of tissueの衣装を纏って黄金に輝く。コーンディ美術館蔵。

ない。エリザベス女王の宿敵として断頭台に消える、恋多き薄幸の女性としてのみならず、「幽閉の身を見事な刺繍で慰めた」（Wardle 12）女王という、まさに〈高貴なる刺繍家〉の典型として、刺繍ばやりの一九世紀の女性たちの好みと、物語を仕立てる一九世紀ロマン派の芸術家たちの好みにあっていた。ケッセルリングに見るようにスコットランドの歴史書を本格的に読み、刺繍に関心のあった、一九世紀のロマンス作家ホーソーンは、メアリー女王に関する事柄をある程度把握できる状況にあった。姦通を犯した美しく高貴な女性へスターに、並はずれた刺繍の特技を与え、獄中のあるいは出獄後の身を華麗な刺繍で慰めさせたホーソーンの想像力に浮んでいたのは、単にボストンにある歴史資料館の初期植民地時代の衣裳だけでなく、〈高貴なる刺繍家〉の系譜の筆頭を飾るメアリー女王の刺繍でもあった。

『緋文字』の語り手の背後にいるホーソーンは、へスターの図像に〈高貴なる刺繍家〉の筆頭、スコットランド女王メアリーの図像を重ねる。だからこそ『緋文字』の語り手は、子供を抱くへスターの図像に、ピューリタン社会には似つかわしくないカトリックの聖母〈メアリー〉の図像を重ねる。その上でさらに、美しさが姦通の罪の汚れを一層引き立たせるように、毅然として美しく、しかし姦通の罪で知られたもう一人のカトリックの〈メアリー〉、すなわちスコットランドの女王〈メアリー〉の姿を対比させる。ホーソーンは『緋文字』と同じ第一世代を扱った短篇「エンディコットと赤い十字」で、すでにメアリー女王に言及していた。へスターと同じく姦通を犯し、へスターと同じく罪の印を見事な刺繍で飾る女性と重ねたのだ。ピューリタンたちにその女性からメアリー女王を連想させ、「邪教」の「姦通女」と罵倒させる。メアリー女王は、へスター同様に、ピューリタンからののしられ、へスター同様に幽閉の身を見事な刺繍で慰めた、女王という特別高貴な血筋の〈高貴なる刺繍家〉として、ホーソーンの想像力を刺激していたのである。

母から娘へと受け継がれてゆく〈高貴なる刺繍家〉の系譜が『緋文字』にも見えてくる。へスターは少女時代に〈高貴なる刺繍家〉である母から「少しばかり家庭的な手仕事」の手ほどきを受けた。「母なきあと」（58）の娘時代を、貴族の慣習に従ってさらに高位の貴族の世帯か王妃の宮廷に入り、〈高貴なる刺繡家〉である公爵夫人かおそらくは王妃の侍女となったと思われる。王妃の刺繡や仕立てのお相手をしながら、王侯貴族のたしなむ紋章、寓意《エンブレム》、私標画など、徳を養う楽しい学問を会得し、神秘的な高度の金糸刺繡や仕立ての技芸を磨いて、自らも〈高貴なる刺繡家〉となったのだ。だからこそ「彼女の指は君主のローブを刺繡できる」(161) かもしれず、「宮廷の貴婦人」も「喜んで彼女の技を利用したかも知れない」(81) と語り手は述べる。緋文字の刺繡が、意地悪な女たちの目に「針仕事の誇示」(54) と映るのは、その技が恥の印ではなく〈高貴なる刺繡家〉を誇る名誉の〈バッジ〉と映るからだ。ちなみに一六、一七世紀のバッジとは、王侯貴族自身が着用しただけでなく、国王や大貴族の家臣であることを示すために、多くは金銀糸の豪華な刺繡で衣裳や旗などに付けた名誉の印である。ヘスターの緋文字を「バッジ」と記すホーソーンはこのことを十分認識しているはずだ。

八　〈高貴なる針仕事〉の役割

贅沢で壮麗なヘスターの〈高貴なる針仕事〉は、ジョン・テイラーの「縫い針の賛歌」に見たように、高貴なる血とともにさらに母から娘に、すなわちヘスターからパールへと継承される。他で述べていることだが、ヘスターは夫チリングワースことプリン氏亡き後、彼の莫大な財産を遺言によって相続したパールを、後見人としてイギリスのプリン家の広大な領地に連れ帰る(入子 二〇〇四、三一八)。そこで〈高貴なる刺繡家〉ヘスターは、母の血を引いてすでに生まれつき「身を飾る」才能を与えられた〈小さなパール〉に、上流貴族の貴婦人の伝統に従って一層の嗜みを身につけさせた。だからこそ、その後ヨーロッパの王家にお輿入れしたパールは、自らが〈高貴なる刺繡家〉となっていた。

パールはボストンに帰還した母ヘスターに、数々の贈り物を届ける。おそらくは女王や王妃をはじめルネサンスの貴婦人たちがこよなく愛でていた、宝石や真珠の装飾品、細密肖像画入りの宝石仕立てのロケットなど、「ヘスターは決して使おうとは思わないが」が、「富をもってしかあがなえず、愛情をもってしか想像しえない」(262)、「贅と安逸を楽しむための品々」、さらにスタンプ・ワークの小箱や金銀糸刺繍の施されたパース、手袋、ヘッドドレスといった、身を飾るための入念で贅沢な細工物など、「愛に満ちた心の衝動によって」パール自身の「繊細な指が作り上げたに違いない小さな飾り」、そして「絶えず心にかけていることを示す小さな装飾品の数々」(262)を贈り続ける。〈小さなパール〉は、今やヘスターと同じく〈高貴なる刺繍家〉の仲間入りを果たしていた。

〈高貴なる刺繍家〉パールの深く穏やかな愛情のしるしの品々に囲まれた〈高貴なる刺繍家〉ヘスターは、ニューイングランドの赤ん坊がそのような装いで現れれば「物議をかもすであろう」(262)、禁令を遙かに超える贅沢で寓意に満ちた刺繍を、パールの赤ん坊の衣裳に施す。〈高貴なる針仕事〉を通して、ヘスターは孤独の身を慰めると同時に、「神の御心がこの世でも行われる天国の時代を迎える準備が整う」とき、すなわち千年王国というよりよき世界の到来の時と、人々の幸福についての高貴なる瞑想を巡らせる。しかし、だからといって彼女は若い頃のように、自分のことを男女の真の愛という「神聖で神秘的な真実を伝える使命」("mission of divine and mysterious truth")を持つ「預言者として宿命づけられた女ではないか」(263)とむなしく想像することはない。預言者の使命は、神との契約である結婚の愛という「神聖な愛」("sacred love")が我々をどんなに幸福にするかを、そのような目的にかなった人生の真の試練を経て示すことができる女性」(263)に与えられるべきだと遜《へりくだ》って考えるようになっていた。キリストは無実の罪の故に十字架に架けられたからこそ、その十字架は最大の恥辱の印から神聖なる栄光の印にと変容した。しかし、ヘスターは、本来ならば死罪にあたる姦通という重罪を犯した。したがってその恥辱の印は決して神聖なる印に変容することはない、と彼女は考えたのであろう。こうして姦通の愛の神聖視をやめた彼女の、無私の愛と遜りを伴う真の悔悟は、彼女の魂の救いを示唆している。

最終章にいたるまで言及される、ヘスターの生涯にわたる〈高貴なる針仕事〉は、赤い恥辱のAを、贖い(Atonement)

のAへと変容させた。「壮麗さが王侯の美徳」（ストロング 上 五三―五四）であったルネサンス期にステュアート朝の宮廷を生きたヘスターに、ホーソーンは肉体的にも精神的にも高貴性を賦与し、〈高貴なる針仕事〉によって魂に変容の可能性を与えたのだった。

ホーソーンは生涯、女性と針仕事の関わりを意義深く捉えていた。『緋文字』から一〇年を経て出版した最後の長編ロマンス『大理石の牧神』五章において、「女と男を分つこの針仕事というわざ」が階級の上下、才智や美貌の有無にかかわらず女性を魅了することを、「女王」、「閨秀詩人」、「天空に新しい星を発見した女流観測家」の例を出してのべたのち、次のように続けている。

絹や木綿の細い糸によって……女性はその性格を健全に保ってゆくのだ。……高い思想と能力を有する女性が針仕事をもまた好むとすれば、それは健全で穏やかな性格の持主である証左であろう。とりわけ、針を持つときにこそ彼女の心がもっとも安らぎを感ずるということであるならば。（4: 39）

ホーソーンがこのような考えの持主であるからこそ、ヘスターの〈高貴なる針仕事〉は、最終章に至るまで読者の眼を楽しませるばかりでなく、解釈上の重要な意味をも担っているのである。

＊本章は一九九三年度日本英文学会全国大会（於：東京大学本郷）での口頭発表の原稿を大幅に改稿したものである。また二〇〇五―二〇〇七年度日本学術振興会科学研究費補助金基盤研究(C)「19世紀ニューイングランド文学へのヨーロッパ文化の波及と効果」（課題番号 17520212）による研究成果の一部である。

【註】

（1）日本語訳は八木敏雄訳『完訳　緋文字』（岩波文庫、一九九二）を参照し、必要に応じて変更を加えさせていただいた。また、他のホーソーンの作品の引用も、日本語訳のある作品については、それを参照させていただいた。

（2）Earnest W. Baughman, "Public Confession and *The Scarlet Letter*," 532-50; Charles and Murray G. Murphey Boewe, "Hester Prynne in History," 202-04; Frederick Newberry, "Tradition and Disinheritance in *The Scarlet Letter*," 1-26; Newberry, *Hawthorne's Divided Loyalties*; Michael J. Colacurcio, "Footsteps of Ann Hutchinson," 459-94; Charles Ryskamp, "The New England Sources of *The Scarlet Letter*," 257-72.

（3）Edward B. Gilles, *The History of the Art of Cutting*, 79, 181-84; Joseph Strutt, *A Complete View of the Dress and Habits of the People of England*, Victoria & Albert Museum, *Four Hundred Years of Fashion*, 13. ヴィクトリア&アルバート美術館は一八四四年に開設されている。

（4）刺繍については主として Digby, Forstner, Hodges, Levey, Marshall, Planché, Strutt, Swain, Taylor, Wardle, クラバーン、佐野の文献を参照した。

（5）Wardle 14; Hodges 92-95; クラバーン 224, 225；飯塚 76; Hole 166.

（6）Hodges 92-95; Digby 91, 96, 110; Wardle 14; Hole 166; クラバーン 224, 245.

（7）John Taylor, "The Prayse of the Needle," 5. なお、日本語訳は川口敏男訳「針への祈り」パメラ・クラバーン著『手芸百科辞典』（雄鶏社、一九七八）裏表紙を参照し、必要な場合には変更を加えさせていただいた。

（8）William Shakespeare, *Hamlet*, in *The Riverside Shakespeare*, (1997) 1.1.166. 以後シェイクスピアのテクストの引用は原則としてこの版により、引用末尾の括弧の中に、幕、場、行数を記す。

【引用文献】

Alcega, Juan de. *Tailor's Pattern Book 1589*. Trans. Jean Pain and Cecilia Bainton. 1589. 2nd. ed. Introduction and Notes. J. L. Nevinson. Carlton, Bedford: Ruth Bean, 1979.

Arnold, Janet. *Patterns of Fashion: The Cut and Construction of Clothes for Men and Women, c1560-1620*. New York: Drama Book, 1985.

Baughman, Earnest W. "Public Confession and *The Scarlet Letter*." *The New England Quarterly* 40 (1967): 532-50.

Bell, C. F. "Introduction." *Designs by Inigo Jones for Masques and Plays at Court: A Descriptive Catalogue of Drawings for Scenery and Costumes Mainly in the Collection of His Grace the Duke of Devonshire, K. G*. Introduction and Notes. Percy Simpson and C. F. Bell. Oxford: Printed for the Walpole and Malone Societies at the UP, 1924.

Berry, William. *Encyclopaedia Heraldica,or, Complete Dictionary of Heraldy*. 3 vols. London, Sherwood, Gilbert and Piper, 1828.

Benoit, Raymond. *Single Nature's Double Name: The Collectedness of the Conflicting in British and American Romanticism*. The Hague: Mouton, 1973.

Boewe, Charles and Murray G. Murphey. "Hester Prynne in History." *American Literature* 32 (1960): 202-04.

Bonham, M. Hilda. "Hawthorne's Symbols *Sotto Voce*." *College English* 20 (1959): 184-86.

Burke, John. *Encyclopedia of Heraldry or General Armory of England, Scotland and Ireland, Comprising a Registry of All Armorial Bearings from the Earliest to the Present Time, including theLate Grants by the College of Arms*. London: Bohn, 1844.

Chirelstein, Ellen. "Lady Elizabeth Pope: The Heraldic Body." *Renaissance Bodies: The Human Figure in English Culture, c.1540-1660*. Ed. Lucy Gent and Nigel Llewellyn. London: Reaktion Books, 1990. 36-59.

Colacurcio, Michael J. "Footsteps of Ann Hutchinson: The Context of *The Scarlet Letter*." *ELH* 39 (1972): 459-94.

Corbett, Margery and Ronald W. Lightbown. *The Comely Frontispiece: The Emblematic Title-page in England, 1550-1660*. London: Routledge, 1979.

Digby, George Wingfield. *Elizabethan Embroidery*. London: Faber and Faber, 1963.

Earle, Alice Morse. *Two Centuries of Costume in America, MDCXX- MDCCCXX*. 2 vols. London: Macmilan, 1903.

---. *Child Life in Colonial Days*. Introduction. Jack Larkin. 1899. Stockbridege, MA: Berkshire House,1993.

Forstner, Regina. *Traditional Samplers: The World's Most Beautiful Samplers for You to Make at Home*. London: Thorsons, 1989.

Gent, Lucy and Nigel Llewellyn, eds. *Renaissance Bodies: The Human Figure in English Culture, c.1540-1660*. London: Reaktion Books, 1990.

Giles. Edward B. *The History of the Art of Cutting in England: Preceded by a Sketch of the History of English Costumes*. London: F. T.

Prewett. 1887.

Hawthorne, Nathaniel. "Drowne's Wooden Image." 1844. Vol. 10 of *The Centenary Edition.* 306-20.

---. "Endicott and the Red Cross." 1838. Vol. 9 of *The Centenary Edition.* 433-41.

---. "Main-street." 1849. Vol. 11 of *The Centenary Edition.* 49-82.

---. "The Procession of Life." 1843. Vol. 10 of *The Centenary Edition.* 207-22.

---. *The Whole History of Grandfather's Chair*. 1840. Vol. 6 of *The Centenary Edition.* 5-212.

Hearn, Karen, ed. *Dynasties: Painting in Tudor and Jacobean England, 1530-1630*. 1995. New York: Rizzoli, 1996.

Hibbard, G. R., ed. *Hamlet*. By William Shakespeare. Oxford World's Classics. Oxford: Oxford UP, 1998.

Hodges, Felice. *Period Pastimes: A Practical Guide to Four Centuries of Decorative Crafts*. London: Weidenfeld, 1989.

Hole, Christina. *The English Housewife in the Seventeenth Century*. London: Chatto and Windus, 1953.

Jones, Inigo. *Designs by Inigo Jones for Masques and Plays at Court: A Descriptive Catalogue of Drawings for Scenery and Costumes Mainly in the Collection of His Grace the Duke of Devonshire, K. G.*. Introduction and Notes. Percy Simpson and C. F. Bell. Oxford: Printed for the Walpole and Malome Societies at the UP, 1924.

Kesserling, Marion L. *Hawthorne's Reading, 1828-1850*. 1949. Norwood, PA: Norwood Editions, 1976.

Levey, Santina M. *Discovering Embroidery of the 19th Century*. Tring, Herts: Shire, 1971.

---. *An Elizabethan Inheritance: The Hardwick Hall Textiles*. 1998; London: National Trust, 1999.

Marshall, Frances and Hugh Marshall. *Old English Embroidery: Its Technique and Symbolism*. London: Horace Cox, 1894.

Nevinson, J. L. "Introduction and Notes." *Tailor's Pattern Book.* By Juan de Alcega. Trans. Jean Pain and Cecilia Bainton. 1589. 2nd ed. Carlton, Bedford: Ruth Bean, 1979.

Newberry, Frederick. "Tradition and Disinheritance in *The Scarlet Letter*." *ESQ* 23 (1977): 1-26.

---. *Hawthorne's Divided Loyalties: England and America in His Works*. London: Associated UPs, 1987.

Nichols. John. *The Progresses, Processions, and Magnificent Festivities, of King James the First*. 4 vols. London: Printer to the Society of Antiquaries, 1828.

Nicoll, Allardyce. *Stuart Masques and the Renaissance Stage*. London: Harrap, 1937.

The Palace of Holyroodhouse: Official Guidebook. London: Royal Collection Enterprises, 2002.

Peacham, Henry. *The Compleat Gentleman*. 1622. NewYork: Da Capo, 1968.

Planché, J. R. *History of British Costume, from the Earliest Perfod the to Close of the Eighteenth Century*. 1834. London: Cox, 1847.

---. ed. *A Complete View of the Dress and Habits of the People of England: From the Establishement of the Saxons in Britain to the Present Time*. 2 vols. By Joseph Strutt. 1796. London: Bohn, 1842.

Reynolds, David S. "Toward Hester Prynne." *Hester Prynne*. Ed. Harold Bloom. New York: Chelsea House, 1990. 179-85. Cited from *Beneath the American Renaissance: The Subversive Imagination in the Age of Emerson and Melville*. New York: Knopf, 1988. 368-75.

Ryskamp, Charles. "The New England Sources of *The Scarlet Letter*." *American Literatue* 31 (1959): 257-72.

Shakespeare, William. *The Riverside Shakespeare*. Ed. G. Blakemore Evans, et al. 2nd ed. Boston: Houghton Mifflin, 1997.

Schmidt, Alexander. *Shakespeare Lexicon and Quotation Dictionary*. 2 vols. 1902. New York: Dover, 1971.

Shurtleff, Nathaniel B., ed. *Records of the Governor and Company of the Massachusetts Bay in New England*. 5 vols. 1853-54. New York: AMS Press, 1968.

Simpson, Percy and C. F. Bell, eds. *Designs by Inigo Jones for Masques and Plays at Court: A Descriptive Catalogue of Drawings for Scenery and Costumes Mainly in the Collection of His Grace the Duke of Devonshire, K. G.*. Introduction and Notes. Percy Simpson and C. F. Bell. Oxford: Printed for the Walpole and Malon Societies at the UP, 1924.

Steel, David and Judy Steel. *Mary Stuart's Scotland: The Landscapes, Life and Legends of Mary, Queen of Scots*. New York: Crescent, 1987.

Strutt, Joseph. *A Complete View of the Dress and Habits of the People of England: From the Establishment of the Saxons in Britain to the Present Time*. 2 vols. 1796. Ed. J. R. Planché. London: Bohn, 1842.

---. *Sports and Pastimes of the People of England*. 2nd ed. London: Bensley, 1810.

Swain, Margaret. *The Needlework of Mary, Queen of Scots*. 1973. Carlton, Bedford: Ruth Bean, 1986.

Taylor, John. "The Prayse of the Needle." *Works of John Taylor: The Water Poet*. 1st Collection. 1870. New York: Burt Franklin, 1967.

Thoms, William J. *The Book of the Court*. London: Henry G. Bohn, 1844.

Wardle, Patricia. *Guide to English Embroidery*. Victoria and Albert Museum, 1970.

Wellborn, Grace Pleasant. "The Golden Thread in *The Scarlet Letter*." *Southern Folklore Quarterly* 29 (1965): 169-78.

Yellin, Jean Fagan. "Hawthorne and the Slavery Question." *A Historical Guide to Nathaniel Hawthorne*. Ed. Larry J. Reynolds. Oxford: Oxford UP, 2001. 135-64.

飯塚信雄『西洋の刺繍』日本ヴォーグ社、一九七六年。

入子文子『アメリカの理想都市』関西大学出版部、二〇〇六年。

――「チリングワースのゆくえ」『英文学研究』第七一巻二号、一九九五年、一二七―四一頁。

――『ホーソーン・《緋文字》・タペストリー』南雲堂、二〇〇四年。

――「Mistress Prynne と針仕事」『英文学研究』第七〇巻二号、一九九四年、二九〇頁。

川北稔『洒落者たちのイギリス史――騎士の国から紳士の国へ』平凡社、一九八六年。

川北稔編『「非労働時間」の生活史――英国風ライフスタイルの誕生』リブロポート、一九八七年。

クラバーン、パメラ『手芸百科辞典』一九七六年、飯田晴康、尾上雅野監修、尾上恵美、田村義進訳、雄鶏社、一九七八年。

コーベット、M・R、W・ライトバウン『寓意の扉』篠崎実、中野春夫、松井みどり訳、平凡社、一九九一年。

佐野敬彦「ヨーロッパの染色芸術」『ヨーロツパの染色の美』ヴィクトリア&アルバート美術館展図録、佐野敬彦編、ＮＨＫきんきメディアプラン、ヴィクトリア&アルバート美術館、一九九五年。

佐野敬彦編『ヨーロッパ染色の美』ヴィクトリア&アルバート美術館展図録　ＮＨＫきんきメディアプラン、ヴィクトリア&アルバート美術館、一九九五年。

ストロング、ロイ『ルネサンスの祝祭――王権と芸術』上下　一九七三年、星和彦訳、平凡社、一九八七年。

テイラー、ジョン「針への祈り」川口敏男訳、パメラ・クラバーン著『手芸百科事典』雄鶏社、一九七八年、裏表紙。

トネリ、ジョルジョ「天才」佐藤栄利子訳『西洋思想大事典』フィリップ・P・ウィーナー編、日本語版編集委員荒川幾男他、平凡社、一九九〇年。

ホーソーン、ナサニエル『完訳　緋文字』八木敏雄訳、岩波文庫、一九九二年。

――『大理石の牧神』I・II　島田太郎、三宅卓雄、池田孝一訳、国書刊行会、一九八四年。

――『ナサニエル・ホーソーン短篇全集』I・II　国重純二訳、南雲堂、一九九四、一九九九年。

ロミ『乳房の神話学』高遠弘美訳、青土社、一九九七年。

第五章　小さな赤い手――〈あざ〉の図像学

銀の紋章地に、直立の、開いた、手首で切断された、赤い左手。
argent, a sinister hand, erect, open, and couped at the wrist gules; (Parker 46)

『英国紋章学用語集』を漫然と繰っていた私の目は、白い楯に置かれた左手の赤い掌《てのひら》の図【図1】と、紋章表記の規則に従ったこの句とに釘づけになった。ナサニエル・ホーソーンの短篇「痣」("The Birth-mark" 1834)に描かれる、「妖精」[1]の手のような〈小さな赤い手〉の〈あざ〉に関する次の一節と結びついたからである。

彼が[……]独特の表情を浮かべて一瞥さえすれば、彼女の頬の薔薇色は死者のごとき蒼白に変わり、その真ん中にあの深紅の手が、真白な大理石に置かれたルビーの浮き彫りのように、くっきりと浮き出た。

【図1】銀の紋章地に置かれる〈小さな赤い手〉の図像。

自分の作品を「言葉による絵画」("word-painting")(10: 439)と呼ぶホーソーンの作品は絵画的記号に満ちている。しかしこの〈小さな赤い手〉の〈あざ〉の記号を絵画的記号、すなわち図像として意味づけることは忘れられてきた。ジョン・オーウェン・リーズ(John Owen Rees, Jr.)やジュディス・カウフマン・バズ(Judith Kaufman Budz)は、詩と絵を姉妹芸術とみなす西欧の長い伝統の中でホーソーンを扱ったが、短篇「痣」を取り上げてはいない。リタ・K・ゴリン（Rita K. Gollin）らの『予言の絵画』も「痣」には触れていない。

そこでこの小論では、〈小さな赤い手〉の〈あざ〉をルネサンス精神史のなかの図像として捉え、冒頭の句を補助線として短篇「痣」を考察する。

一　短篇「痣」の曖昧さ

短篇「痣」は、「自然学（natural philosophy）のあらゆる分野における」天才的「学者」（"man of science"）エイルマー（Aylmer）と絶世の美女である新妻ジョージアナ（Georgiana）の物語である。妻の「左頬」の真ん中には、"mimic hand," "tiny hand," "human hand, though of the smallest pigmy size," "fairy sign manual," "little hand," "minute figure of a hand" などと、小ささが強調される「赤い」「小さな手」の形をした〈あざ〉（"birthmark"）があった。それは文字どおり「生まれながらの印」として「いわば彼女の顔の生地に深く織り込まれていた」。「この世の不完全性の、目に見える印」（the visible mark of earthly imperfection）であり、「妻の持つ、罪、悲しみ、衰退、そして死への傾向性の象徴」である〈小さな赤い手〉の形をした〈あざ〉を、夫は「恐ろしいもの」とみる。強迫観念に囚われた夫は、ついにあざを除去する薬を調合し、妻に飲ませる。実験は成功して妻の美貌は完全となり、〈あざ〉は消えるが、同時に妻の生命も消えてしまう。

一見単純な「聖書的寓話」（Levin 60）に見えるが、短篇「痣」の特徴はオースティン・ウォレン（Austin Warren）の言うように「曖昧さ」（Warren 367）にある。ミリセント・ベル（Millicent Bell）はウォレンを引き合いに出しつつ、エイルマーが高貴な天才とも狂気の学者とも読めるところに作品の曖昧さを指摘する（Bell 184, 195）。しかし彼は元来、「不老不死の霊薬」を調合しえたが、人に投与することを踏みとどまるだけの「崇高な知恵」を持っていた。「〈自然〉に無秩序がもたらされ」、「薬の服用者が特にそれを呪うこと」になることを予見したからであった。ところがエイルマーの想像力は、結婚を機に「暗い想像力」へと変化したのだった。このような変化の相から読むとき、エイルマーに関する曖昧さは消える。しかし作品のもつ割り切れない曖昧さは残る。

作品から割り切れない曖昧さを拭えない原因は、〈あざ〉という現象そのものにある。従来〈あざ〉は原罪や罪の象徴とみなされてきた（Levin 60; Male 82; Bell 185）。その解釈自体に異を唱えるつもりはない。しかし狭義の原罪の文脈のみでこの〈あざ〉を理解することは困難である。そもそもホーソーンは〈原罪〉という語を用いないし、レナード・J・フィック（Leonard J. Fick）も言うように、「ミリアムの言葉を記した一箇所を除いては原罪の概念を扱っていない」（Fick 99）。短篇「痣」の中心概念が原罪ならば、なぜテクストに〈原罪〉という語が出ないのか。なぜ〈あざ〉のようなものが〈原罪〉の象徴となり、「死すべき運命（"mortality"）の印」となりうるのか。一七世紀でなく一八世紀後半に生き、熱狂的ピューリタンでも聖職者でもないエイルマーが、なぜ〈あざ〉にこだわるのか。そして何よりも、〈あざ〉はなぜジョージアナの頬についているのか。〈あざ〉が罪へと向かう印ならば、なぜ妻の殺害という重罪を犯したエイルマーにではなく、精神的には欠点がないと批評家たちから評価されてきたジョージアナの頬につけられているのか、等々、疑問は尽きない。この〈あざ〉は原罪や罪の文脈からのみでは捉えきれないのではないか。

実際、テクストの〈あざ〉は原罪以外の視点でも語られている。まず「妖精」の文脈である。「ジョージアナを愛した人々（lovers）」――"lovers"とはもちろん〈恋人たち〉の意ではなく、父母兄弟あるいは友人など、ある人を大切に思う人々の意――にとって〈あざ〉は「神秘の手」と映る。彼女の「誕生の時刻に、ある妖精がきわめて小さな手をその赤ん坊の頬にあて、やがてあらゆる人の心を魅了する力を彼女に与えることになる、魔法の資質の印として」残した「刻印」だった。また同じ妖精の文脈でも〈あざ〉の解釈は「見る人の気質に応じて著しく変わる」。「気難しい」女たちはそれを妖精の「血塗られた手」（bloody hand）と呼び、それがジョージアナの「美しさを台無しにし」、「彼女の顔つきを恐ろしくさえさせる」と断言する。一方語り手は、〈あざ〉を大理石像の文脈に置き、パワーズの傑作である大理石の美しい「イヴ」像の、純度の高い大理石に現れる「青い斑点」（blue stains）と重ね、斑点ゆえに美が台無しになるとは言えない、と女たちの解釈を退ける。これら妖精や大理石像の文脈での〈あざ〉は、ピューリタニズムの狭義の原罪概念だけでは把握できない。

そこで批評家のなかには〈あざ〉を一九世紀の医学、擬似科学の文脈で考える者も出てくる。スタインやメイルは一八三〇年頃の科学を引き合いに出し（Stein 91; Male 81）、テイラー・ストウア（Taylor Stoehr）は、〈あざ〉と原罪を一九世紀のホメオパシー（同種療法）理論で結びつけ、オリヴァー・ウェンデル・ホームズ（Oliver Weadell Holmes）とホーソーンの影響関係に触れる。ストウアは次のように言う。ホームズは、自分の作品が「原罪の教義を試す」ことを目的にし、「神学的教養を土壌にした生理学的概念」を用いたものだと述べている、と（Stoehr 121-26; 入子 一九九一、一四六—四七を参照）。

これらの説はある程度問題を解決してくれる。しかし、それでは物語の舞台を一九世紀半ばでなく「前世紀〔一八世紀〕末」にわざわざ設定したホーソーンの意図はどうなるのか。エイルマーは、「自然の神秘の比較的最近の発見によって奇跡の領域へと第一歩が踏み出されたばかり」の時代、まだ“scientist”ではなく“man of science”と呼ばれる時代、“science”と“philosophy”が未分化でほぼ同じ意味に使われていた時代の人である（入子 一九九一、一六二、註一一）。〈科学〉が目覚ましい進歩を遂げ、〈科学〉観が変化した一九世紀半ばの理論を土台にしてこの問題を解決するのは無理ではないか。そこで妻のあざを消すべく薬を飲ませて死なせた、一七世紀のケネルム・ディグビー卿をエイルマーのモデルとみなすアルフレッド・リードの研究（Van Leer 211）に目を転じるが、そこでも〈小さな赤い手〉の図像学的解明は見られない。

二 〈あざ〉と〈吃音〉

そこで思い出すのが、ハーマン・メルヴィルの死後出版になる、最後の未完の作品『ビリー・バッド』(2)の、青年水兵ビリーの喉に現れる〈吃音〉である。メルヴィルはこの作品の二章で、「ヘラクレス」のごとく英雄的で美しく、「強く」、「善良な」ビリーに現れる〈吃音〉を説明して次のように述べる。ビリーの〈吃音〉は、「ホーソーンの短い物語の美女」のような、「目に見える瑕《きず》」(“visible blemish”)ではないが、彼女と同じく彼にも「ただ一つ不具合なこと」、すなわち、いつもは「きわめて音楽的な声」に、時として起こる「発声上の欠陥」(a vocal defect)があった、と。この〈吃音〉が、「エデンのあの妬み深いぶちこわし屋」セイタン(悪魔)が「あれこれのやり方で必ず」人間に忍び込ませる「手形」(“a hand”)であり、「不完全性(imperfection)を表したもの」であると説明されるところから、レヴィンに代表されるように、〈吃音〉は〈あざ〉と同じく原罪の象徴とみなされている(Levin 196)。ホーソーンの「痣」と同系列の用語と、「エデン」というキリスト教用語が用いられているからであろう。

しかし、ここでも割り切れなさが残る。なぜ〈吃音〉という現象が〈原罪〉の印になりうるのか、なぜ〈吃音〉はビリーのような善人につけられる表象なのか。ウィリアム・B・ディリンガム(William B. Dillingham)も、ビリーは無垢なのになぜ罪があるというのか、ビリーの〈吃音〉は悪などではなく、悪はむしろ社会の方なのだ、と疑問を隠さない(Dillingham 1986, 384)。

解決の鍵は、『ビリー・バッド』にみられるヘレニズムへの眼差しにある。確かに悪の権化クラッガートの悪は、「聖書」の「罪の神秘」(二一章)というキリスト教用語で導入される。しかし次の瞬間には、「カルヴィンの教条のにおいがするが、決してカルヴィンの説く全人類堕落を意味しているのではない」視点でも説明される。すなわち「プラトン作と伝えられる定義集」の“Natural Depravity”の視点である。ヘブライズムの〈原罪〉とヘレニズムの“Natural Depravity”という、似て非なる概念とを重ねて融合させるのだ。「真実の書」として惹かれる『伝道の書』を「モーゼとプラトンの融合」とみるメルヴィルゆえ（Leyda I, 417）、不思議ではない（入子 一九八九、九九）。

原罪との連想を呼んだこの“Natural Depravity: a depravity according to nature”という「謎めいた言い回し」（一一章）に、メルヴィルはいかなる意味を与えていたのであろうか。彼は例によって、謎を説明すると見せかけ、ますます謎めかすのだが、解決の鍵は“nature”にある。悪人クラッガートの悪の説明ゆえ、当然“nature”を精神的意味での生来の性質と判断しがちだが、四性論の体液生理学の文脈に置くとき、“nature”は精神的と同時に物質的意味を帯びる。実際メルヴィルは、精神と肉体の密な重なりを一章で喚起する。「精神的本性が肉体的組成と釣り合っていないことなど、めったにない」と。“Natural Depravity”は、生得的な肉体組成もしくは体質と、それに由来する精神的堕落の双方を意味すると考えられよう。ちなみにこの語のテクストへの引用に際してメルヴィルが参照したと思われるボーン版『プラトン全集』の註では、“Natural Depravity”が“as badness by nature, and a sinning in that, which is according to nature”（Hayford, Notes 162）と定義される。罪という精神的本性の悪に、病気という肉体的組成の異常が重ねられているのだ（入子 一九八九、一〇〇）。この註とメルヴィルの用語をつき合わせると、罪と病気という二つの悪を一体化するメルヴィルの念頭には、ヘレニズムがあったと解してよいであろう。

このことはクラッガートの悪と肉体組成の関係からさらに裏づけられる。彼の肉体を組成する要素、もしくは肉体を組成する生地のありようは、「顔色」（“complexion”）に示される。“complexion”は体液生理学における体液の混合状態をいうのだが、彼の「青白い」「顔色」（八章、一九章）は「肉体組成と血の中に存在する何か欠陥のあるものを暗示」（八章）する。このような生来の肉体的組成における異常が、「生まれながらの資質［……］に起因する、悪の本性に根ざす狂気（mania）」（一一章）という精神的本性における悪の表象となっている。

悪をめぐるこれらメルヴィルの言説の根底には、古代ギリシャ以来の体液生理学における〈黒い胆汁〉（メランコリー）の概念がある。悪の表象たるクラッガートの肉体を組成する「濃厚なねばねばした黒い血」（一九章）は、ヘブライズムのみならずヘレニズムの文脈からも読まれるべきである（入子 一九八七、二六）。なお、この文脈では、青と黒、青い顔色と黒い血は等価値的である（入子 一九九〇、九一）。

三　〈吃音〉と〈メランコリー〉

メルヴィルが〈メランコリー〉と、その集大成であるロバート・バートンの『メランコリーの解剖』に並々ならぬ興味を抱いていたことは、批評家によってすでに証明済みである（Wright 1-13; Dillingham 1968, 20-29; Dillingham 1977, 56-74）。〈黒い胆汁〉と〈吃音〉はメランコリーの文脈で密接な関係にある。膨大な古典の読書量を誇り（Sealts を参照）、アリストテレス（Aristotle）によって天才の印を付与されていた〈メランコリー〉の概念に魅了されていたメルヴィルの目に、アリストテレスの『問題集』の次の一節が飛び込んでこなかったとは考えにくい。

なにゆえに吃る人間は憂鬱質的（黒胆汁質）なのであろうか。憂鬱質の本質は、表象にあまりにも速く追随して行く点にあるが、吃る人間にはそういう傾向があるからであろうか。なぜなら彼らにおいては、そこに現れている表象にあまりにも速く随《つ》いて行くために、話そうとする衝動の方が、話す能力に先行しているからである。舌がもつれる人間の場合もこれと同様である。というのは、彼らにおいても、話すための器官の方が、どうしても遅れがちだからである。その証拠に、人は酒に酔うと舌がもつれるが、それは、酔うと人はとりわけ表象として現れてくるものに追随して行って、知性には従わないからである。（Aristotle VII: 903b20-26）

この一節を含めて、アリストテレスにおける〈吃音〉の捉え方は、メルヴィルにおけるビリーの〈吃音〉の捉え方を思わせる。ビリーの吃音は「突然強く感情が刺激される」（二章）場合にのみ生ずる。右記引用に従えば、「話そうとする衝動の方が、話す能力に先行」する時である。アリストテレスはこの引用部分の直前で、「神経の昂っている時には吃りやすくなる」とか、「神経の昂りは一種の恐れ」として働き、「体内の或る部分に現れた麻痺に似て」、「その部分を動かすことができない」（Aristotle VII: 903b8-13）と述べ、原因を肉体に帰している。ビリーに関するメルヴィルの説明も同じ線に沿っている。ビリーに「怒りが込み上げるとき、言葉を発しようとしても発声器官の欠陥（his vocal infirmity）が邪魔をする」（一四章）とか、「突然押しつけられた罪状への驚き」（一九章）と、クラッガートの不気味な「目に対する恐れ」から、吃音と麻痺が起こるとか、艦長ヴェアーの慰めにあうと、「心」ばかりが強く働き、「麻痺状態」（一九章）を露わにするといったように。以上のように、ビリーの〈吃音〉はアリストテレスの言う生来の黒胆汁質の表象となっていると考えられる。

アリストテレスによれば、黒胆汁質（メランコリー）の人は、生まれた時すでに黒胆汁が「素質」（Aristotle VII: 953a33）として「本性のなかに混入され」、黒胆汁質の「混合が出来上がっている」（Aristotle VII: 954a13, 29）。とはいえ、黒胆汁質の人は必ずしも一般に考えられているように、いつも憂鬱であったり、病気であったり、狂気であったりするとは限らない。「必ずしも黒胆汁質の人々のすべてが痩せているのでも、色黒であるのでもなくて、病的な体液を持つ者にその傾向が強い」（Aristotle VII: 954a10）だけである。黒胆汁質の人においては、「それぞれ異なった混合状態に応じて、多様な性格の者がただちに現れる」（Aristotle VII: 954a30）。「良く混合された者であることも、ある意味でよき状態であることも可能」（Aristotle VII: 955a35）であって、「ほどほどの温度」の場合、その者は「思慮がよりよく働き、奇矯なところが少なくなる一方、多くの点で他の人間に卓越する——ある者は教養面で、ある者は技術面で、またある者は市民生活の面で」（Aristotle VII: 954b1-2）。あらゆる面で「並外れたところを示した人間は、明らかに黒胆汁質」（Aristotle VII: 953a10）である。マルシリオ・フィチーノ（Marsilio Ficino）が黒胆汁質に天才の印を付与した根拠はここにあったのだった。

ビリーはアリストテレスのこの天才型黒胆汁質の人を彷彿とさせる。ビリーという存在は「並の精神の持ち主にはまったく信じられないほど」「珍しい特性」（二二章）を備えた、「道徳面での並外れた現象」（二二章）である。「優れ

（左から）【図2】《腕をあげた悲しみの人》／【図3】《柱の傍らに立つ悲しみの人》／【図4】《手を縛られた悲しみの人》／【図5】《座る悲しみの人》

た健康と若さとおおらかな心に恵まれた天賦の陽気に満ちて幸福な」（一章）ビリーは、いつもは「体内の調和を表現するかのように、不思議なまでに音楽的な声」（二章）の持ち主ゆえに、内なる平安の体現者としての「平和を作り出す者」（一章）である。しかし、病的ではないが体質的に特別であり、「肉体組成に由来する」「隠れた欠陥」（一九章）を持つ。アリストテレスの言葉どおり、感情の昂りによって黒胆汁質の表象である〈吃音〉が起こり、「隠れた欠陥」が現れる。

　ビリーは、我々が一般に漠然と抱いている〈メランコリー〉という言葉のイメージからはほど遠い。しかし、ルネサンス期にもてはやされた、アリストテレスの〈メランコリー〉（黒胆汁質）の天才概念が、ビリーの背後にあることは否めない。〈吃音〉がさらに「麻痺症状」へと昂ずる時のビリーに見られる、「槍で突き刺された人」や「十字架に架けられた人」（一九章）の表情もルネサンスの〈メランコリー〉の人の表情である。これらの言い回しの暗示するキリストは、メルヴィルの熟知していたルネサンスの〈メランコリー〉思想における、受難の「悲しみの人」、聖なる〈メランコリー〉の人であった（入子 一九八六、九九）。《メレンコリア1》で有名なアルブレヒト・デューラー（Albrecht Dürer）は受難のキリストを〈メランコリー〉の文脈に置き、《悲しみの人》と題する何種類かの版画を手掛けている（Panofsky 148, 196）【図2、図3、図4、図5】。《メレンコリア1》は、デューラーの死後三世紀にわたってヨーロッパの精神文化の表象に影響を与え続けた（Panofsky 157）。このデューラーの《悲しみの人》も、〈メランコリー〉へと精神が傾斜するメルヴィルを惹きつけていたと思われる。

〈黒い胆汁〉は、ルネサンスの〈メランコリー〉概念の中で〈原罪〉と結びつく。人間の本性に生来的に存在する不完全性を意味する黒い要素として、身体の中の黒い体液と精神の中の黒い要素である〈原罪〉とが、ずれを生じつつも重なっていた。メルヴィルの想像力の中で、黒い胆汁の表象としての〈吃音〉が、〈原罪〉の象徴としても選ばれるゆえんである。

四　〈メランコリー〉と〈あざ〉

〈メランコリー〉の画題を好んだデューラーには、裸体の向かって右下腹部にある〈あざ〉を指し示す一五一二—一三年頃の《自画像》がある【図6】。その銘文には、「私が指し示している黄色い斑点のある所が痛む」と記されている。〈斑点〉は、〈メランコリー〉の生理学的文脈では過剰な黒胆汁の表象である。また、向かって右下腹部は黒胆汁を作り出す脾臓の存在する場所である。メランヒトン（Philipp Melanchthon）によって「いと気高き憂鬱症」と絶賛され、天才についての新学説の表象としての黒胆汁質の人と分類されていたデューラーは、下腹部の〈斑点〉を自分の〈メランコリー〉の表象として描いたのだった（『デューラー展』六九）。したがってデューラーに親しんでいたメルヴィルも、〈あざ〉を〈メランコリー〉の表象とみていたと考えてよいだろう。以上のことから総合すれば、メルヴィルは「ホーソーンの短い物語の美女」の、「目にみえる瑕」である〈あざ〉を、〈メランコリー〉の表象とみなしていたと言えよう。

【図6】デューラー《自画像》

ホーソーンもまた、〈あざ〉を〈メランコリー〉の文脈で捉えて短篇「痣」を書いていた。筆者が調べたところでは、ホーソーンもメルヴィル同様、バートンの『メランコリーの解剖』に魅了され、作品に影響のあとを忍ばせている（入子一九八八参照）。とすれば、「痣」の〈あざ〉を描くホーソーンの脳裏に、皮膚の斑点とメランコリーとを結びつけたバートンの次の一節があったことは想像に難くない。

バプティスタ・ポルタは、まるで一つの斑点が広がって脾臓一面を覆っているかのように、他の身体の部分からの所見を述べている。「あるいは、もし爪の中に黒いものが現れれば、激しい心労、悲痛、争い、それにメランコリーを意味する」。彼はその原因として黒胆汁をあげ、自分を例に引く。それによると、彼の爪には七年にわたってそのような黒い斑点（black spots）があったが、その間ずっと、訴訟、相続争い、不安、名誉失墜、悲痛、心配などが耐えなかった。しかし、悲惨な状態の終焉とともに黒い斑点も消えた。（Burton 1: 209）。

〈メランコリー〉の文脈では、見えない内部の爛《ただ》れを示す「斑点」が、目に見える表象として身体の外部の爛れである「斑点」の形をとること、その「斑点」の原因が「黒胆汁」であることが、ここから読み取れるであろう。同じ系列の用語は、他のホーソーンの言及にも現れる。『緋文字』でチリングワースがディムズデイルに向かって発する、「病気、いや、もしそう言ってよければ、あなたの精神の痛みうずくところは、すぐさま肉体上に適当な姿をとって目に見えるようになる」（1: 136）という言葉である。あるいはこの着想を記したとおぼしき一八四一年一〇月二七日の『アメリカン・ノートブックス』の、「精神の、あるいは霊の病を肉体の病で象徴する──こうして人が何か罪を犯せば、そのために爛れが肉体に現れる」（8: 222）というメモに、さらに〈メランコリー〉を指したバートンの「象徴する病」（Burton 1: 212）という表現に繋がってゆく。斑点のカテゴリーに入る〈あざ〉やしみは、ホーソーンにおいても〈メランコリー〉の表象と考えられる。

五　エイルマーの「暗い想像力」

だが、たとえ〈あざ〉が〈メランコリー〉の表象であったとしても、初めエイルマーは、あざについて「ほとんど、いやまったく考えていなかった」。むしろあざは「欠点と言おうか美点と言おうか、ためらわれる」ほど「ささいなもの」であった。「恐ろしいもの」となったのは結婚後である。

問題はエイルマーの「暗い想像力」にある。元来、彼の想像力は「天才」(man of genius) 特有の並外れて優れたものであって、「暗い想像力」ではなかった。「ヨーロッパのあらゆる学会」で絶賛された彼の研究は、自然の四大の力を開示」したものであり、四性論の系譜にある。「至高の雲の領域」(空気=風) と「最深の鉱脈」(地) の「秘密」、「火山の火」(火) と「大地」(地) から湧く「泉水」(水) の「神秘」といった自然の驚異を明らかにしていた。「より高い知性」、「想像力、精神そして心」すべてを用いて「創造の秘密」を掴む「研究」であり、その著作は「物質の詳細を扱い」ながら「それらすべてを霊化」し、「ただの土くれ」に「魂」を帯びさせた。エイルマーは、優れた〈メランコリー〉の想像力を有する天才として登場している。

物質に精神的意味をも読み取る、このような精神構造の人物が、身体的不完全に重ねて精神的不完全を読み取るのは当然のなりゆきである。〈あざ〉という身体的不完全の印はこうして、エイルマーの属する「自然学」の伝統のなかで、「罪、悲しみ、衰退そして死への傾向性」という肉体的・精神的不完全の意味をも担うのである。が、彼にとって〈あざ〉は初め「ささいな」ものにすぎなかった。この優れた想像力が短篇「エゴティズム」におけるエリストン同様、結婚後に「暗い想像力」へと変質したのである（入子 一九九一、一五四―五六）。

天才のメランコリー気質は、何かを契機にメランコリーの病へと陥る。バートンによれば、「病的状態は黒い液を作り、黒さは精気を暗くし」、「恐れや悲しみを生み出す」(1: 420)。「その色は我々の視覚を一面に覆う体液に残留する色である。そこでメランコリーの人にはあらゆるものが黒いのだ」（Burton 1: 425）。想像力は感覚、特に視覚と強く関わる頭部の働きだが（Burton 1: 159）、頭部も視覚も黒い「腐敗した蒸気」で覆われれば、「腐敗した想像力」（Burton 1: 424-25）となる。メランコリーの病特有の「暗い想像力」をとおして見ると、あらゆる事物が暗く、また黒く見える。

この変化が天才エイルマーに生じた。「初めはささいなもの」だった〈あざ〉は、結婚を契機に「暗い想像力」をとおして「恐ろしいもの」となる。「それは無数に連なる思想と感情を強力に一つに結びつけ、あらゆるものの中心となった」。「一つの観念が彼の精神に暴力的な力を振るい」、「意図せずして、いや意図に反してさえ、彼はこの一つの不吉な話題に立ち返った」。ここにはバートンの言う「例のささいなことが、いつも彼らの心を駆けめぐる。……何をしても彼らはそのことから免れられない。意志に反してもそのことを何千回と繰り返して考えずにはいられない」（Burton 1: 394）という状態とのアナロジーが見られる。エイルマーの絶えざる苦悩は妄想を生み、ついに妻の殺害に至る。エイルマーは天賦の才を自己および他者を破滅させる道具とした。

ジョージアナも元来アリストテレスの言う天才的メランコリー気質の高貴な人物であった。エイルマー自身が彼女の「天性の高貴さと深さ」に感動するとおりである。彼女の理解力と想像力もそのことを示す。「夫の自然学の蔵書」の「秘密に満ちた」内容や、「夫が自ら著した大型二折版本」の、「想像力に富んだ」霊的な本質を把握する力の持ち主であるからだ。並外れた人物の本質は並外れた人物によってのみ真に理解されるという公理の体現者である。

このような天才型ゆえに、妻も何かの打撃によってメランコリーの病に陥りやすい。夫の内面を確実に把握する優れた能力と愛を備えているがゆえに、彼女は夫のメランコリーの病状に反応する。夫の感情の揺れは妻の「感情の揺れ」を生み出し、夫の嫌悪の対象は妻の嫌悪の対象となる。〈あざ〉に対する夫の嫌悪と恐怖は妻のものともなり、自らの〈あざ〉を夫同様に「不吉な手」、「憎むべき印」と呼ぶようになる。夫が〈あざ〉を憎むのに応じて、妻も「鏡」に映るあざを憎む。かくして夫のメランコリー症状の悪化に応じて妻もメランコリーの症状を深めてゆく。

ジョージアナが重症のメランコリーに陥っていることは、あざが存在する限り「生命は私が喜んで投げ捨てたい重荷だ」という彼女の自殺願望に示されている。古典的メランコリー観では、自殺願望はメランコリーの末期的症状を表す。バートンはメランコリーの「絶望」に関する箇所で、「自分の重荷に敏感でその十字架に耐えられず、死によってのみ自らの不幸を逃れたがる人」（Burton 3: 394）と記しているからである。

こうしてみれば、従来「精神的には完全」（Horne 38）と考えられてきたジョージアナにも、メランコリーの病から絶望に陥り死を望むという精神の不完全性が存在することが判明する。彼女のあざは、単にエイルマーの不完全性をうつす鏡であるばかりでなく、彼女自身の不完全性の象徴でもある。ただしこの不完全性は原罪や罪の概念からだけでは導き出すことはできない。これまでの批評が、ジョージアナの頬のあざを人間の不完全性の象徴としながら、あざの持ち主に不完全性をみることができなかったのは、〈あざ〉の背景に〈メランコリー〉の概念を想定しなかったからであろう。人間の不完全性を原罪と黒胆汁という〈抽象〉と〈具体〉、〈意味〉と〈もの〉を重ねて把握する〈メランコリー〉概念があって初めて、ジョージアナの〈あざ〉の解釈につきまとってきた曖昧さや不可解なもどかしさが払拭される。

エイルマーの悲劇の原因は、視覚と想像力の欺きによる〈あざ〉の誤読にある。すでに述べたことだが（入子一九九二）、妻に見せた数々の「光学的現象」の実験で明らかなように、エイルマーは視覚が欺かれやすいことと、視覚を欺く方法とを熟知していた。にもかかわらず彼は自ら視覚に欺かれた。

ここで強調せねばならないのは、赤い手の形の〈あざ〉を「人間の不完全性を示す唯一の象徴」とみる点では、ホーソーンもエイルマーも同じだということである。だが、その象徴にいかなるメッセージを読むかで両者は両極に位置する。エイルマーにとって〈小さな赤い手〉の〈あざ〉は、「死すべき人間がこの地上の最も高貴な、最も清純なものを摑んで、それらを最も卑しい、いや獣そのものにも等しいものに堕落させてしまう」媒体である。一方ホーソーンにとっては、同じ〈あざ〉が、「天使のような精神が、死すべき人間の肉体と結合する絆」にほかならなかった。〈小さな赤い手〉の〈あざ〉を、〈人間の高貴性を死へと堕落させるもの〉とみるか、〈人間の死すべき運命を高貴性へと変容させるもの〉とみるか、すなわちこの〈あざ〉に注がれる視線のベクトルは正反対なのである。この違いこそ想像力の質に起因する。

六　〈小さな赤い手〉の図像学

この物語のテーマを決める図像として、なぜ〈小さな赤い手〉の〈あざ〉が選ばれたのであろうか。まず〈あざ〉は、〈メランコリー〉をとおして人間存在の曖昧性への発想を誘発する点で、この物語のテーマにふさわしい図像である。〈メランコリー〉は、人間の堕落性の表象であると同時に高貴性の表象である。それは堕落、衰退、死への傾向性を免れない肉体と、それゆえに逆説的に高貴なるものを志向する魂が結びついた、人間存在の優れた本質的曖昧性を表象する。しかもそのベクトルは可逆的に変化しうることを特徴とするところから、エイルマーとジョージアナを変化の相のもとに読むよう読者に要請する〈もの〉である。

では、〈あざ〉の図像として〈小さな赤い手〉が選ばれたのはなぜであろうか。この図像を設定するにあたり、ホーソーンはいかなる「不思議な印」（"singular mark"）を念頭に置いていたのか。さらに言えば、エイルマーにいかなるものを思い浮かべさせていたのだろうか。〈赤い手〉と言えば、『マクベス』（*Macbeth* 1606）に登場するダンカン王殺しの血塗られた赤い手、ホーソーンの作品では『七破風の館』のピンチョン大佐（Colonel Pyncheon）の「襞襟の血塗られた手」（2: 16）の形、『大理石の牧神』の暗殺者の「血塗られた手」（4: 35）など、殺人を示唆する赤い手がある。

短篇「痣」でも「雪の上に滴る」赤い血という流血の惨事を示唆する。しかも〈あざ〉が頻に現れたり埋没したりする様は、「血の突撃」や「撤退」という用語により戦争を思い浮かばせる。この文脈で具体的な「真白な大理石に置かれたルビー」の「赤い手」となると、戦争で用いる楯と死、楯の置かれた墓碑へ、そこから高貴な家系の墓所に見る楯型紋章へ、そして墓所の記念碑につけられた紋章に、小さく置かれた白い大理石の楯型に、ルビーで浮き彫

【図7】Marquess of Ely の紋章における准男爵の標（バッジ）としての〈小さな赤い手〉

りになった赤い〈小さな手〉へと連想は及ぶ。さらに白は紋章用語では銀を表すので、銀の楯型に〈小さな赤い手〉のある紋章図像ということになる。一方、ジョージアナの白い顔（“face”）を紋章学の用語で読み換えれば、白は銀を表し（Parker 11）、“face”は紋章地を連想させる（Roe 146, n. 58）。したがってジョージアナの白い顔に置かれた〈小さな赤い手〉も、銀の紋章地に置かれた〈小さな赤い手〉と読み換えられる。

この物語の舞台はイギリスと考えられる。「ジョージアナ」という名前はイギリスの守護聖人ジョージの女性形であり、イングランド最高のガーター勲爵位との連想を呼ぶからだ。イングランドの紋章学における〈小さな赤い手〉の図像は、“bloody hand”と呼ばれる「准男爵（Baronet）の標《バッジ》」である（Parker 46）【図1】。家紋の「楯の肩」（canton）に、もしくは「楯の中の小さな楯」（“inescutcheon”）の形をとって、アイルランドのアルスターの紋章を象《かたど》り、きわめて小さく置かれる加増紋である【図7】。

エイルマーにはこの図像に関する紋章学的知識があった。彼は紳士必修の紋章学を修めるべきイギリスの紋章階級に属しているからだ。一七世紀のディグビー卿をモデルにしたとのアルフレッド・リードの説もあるエイルマーの（Van Leer 211）、石造りの城館、壁を覆う特別優美で壮麗な「掛け物」や蔵書は、彼の高貴な出自を物語る（入子二〇〇四参照）。実際“Aylmer”という名前は、高貴な家系を示唆する。まず「エイルマー」という名前自体に“famous noble”という意味がある。その上、ジョン・バークの『紋章百科』（一八四七年）によれば、イギリスには、アイルランドの一二世紀以来の高貴な家系を本家とし、ジェイムズ一世によって一六二一年に〈准男爵位〉を与えられたエイルマー家がある（Burke, “Aylmer”）。したがって「真白な大理石に置かれたルビー」の赤い手は、エイルマーが先祖の墓所の入り口か墓碑で見ていた、紋章に小さく置かれた図像と考えられる。

ここで話を理解しやすくするために、ケッセルリングの『ホーソーンの読書』にあがっているウィリアム・J・トムズの『宮廷の本』に沿って、准男爵位について詳しく説明しておこう。准男爵位とは元来、ジェイムズ一世が在位九年目の五月二二日に、アイルランドのアルスターを植民地化するにあたって功労者に与えるため、新しく創設した称号である。准男爵に任ぜられる者は全員「一日につきイングランド・スターリング貨八ペンスの割合で、三〇人の歩兵をアイルランドにおいて三年にわたって供給し続ける」(Thoms 128) ことが義務づけられた。

一〇九五ポンドに上るこの額の見返りに、本人とその男性被相続人たちに准男爵位が与えられる。ガーター・ナイトを除くすべてのナイトの上位に置かれ、あらゆる証書・書類に准男爵の称号をつけ加える権利と、その名前の頭に Sir を付す権利とが与えられる。(Thoms 128)

さらに興味深いのは、この特許状の「特別の条項」にある、「本人の妻および被相続人たちの妻らは、それぞれ "Lady, Madam, and Dame" と尊称される」という一文である。妻たちが、この尊称で呼ばれる子爵、男爵の妻や娘たちと同列に並び、夫たる准男爵より高い身分になることを意味する (Thoms 128-29)。このことは、ジョージアナの徳性をエイルマーの上位に置く原因の一つと考えられる。

ジェイムズ一世は准男爵を常時二百人を越えない範囲と定めたが、その後、管理委員会の保証があれば追加可能となった。保証の条件は、准男爵に「ふさわしい品性、暮らし向き、評判の良さ」、「少なくとも父方の祖父以来の紋章所持者」、「相続地における一定の年収一千ポンド」などとなっている (Thoms 129)。いわば「金で買える」准男爵といえども、土地からあがる一定の年収益と過去三代にわたる紋章所持を要件とする。称号は高貴な血筋を意味していると言えよう。

准男爵のなかには功績によって昇格し、男爵位を与えられる者もいた。ホーソーンの読書歴に見られるナサニエル・サーモンは、アイルランド貴族の「エイルマー家」のなかで、その例としてマシュー・エイルマーをあげている。マシュー・エイルマーは、一七一七年に男爵位を、一七一八年に「グリニッチ病院の生涯マスターの資格」(Salmon 225)を得た。なお、紋章規則では紋章経歴が紋章そのものの中にすべて受け継がれる。したがって、准男爵位の標《バッジ》である〈小さな赤い手〉はいつまでも紋章に残る【図7】。ホーソーンはこれらを承知していた。だからこそ、短篇「痣」に〈小さな赤い手〉の〈あざ〉を登場させ、"bloody hand"と表現した。准男爵位の標《バッジ》である"bloody hand"と呼ばれる〈小さな赤い手〉の図像は、短篇「痣」のテーマにふさわしい。この図像は栄光と恥辱の解きがたく絡み合った曖昧な人間存在を暗示し、高貴な人間の〈メランコリー〉を背景に置くからである。紋章における〈小さな赤い手〉の図像は、実際はそうではないのだが、殺人の恥辱の印であった不名誉加増紋が栄誉の印である加増紋に変容したという伝承があるという(Lower 314)。エイルマーはこの誤った伝承をも知っていたと思われる。これを〈殺人者の印である赤い手〉とみるか、アイルランドでの功績に報いてジェイムズ一世から下賜された〈栄誉ある高貴な赤い手〉とみるかは、視覚、すなわち想像力の質によって変わる。テクストにおいてジョージアナの頬の〈小さな赤い手〉は、「妖精」の手の恵みの印とも、妖精の「血塗られた手」という「恐ろしい」呪いの印とも読まれている。スペンサーの『妖精の女王』における赤子の「血糊の落ちない」「小さな手」(Spenser 2. 2. 3)も同じく両義的である。両親の「罪に汚れた赤子」の小さな手とも、「母親の潔癖」を物語る「神聖の印」(Spenser 2. 2. 10)とも読まれうるからである。「痣」のエイルマーは、「暗い想像力」をとおしてジョージアナの頬にある准男爵の高貴を示す加増紋に、殺人を意味する不名誉加増紋を読み込んだのだった。このことは、赤い十字架に聖ジョージのガーター勲章という最大の栄誉の印を読まずして、十字架刑という最大の恥辱の印を読むに等しい。

〈あざ〉と准男爵の紋章の加増紋とが、両面価値的な曖昧なものであるところから、〈小さな赤い手〉の形の〈あざ〉は、高貴な男の悲劇に適切である。元来並外れて優れた〈メランコリー〉の想像力を持ちながら、病んだ黒い視覚と想像力の欺きによって図像を読み違え、妻を殺しただけでなく、自らの准男爵の紋章に殺人による赤い不名誉加増紋を加えて（Lower 313）、高貴な血筋を不名誉な血筋に貶めることになった。彼は黒く変質した想像力によって、二重の意味で宝を投げ捨てた。バートンも言うように、まさに人間は、「学問をしてはその結果、自らを損なう。神の賜を悪用し、自らの破滅に供する」（Burton 1: 36）のである。

＊本章は、〈メランコリー〉をめぐる過去の論文（入子 一九八九、一九九〇、一九九一）と、関西大学大学院英文専攻懇談会（二〇〇四年七月一一日）で講演した際の原稿をもとに大幅に改稿したものである。また本章は、平成一四年度～一六年度日本学術振興会科学研究費基盤研究(C)「ホーソーンの〈ロマンス〉における文学のテクストと歴史のコンテクスト」（課題番号 14510554）による研究成果の一部である。

【註】

（1）"The Birth-mark" からの引用表記については、巻数・ページとも省く。原文の日本語訳にあたっては翻訳を参照したが、文意により変更を加えた箇所もある。

（2）Herman Melville, *Billy Budd, Sailor*. Ed. Harrison Hayford and Metron M. Sealts, Jr. Chicago: U of Chicago P, 1962. 以後この作品からの引用はこの版に拠る。

【参考文献】

Aristotle. *Problemata. The Works of Aristotle.* Trans. W. D. Ross. Vol. VII. Oxford: Clarendon Press. 1927.（『アリストテレス全集』第一一巻、戸塚七郎訳、岩波書店、一九六八年）

Bell, Millicent. *Hawthorne's View of the Artist.* New York: State University of New York, 1962.

Budz, Judith Kaufman. *Nathaniel Hawthorne and the Visual Arts*. Diss. Northwestern University, 1973.

Burke, John. *Encyclopaedia of Heraldry*. London: Bohn, 1844.

Burton, Robert. *The Anatomy of Melancholy*. 1621. 3 vols. Ed. Holbrook Jackson. London: Dent, 1932.

Dillingham. William B. "The Narrator of *Moby-Dick*." *English Studies* 49 (1968): 20-29.

---. *Melville's Short Fiction, 1853-1856*. Athens: U of Georgia P, 1977.

---. *Melville's Later Novels*. Athens: U of Georgia P, 1986.

Fick, Leonard J. *The Light Beyond: A Study of Hawthorne's Theology*. Westminster, Maryland: Newman, 1955.

Fox-Davies, Arthur Charles. *Heraldic Designs*. 1904. London: Bracken Books, 1988.

Gollin, Rita K. & John L. Idol, Jr. *Prophetic Pictures: Nathaniel Hawthorne's Knowledge and Uses of the Visual Arts*. New York: Greenwood, 1991.

Hawthorne, Nathaniel. "The Birth-mark." 1834. Vol. 10 of *The Centenary Edition*. 36-56.

Hayford, Harrison. "Introduction." *Billy Budd, Sailor*. By Herman Melville. Ed. Harrison Hayford and Merton M. Sealts, Jr. Chicago: U of Chicago P, 1962.

Horne, Lewis B. "The Heart, the Hand and 'The Birthmark.'" *American Transcendental Quarterly* 1 (1969): 38-41.

Kesselring, Marion L. *Hawthorne's Reading, 1828-1850: A Transcription and Identification of Titles Recorded in the Charge-Books of the Salem Athenaeum*. 1949. Norwood, PA: Norwood Editions, 1976,

Levin, Harry. *The Power of Blackness: Hawthorne, Poe, Melvile*. 1958. Columbia: Ohio UP, 1980.（『闇の力――アメリカ文学論　ホーソン、ポー、メルヴィル』、島村馨・月地弘志・横田和憲訳、ミネルヴァ書房、一九七八年）

Leyda, Jay. *The Melville Log*. 2 vols. 1951. New York: Gordian, 1969.

Lower, Mark Antony. *The Curiosities of Heraldry*. London: Smith, 1845.

Male, Roy R. *Hawthorne's Tragic Vision*. New York: Norton, 1957.

Melville, Herman. *Billy Budd, Sailor*. Ed. Harrison Hayfold and Merton M. Sealts, Jr. Chicago: U of Chicago P, 1962.（『ビリー・バッド』坂下昇訳、岩波文庫、一九七六年）

---. *White-Jacket*. 1850. London: Constable, 1922.

Panofsky, Erwin. *The Life and Art of Albrecht Dürer*. Princeton: Princeton UP, 1943.（『アルブレヒト・デューラー——生涯と芸術』、中森義宗・清水忠役、日貿出版社、一九八四年）

Parker, John Henry. *A Glossary of Terms Used in British Heraldry*. Oxford: Shrimpton, 1847.

Rees, John Owen, Jr. *Hawthorne and the Emblem*. Diss. State University of Iowa, 1965.

Roe, John, ed. *The Poems*. By William Shakespeare. *The New Cambridge Shakesperare*. Cambridge: Cambridge UP, 1992.

Salmon, Nathaniel. *A Short View of the Families of the Present Irish Nobility*. London: Printed for William Owen, 1759.

Sealts, Merton M., Jr. *Melville's Reading: A Check-List of Books Owned and Borrowed*. Madison: U of Wisconsin P, 1966.

Spenser, Edmund. *The Faerie Queene*. 1590. Oxford: Oxford UP, 1972.（『妖精の女王』和田勇一監修・校訂／熊本大学スペンサー研究会訳、文理書院、一九七八年）

Stein, William Bysshe. *Hawthorne's Faust: A Study of the Devil Archetype*, 1953. Hamden, Conn: Archon Books, 1968.

Stoehr, Taylor. *Hawthorne's Mad Scientists: Pseudoscience and Social Science in Nineteenth-Century Life and Letters*. Hamden, Conn.: Archon Books, 1978.

Thoms, William J. *The Book of the Court*. London: Henry G. Bohn, 1844.

Van Leer, David M. "Aylmer's Library: Transcendental Alchemy in Hawthorne's 'The Birthmark.'" *ESQ* 22 (1976): 211-20.

Warren, Austin. *Nathaniel Hawthorne: Representative Selections*. American Writers Series. New York: American Book, 1934.

Wright, Nathalia. "Melville and 'Old Burton' with 'Bartleby' as an Anatomy of Melancholy." *Tennessee Studies in Literature* 15 (1970): 1-13.

入子文子「痣の象徴性——Hawthorne, Mellville, 痣」『神戸海星女子学院大学・短期大学研究紀要』第二九号、一九九〇年、八九—九七頁。

——「"The Birthmark" とメランコリー」『神戸海星女子学院大学・短期大学研究紀要』第三〇号、一九九一年、一四五—六三頁。

——「Billy の吃音の象徴性——*Billy Budd, Sailor* 覚え書き」、『神戸海星女子学院大学・短期大学研究紀要』第二八号、一九八九年、九七—一〇六頁。

——「"Blackness" の再考——'Hawthorne and His Mosses' 論」『神戸常磐短期大学紀要』第八号、一九八六年、一七—四二頁。

——「Hawthorne による Burton への直接的言及 "Burton's Anatomy" をめぐって——*Septimius Felton* 覚え書き」、同第一〇号（別

冊一)、一九八八年、九七—一〇六頁。

——『ホーソーン・《緋文字》・タペストリー』南雲堂、二〇〇四年。

——「メルヴィルとホーソーン——二つの献辞をめぐって」『神戸常磐短期大学紀要』第九号、一九八七年、二三—三〇頁。

千石伸行監修『デューラー展』デューラー展実行委員会、一九九二年。

ホーソーン、ナサニエル「痣」大橋健三郎訳『世界文学全集17　緋文字』集英社、一九七〇年、三五二—七一頁。

——『完訳　緋文字』八木敏雄訳、岩波文庫、一九九二年。

森護『紋章学辞典』大修館書店、一九九八年。

第六章　ホーソーンの〈みた〉二つのイングランド
――蔦《アイヴィー》をめぐる瞑想

一　オールド・イングランドとニュー・イングランド

一八五三年七月、領事としてリヴァプールに赴任したナサニエル・ホーソーンの目に、イングランドの蔦は強烈な印象を与えていた。イングランドでの実際の見聞を克明に綴った『英国ノート』にその痕跡を辿ることができる。

一八世紀から一九世紀半ばにかけて、旅行記のジャンルが人気を博していた。ホーソーンもまた時代の子として旅行記に関心を抱いていた。ケッセルリングの『ホーソーンの読書』を繙けば、合衆国内やその他の南北アメリカ、イングランド、大陸旅行と称されるヨーロッパ大陸の旅行に限らず、インドやトルコ、エジプト、ギアナ、ヌビアなどのアジアやアフリカ、極地、聖地への旅行記や、インディアン捕囚記、軍艦航海日誌、海外の戦場に夫を訪問する一人旅の妻の記録等々、我々の興味をかきたてるこの種の書物が悠に三五項目を越えるからである。[1] そのなかにはアメリカの知識人であるザカライア・アレン（Zachariah Allen）による『有用なる旅人』（*Practical Tourist* 1832）がある。アレンはイングランドやフランスを含む広範な旅の珍しい経験を、自然のみならず芸術や文化にまで視野を広げてアメリカと比較する。彼は「機会の許す限り」、合衆国の芸術や風景と比較したので、「アメリカの読者にヨーロッパの最も進歩した国々のスケッチはもとより、こうして自分自身の国のスケッチをも眼前に提示」（Allen 7）しようと試みた。

対してホーソーンの『英国ノート』は、単にアメリカ人がアメリカと比較しながらイングランドの風物を記すといった類いの旅行記とは趣を異にする。自国と比較はするが、ホーソーンが注ぐイングランドへの眼差しは独特である。その特徴は、リヴァプールでの任期終了後イタリアを旅行し、アメリカへの帰国を前に一八五九年六月に再びイングランドに立ち寄ったとき、「再びイングランドにやってきた」とは言わず、「イングランドに戻ってきた《リターンド》」(22: 469)と表現するところに示唆されている。[2] この眼差しの特徴は、初めて英国に渡って間もない一八五三年八月八日のメモにすでに具体的に記されている。招待されたポウルトン屋敷への途上で〈みた〉古い教会は、「これまでに〈みた〉如何なるものにも増してイングランドについての私のトランス・アトランティックな想像の数々に応えてくれた」(21: 9)と述べる。アメリカの地でイングランドを思い描いていたホーソーンの姿が偲ばれるところだ。しばらく後の一八五四年一〇月九日付けの記述には、この感覚がさらに端的に表現されている。

> 我が祖先がイングランドを一六三〇年に離れ、私が一八五三年に帰ってきたのだ。時として私は、私自身がこの二一八年間留守にしていたかのように感じることがある――まさに封建制から脱しようとするイングランドを離れ、今にも共和制に差し掛かろうとするイングランドを見出したのだから。このように物事を眺めるならば、二つの遠く隔てられた時間の距離が近くにくっつけられてしまう。(21: 138)

このようにホーソーンの眼差しは、二つの異なる時間と場所を一つに合わせる。そこには渡英前のニュー・イングランドでのホーソーンの想像力が介在する。ホーソーンは、眼前に捉えたヴィクトリア朝イングランドを、アメリカのニュー・イングランドで想像力によって心の画布に描いてきたオールド・イングランドと重ねようとする。さらに言えばホーソーンが〈みた〉ヴィクトリア朝イングランドは、肉眼と同時に心眼で〈みた〉オールド、ニュー、二つのイングランドを想像力のなかで溶け合わせたものであった。

ホーソーンの想像力の特徴は、一八五五年六月二二日レミントンにある小さな田舎の教会で、墓と記念碑を前に瞑想する次の言葉にも読みとれる。

> まるでこの古い教会を以前見たことがあって、ぼんやりと思い出しているかのように感じられる。田舎の教会についてすでに十分に読んでいるところから、それがどのようなものなのかについての私の観念と、この古い教会とが、これほどまでに一致した。あるいは、それらの姿形が私の遙か遠い昔の祖先たちの心臓《ハート》の奥深くに刻印され、まさにそれを私が相続した。そこでそれが眼前の現実のものに反応しているのだ。(21: 188)

ニュー・イングランドのホーソーンにとって、オールド・イングランドは〈ホーム〉であった。イングランドに不在の間の間隙は、イングランドから直接持ち込んだ祖先からの遺産と、その後のイングランドに関するさまざまなメディア――イギリスの文学、歴史、建築、絵画、演劇それに人物など――による情報を媒介とした、親密な接触で埋められている。長い間〈ホーム〉を離れている人が、〈ホーム〉から携えてきた祖先の遺産を常に愛おしみ、その後も、さまざまな出来事を綿密に綴った〈ホーム〉からの懐かしい手紙を読み続けてきた状況に似ている。ホーソーンがイングランドで目にしたモノの多くは、肉眼で初めて〈みた〉にもかかわらず、すでにニュー・イングランドにおいて想像力によって親しく〈みた〉オールド・イングランドのモノだった。しかも単なる頭の中の観念や郷愁ではなく、『緋文字』の序文で言及する「塵が塵に抱く感覚的共感」(1: 9)を伴っている。

本章では、想像力のヴェールを通して〈みた〉眼前のイングランドと、渡米以前にニュー・イングランドで〈みた〉オールド・イングランドを、『英国ノート』に記された蔦を中心に視覚的メディアを通して考察する。ホーソーンの言う、大西洋を横断する「トランス・アトランティックな想像の数々」(21: 9)の特徴を捉える試みは、二一世紀の新たな批評の方向の一つである〈トランス・アトランティシズム〉と奇しくも一致する。

二　蔦と石壁──内と外のタペストリー

ホーソーンはオールド・イングランドの〈ホーム〉の特徴の一つとして「贅沢《ラグジュアリー》」を〈みた〉。古い石壁を飾るタペストリーである。わけてもハンプトン・コートにおけるウルジーの「壮麗な」グレイト・ホールにある「タペストリー」はよほど印象深かったとみえ、二度にわたって言及する。最初は一八五六年三月四日の記述である。「壁という壁は、床から天井までの高さの半分まで、いにしえのタペストリーで覆われ、それはかなり色褪せているとはいえ、なおも極めて効果的な装飾になるに十分な色彩を保っており、また、これが高貴な部屋を飾るのに如何に贅沢な装飾様式であるかという観念を与えたに違いない十分な色彩を保っている」。「さらに近寄って見ると」、「聖書から」数々の主題をとったこのタペストリーには「金糸が厚く織り込まれ、今も輝いている」(21: 426)。二度目は一八五六年九月九日に再訪した同じグレイト・ホールでのことだ。「ゴブラン・タペストリーは、壁という壁が初めてそれで装われたとき、大変豪華で贅沢であったに違いない」(22: 148) と述べ、このタペストリーが色彩の美しさで有名なフランスのゴブランで織られた豪華な輸入品であったことを明らかにする。

古城のない、芸術の遅れたアメリカでは望むべくもないこのゴブラン・タペストリーという、王宮を飾るにふさわしいオールド・イングランドの最高の贅沢品を、しかしホーソーンはすでにニュー・イングランドで熟知しており、作品に登場させていた。『緋文字』では、ピューリタンの牧師ディムズデイルの部屋に、「ゴブランの織機から織り出された」(1: 126) と言われるタペストリーが飾られていた。これもまた聖書の物語「ダヴィデとバテシバ」から幾つかの場面を織り出した、数枚で一組の、「そのあでやかな色彩が今なお褪せない」タペストリーであった（入子二〇〇四、第二、三章参照）。ホーソーンはハンプトン・コートでオールド、ニュー、両イングランドの二つのタペストリーを重ねて〈みた〉ことになる。

ホーソーンの〈みた〉オールド・イングランドの贅沢の典型であるタペストリーは、古城の内なる石壁を飾るだけでなく、古い外なる石壁をも飾る。蔦や苔をも、人を慰めるイングランド特有の「贅沢」なタペストリーと〈みた〉のである。フィールズへの手紙にしたためたようにホーソーンは確かに「彼の昔《オールド》のニュー・イングランドでのお気に入りの草花」と同じ野性の草花を、オールド・イングランドに見つけて「深く感動した」（Fields 74）。しかし、アメリカには無い、とホーソーンの言う蔦への強い思いは格別である。

古い石壁を飾る蔦についての描写は『英国ノート』のそこここに現れるが、一八五四年九月一三日のコンウェイ城の廃墟の記述は目下のテーマにふさわしい。ホーソーンによれば、廃墟となったコンウェイ城は「初めて建てられたとき、それほどまで完全なものは他にはあり得なかった」が、今も「蔦の生い茂る平和な廃墟の一幅の絵として、かくも完全なものは他にあり得ない」（21: 121）。その美を「描写することはまったく不可能」（21: 121）なので、「リトグラフによるコンウェイの風景」は一枚も購入する気にならない。「滑稽なほど不適切」だからである。絵を買わないホーソーンは、崩れ落ちた城の内部を想像力によって再生する。王妃エリナが住んでいたと言われる、今は「屋根も床もない」塔で、「王妃にふさわしい部屋を幾分不完全な姿に飾り立て」、「古風なローブを纏って小礼拝堂の穹陵のアーチの下に立っている王妃エリナの堂々たる姿」や「座って縫い物をしている姿」（21: 122）を想像し、心のキャンバスに描くのである。

コンウェイ城や王妃エリナについては、「出発前にガイドブックで知っていた」（21: 117）。『英国ノート』の編者トマス・ウッドソン（Thomas Woodson）とビル・エリス（Bill Ellis）はこれをエドワード・バリーの『カンブリアの鏡』と推定している（21: 547）。バリーの書をもとにした編者の説明では、コンウェイ城はエドワード一世（一二三九—一三〇七）が一二八四年に建てた、軍事構築物の壮麗な輝かしさで際だつ、イングランドで最も美しい城の一つと言われる（21: 548, 549）。一三世紀の手稿本は、中世の城内にいるエドワード一世の、唯一現存する絵を載せている。それはエドワード一世の「室内の豪華な装飾の証拠」（Spooner 31）となっている【図1】。王妃エリナはスペインのカスティリアから一二五四年にお輿入れし、王の愛を一身に受けて幸せな家庭生活を送ったという（Earle 82, Williamson

【図1】エドワード一世の豪華な室内装飾（13世紀）。（Spooner 31）

55-56）。その出自からホーソーンの心のキャンバスに贅を尽くした室内装飾と衣装が浮かび上がるのも自然であろう。

あるいは王妃を印象づけるエリナというと、シェイクスピアの『ヘンリー六世』（*Henry VI* 1591-92）に登場する摂政グロスター公爵の夫人にして「誇り高き」（『ヘンリー六世』第一部一幕一場）レディー・エリナ・コバルがいる。エリナ・コバルは公爵夫人として「王妃に次ぐ地位」（『ヘンリー六世』第二部一幕二場）を占める。本物の王妃の口から、エリナは「貴婦人たちをぞろぞろしたがえて」宮廷じゅうを練り歩き、「まるで皇后様」のごとく振る舞い、取りまきたちには「王妃の父親の領地を全部合わせても、わたしのいちばん粗末な、着物の裾だって買えやしない」と自慢している、と非難される。実際にエリナ・コバルに「王妃」（『ヘンリー六世』）と呼びかける者も出るほどである。夫グロスター公爵も敵から、「家に贅をつくし、妻を美々しく装い、莫大な国費を浪費した」（『ヘンリー六世』）と糾弾される。生涯シェイクスピアを愛読したホーソーンが（入子 二〇〇四、四五三 註七）、王妃エリナとエリナ・コバルを想像力のなかで重ねても不思議ではない。

さらに、ニュー・イングランドで得ていた他の知識から、コンウェイ城や王妃エリナの姿形を呼び起こしていた可能性もある。王妃エリナについては、渡英前のホーソーンが一時没頭したホレス・ウォルポール（Horace Walpole）が（入子 二〇〇四、九九―一一五）、ジョージ・ヴァーチューの収集になる珍しい古文書を編集して著した『イングランド絵画の逸話』（*Anecdotes of Painting in England* 1762）のなかで触れている。ヘンリー三世が皇太子（のちのエドワード一世）と皇太子妃エリナのための城を、「親方のウィリアムに特別料金を加算して」、格別豪華に建てさせたこと（Walpole 15）、エドワード一世がケニルワース城を修復し美しくするためにあまりにも多額の金を費やして、礼拝堂の天井を板張りにし、礼拝堂と王妃の部屋に絵を描かせ、外に壁を再建したこと（Walpole 16）、王妃エリナが「夫の傷から毒を吸い出した」ことで伝説上の歴史家たちから讃えられていること、死後彼女への愛の印として、また彼女の記念として、〔王によって〕「十字架をたくさん建てられた」（Walpole 17）こと、などである。この王と王妃の城が如何に豪華に飾られていたかを、ウォルポールはホーソーンの筆致を彷彿させる描き方で語っている。ホーソーンは、こうしてすでに心に描いていた情景を想像力の鏡に映し出し、眼前の古城の情景においてオールド、ニュー、二つのイングランドを重ねて〈みた〉と言えよう。

　天井なし床なしのコンウェイ城の廃墟の内部は、こうして想像力を働かせて飾って〈みた〉が、内外の境目にある、現実の存在する「廃墟の壁」は、崩れたりといえども肉眼に見える形で屹立する。その石壁には、内にも外にも現実の蔦がタペストリーとして飾られている。内部の宴会用大広間は完全に空に向かって開かれていたが、「どっしりとした厚味のある、蔦でできた何枚もの織物が、壁という壁をすべてタペストリーとして飾っていた」（21: 121）。

【図2】〈緑のタペストリー〉1700年（Phillips 64）

　これらの情景を見るホーソーンの想像力の小部屋には、ニュー・イングランドで書物や展覧会の展示物、絵、銅版画によって親しんでいたオールド・イングランドの〈緑《ヴァーデュア》のタペストリー〉がかかっていた。〈緑のタペストリー〉とは、時として花の混じった自然の樹木の緑を織りだした、眼と精神を休めるタペストリーのカテゴリーの一つである（入子二〇〇四、二一六）【図2】。実際ホーソーンは、すでに〈緑のタペストリー〉を思わせるものを作品に登場させている。別のところで述べたことだが、青年期の最初の長編『ファンショー』（*Fanshawe* 1828）では、大小の樹木のおかげで「荒涼たる厳しさが和らげられ、崖は大いに美しくみえ」、「大胆なまでに剝き出しになっている岩肌を見て、痛めつけられ疲れた目は、快活な樺の木の葉と厳粛な葬儀の悲しげな松の、もっと暗い緑《グリーン》に慰められて休らう」(3: 438)。短篇「人面の大岩」では、「断崖を這う多くの植物の、心慰む葉」が、「豪華な緑のタペストリーの飾り枠」を形成し、「剝き出しの岩肌に対してタペストリー」(11: 47)となっている。ここで注目したいのは、蔦ではないが同類の蔓《つる》植物の「緑」が、"green"でなく"verdure"という特殊用語と"tapestry"というそのものズバリの語で表現され、〈緑のタペストリー〉を想起させる仕掛けとなっていることだ(入子二〇〇四、一一五―一七)。イングランドでホーソーンは、タペストリーとしての眼前に見る石壁の蔦と、ニュー・イングランドの〈緑のタペストリー〉とを想像力のなかで重ね、二つのイングランドを融合して〈みた〉と言えよう。ただし、ニュー・イングランドのものは蔦ではなく蔓植物であり、石壁は人工の構築物ではなく自然の岩である点で、イングランドのそれとは異なるのではあるが。

ホーソーンがイングランドで見る蔦と石壁の関係は、強調点がずらされ、変奏が行われる。強き存在としての石壁と弱き存在としての蔦との関係は、「強きものはいつも支え、弱きものは美で答える。そこで双方が共に豊かになる」(21: 239-40)という相互関係から始まる。が、蔦は石壁に支えてもらうお礼として美をお返しする弱き存在から、やがて石壁を逆に支える役目を担ってゆく。前記コンウェイ城で、想像力によって内部を〈みて〉いたホーソーンは、肉眼で、「現実の一本の蔦の木の絵を見た」。それは「極めて頑丈な茎を持ち、多くの強い枝でしっかりと壁を掴むので、そうでなければ倒れてしまう壁を、効果的に支えることになるであろう」(21: 123) 蔦である。蔦は石壁を美しく飾るだけでなく、さらにそれを支えて強化する役目をも担っている。肉眼で見る現実の蔦といいながら、想像力のヴェールを通して象徴的な意味を〈みて〉しまうところに、ホーソーンの眼差しの特徴がある。

蔦と石壁の関係に注がれる眼差しが意味のずれを生じる様は、ケニルワース城の廃墟での次の一文に示される。

蔦は廃墟に豊かに生え、幾つかの窓には頂部から下部まですっかり緑のカーテンが掛けられている。……しかし、蔦の次には山査子《ホーソーン》が、これら荒涼たる廃墟の大いなる飾りとなり、慰めとなる。……蔦はずっともっと素晴らしく贅沢だ。その幹は全部の壁に対して正味の支え壁を形成する。実際には壁の方がこの寄生植物で支えられ、途方もなく強化されている。この寄生植物は、はじめは便宜上、壁にしがみついていたが、今は壁が倒れ砕けることがないように、それらを支えている。こうして間違った用いられ方が不思議なことに正しい用い方となり有用となった。(22: 378)

三　蔦と古木――エンブレムの変奏

蔦という寄生植物と古い石壁との関係は、さらに寄生植物と古木という植物同士の関係に敷衍される。七月一三日付けのメモによると、ホーソーンはファーネス・アベイの古木にこの関係を〈みた〉。イチイの木と思ってきた二本の木は、よく観察すると「濃い緑の豊かな命の様相」(22: 245) を呈してはいるが、実は「乾いて死んだ」松の古木と判明する。濃い緑は「二本の大きな蔦の緑《ヴァーデュア》」で、蔦は「巨大な二匹の蛇のように松の木の回りに巻き付き、よじ登り、松の木を窒息させ――、枝を出し、頂部を緑で茂らせていたのだ、だから少し離れると、必ずそれらを本物の木々と間違えてしまう」。「そのうちの一本の木から、松の死んだ何本もの枝が蔦の大枝《バウズ》を突き抜けて横に突き出している。他の一本には蔦の大枝以外はない」(同)。二匹の蛇の巻き付く図はヘルメスの知恵の印 (伊藤 一五九) ともピューリタン的悪の印ともとれ、相反する解釈を可能にする。ホーソーン自身『ドリヴァー・ロマンス』で蛇を「治癒の印」ともモーゼの「しんちゅうの蛇」(13: 452) とも解する。しかし、この一筋が、「松の幹が崩れ去ってしまったとき、蔦の茎《ステムズ》は確実に十分な力を得て、自らを独立して支えていることだろう」(21: 246) と結ばれるとき、むしろ知恵の印に近づく。オールド・イングランドの豊かな懐で育まれたイングランド人たちの寛大な助力によって、図らずも徐々に力を蓄え力強く独立してゆくアメリカの姿をここに〈みた〉のではないか。

【図3】豪華な蔦をまとった古木。リッチフィールドのミンスター／プール（筆者撮影）

イングランドの古木は二一世紀の今もホーソーンが〈みた〉のと同じ贅沢な姿を見せている。「リッチフィールド大聖堂の景観の一部となっている」「ミンスター・プールと呼ばれる池」の緑の岸に「垂れ下がる木々」（21: 222）を実際に眼にしたとき、私の脳裏にホーソーンの『英国ノート』に記されたファーネス・アベイの古木の姿が浮かび、眼前の風景と重なり合った。ホーソーンは記していないが、リッチフィールド大聖堂の池の岸には、古木が緑の木とみまごうばかりに生い茂る蔦から、古木が何本もの枯れ枝を突き出していた【図3】。ちなみにこの大聖堂は、ホーソーンお気に入りの「アディスン」や「ドクター・ジョンスン」、『ピーター・パーレイ世界誌』に登場させる独立戦争時のスパイ「アンドレ少佐」（21: 221, 225）ゆかりの地である。そればかりか「複雑さそのものが完全に音楽的調和をなす」、「美と荘厳」に満ちた「ゴシック」の極地として、「人類が作った最高のもの」、「石で出来た巨大な一つの詩」（21: 223）であった。

イングランドにおけるこのような蔦と古木の姿を、ホーソーンはイングランドで初めて眼にしたのだろうか。いや、ニュー・イングランドで図像によってすでにおなじみであった。リタ・ゴリンが、「彼〔ホーソーン〕とソファイアの視覚芸術におけるエンブレム的なものへと向かう傾向の最も顕著な印は、プリント〔印刷物〕、絵画、彫刻の収集である」（Gollin 37）と述べているように、ホーソーンはエンブレムにも興味を抱き、作品にそのあとを残している。『緋文字』ではヘスターの刺繍の「寓意的私標画《エンブレマティック・ディヴァイス》」（82）や「予表《タイプ》や寓意《エンブレム》」（131）等の語彙を用いる。〈時の翁〉は、「ハイデガー博士の実験」（“Dr. Heidegger’s Experiment” 1837）に登場する「〈父なる時〉」（9: 233）や「白髪の老人である〈時〉」（9: 237）という、言葉で描かれるエンブレムだ。『七破風の館』ではネッド・ヒギンズが「年老いた〈時の

翁〉の象徴」として、さらにサトゥルヌスのエンブレムとして登場する。(3)

そこで話を蔦と古木に戻そう。ニュー・イングランドで大木と寄生植物の図像をルネサンスの木版画や一九世紀の銅版画によって見ていた可能性は十分にある。「エンブレム・ブックの嚆矢」（伊藤 一四九）となったアンドレア・アルチャーティ（Andreas Alciatus）の『エンブレム集』には、蔦ではないが同じ蔓植物の葡萄と大きな古木が登場する(4)【図4】。

【図4】〈友愛は死後も続く〉　葡萄と古木のエンブレム
（Alciatus 116）

アルチャーティはこのエンブレムに「友愛は死後も続く」と題して短い説明を付す。「年老いて乾き、葉が散った楡に、／若い葡萄の、影を落とす枝が巻き付いた。／楡は、自然の変転を認識し、父に感謝して、／奉仕の相互の義務を果たす。／この例によって、楡は我々に、最後の日〔死〕が／誓約を破らない友人を求めるように勧めている」（Alciatus 20）と。

葡萄と古木をめぐる同じ類の図像に対する解釈は、リーパ（Cesare Ripa）による、絵のない『イコノロジー』（一五九三）の最初の英語版であるハーテルの、一八世紀に出たロココヴァージョン（一七五八―一六〇）においても（Maser xvii）、「友情」と題する銅版画に見出せる。(5)「友愛の象徴」である女性は、「葡萄の蔓が上方に伸びている一本の楡の木」の傍らに立っている。この図像は一六〇三年のリーパの原文から、「真の友情が互いの支えと相互依存に基づいていることを示す。（楡の木は時々死んでいるものとして示される。）その姿は従って真の友人は困窮するもう一人の人を決して見捨てないことを意味する）」

【図5】〈友愛〉のエンブレム（Maser 52）

と解説される。図像にちりばめられた「生と死」、「遠きも近きも」、「冬、夏」などの対句はすべて、「真の友情の継続と範囲」への言及である（Maser 52）【図5】。この図像は、ヨハネによる福音の、「友のために自分の命を捨てること、これ以上に大きな愛はない」（ヨハネ15:13）というキリストの言葉をもとに、自らの死を以てキリストの友人である我々の命を贖うキリストの友愛のエンブレムにもなっている。

しかし、エンブレムの解釈は揺らぐ。エンブレムは宮廷の王侯貴族が知恵を競い合う高度の遊びの対象であり、謎解きであった。簡単に解ける謎では役目を果たさない（入子二〇〇四、一一五、本書第四章も参照）。そこで謎めいた文学解釈同様、エンブレム解釈は意味にずれを生じる。右に述べたアルチャーティのドイツ語版の同じ図像は、「変わることなく決して分かたれない友情〔愛情〕」と題され、ドイツ語解説が付く。右記ラテン語版解説の「楡の木」が「柳の木」に変化し、力点も移動する。「緑なす柳の木は若き葡萄の蔓を／援助する。そして柳の木が年老いても、／勢いよく伸びる葡萄の蔓は／愛らしく、なおも彼〔柳の木〕にすがるのに、／どうしてこの図が描かれるのか。どの柳の木も若い頃は／年老いても軽蔑されないためにと／友〔愛人〕を、そしてこのような姿の伴侶を求めるのだ」[6]（Alciatus 41）。

『緋文字』において緋の大文字Aの意味を次々にずらせたホーソーンは、目下の図像の解釈にも変奏を加える。オールド・イングランドの自然の中に〈みた〉蔦と古木の関係は、たやすく女性と男性の関係に置き換えられる。渡英直前の『ブライズデイル・ロマンス』のプリシラとホリングスワスの描写は、蔦と古木のエンブレムの変奏と考えられる。

二人が近寄って来たとき私は、ホリングスワスの顔にすっかり染みついたと思われる、抑圧されたメランコリーの表情を見た。あの屈強だった男が、弱々しく、自己を信頼することができず、腕を組み合っているきゃしゃな女性の傍らで、もっと近くに身を寄せたがる子供のような、いや子供じみた様子を見せていた。プリシラの態度には、まるで彼女が、相手の守護天使だと感じているかのように、保護し見守る趣があった。それでいて彼女の美しい物静かな表情の中には、相手に対する深く従順な全幅の敬意と、それに、ヴェールに包まれたような幸福感があったのである。(3: 242)

この場面のプリシラは利己主義者としての葡萄の蔓とみなされる危険性がある。ホーソーンは、「幹《トランク》と呼べそうな太さのものを自身で持ちながら、支柱の木にしっかりと纏わりついている年老いた一本の葡萄の蔓《グレープ・ヴァイン》」と古木に、「エンブレム」として「さまざまな深刻な解釈をこじつけることも可能だ。蔓が成長して節くれだち、か弱い幼児期の自分を支えてくれた友を蛇のように締めつけ、身動きできなくしてしまった様子、そして(見かけは柔軟な性格の人にありがちなのだが)無数の腕《アームズ》をすべての大枝《バウ》に伸ばし、自分の葉以外は殆ど発葉することを許さず、自分よりも頑丈だった支柱の木を自己の目的にのみ適うよう変えてしまっているのを見るときには」(4: 291-92)と述べるからである。

しかし、ホリングスワスとプリシラの描写に関するテクストの描写に、このような解釈をこじつけることはできない。ホリングスワスが暗く弱く生命力を枯渇させているのは、ディムズデイルと同じく自己の罪意識の結果であって、プリシラのせいではない。プリシラは「守護天使」のごとく彼にそっと優しく寄り添って見守っているのであって、決して我がもの顔に彼を締めつけているわけではない。尊敬する巨匠に仕える侍女のようなヒルダ同様、ホリングスワスに全幅の信頼を置いて従い、彼の望みを無言の内に汲み取る。二人は互いが互いを必要とし、それぞれのあり方で助け合い支え合う、信頼の絆に結ばれた結婚のエンブレムと言えよう。プリシラの、いわゆるキーツ(John Keats)の受け身の信頼によって、ホリングスワスがやがて立ち直ることさえ予測させる。

この二人はむしろ蔦と古木のエンブレムの類型として、「助力《アシスタンス》」と題する、棒と葡萄による結婚のエンブレムを

【図6】〈助力〉のエンブレム（Maser 53）

思わせる（Maser 53）【図6】。一六〇三年のリーパの文をもとにした解説はこうなっている。「〈助力〉を擬人化」すれば「純粋と誠実の色である白と紫で豪華に装った、成熟した年齢の男」で表される。彼が手にした「棒と葡萄の蔓は結婚の助け合いの象徴である。それらは夫と妻であり、相互依存と相互扶助を通じて存在し、意味を持つ」（Maser 53）。いずれにせよ、渡英以前のホーソーンの心にはすでにオールド・イングランドの蔦と古木のエンブレムとその変奏が刻まれており、それが眼前のイングランドの蔦と古木の風景に重なりあったと見ることができよう。

四　ピクチャレスクな自然と野性の自然

イングランドの蔦を愛でながらもホーソーンの筆致は曖昧である。スコットランドのハイランドの「山々は、海や空のように〈自然〉の不変のものどもと同じように思える」（22: 295）。ならば野性に満ちた「アメリカの馴致されない風景」（4: 71）もまた、「〈自然〉の不変のものどもと同じように」〈不変〉と思えるはずだ。「おそらく人間の頭脳と心の健康のためには、人の手つかずのものへと避難し、如何なる文化にも染まらない可能性がなければならない」（22: 296）とホーソーンは考える。野性的な自然の、健全で〈不変〉の生命力を持つアメリカは滅びることはない、とアメリカを賞賛しているかに見える。

だが、そう言いながらホーソーンは、アメリカの滅びの時を想い、イングランドの蔦に憧れる。コンウェイ城のホーソーンは「我々もアメリカで蔦を持つことができればいいのに。我らの荒廃の時の到来に、我々を美しく飾るものを」（21: 123）と溜息を漏らす。一八五五年七月一三日、ファーネス・アベイ近くのドールトン村の小道の、蔦が夕ペストリーとなって石の壁を飾る様子の記録からもそれはうかがえる。古い石垣の石の間に豊かに育つ美しい「薔薇やスイカズラ」の花々や「苔や蔦」を眼にしたホーソーンは、「アメリカではまさに時の終りまで、古い石垣には一本たりとも植物は生えない。しかしここ［イングランド］では、石垣が築かれると直ぐ自然はそれを自分の一部にしようと取りかかる。彼女はそれを養子にし、それを実の子であるかのように飾る」(21: 239-40) と記している。

ホーソーンのこのような曖昧な描写を解釈するには、『イタリアン・ノートブックス』が助けとなる。トスカナ地方で常に「心楽しませる」(4: 296) のは、「いちじくやその他の頑丈な木々の幹」に巻きつき這い上がり、熟してゆく「葡萄の房を、堂々とした豊かな花綱飾り」にあしらう、「贅沢な」「葡萄の蔓」である。「幹《トランク》」と呼べそうな太さのものを自身で持ちながら、支柱の木にしっかりと纏わりついている年老いた一本の葡萄の蔓《グレープ・ヴァイン》ほどピクチャレスクなものはない」(4: 291)。だが「古色豊かで画趣に富む」ものこそ、ホーソーンの目には衰退の象徴と映る。それが「詩人の想像力や画家の目にとって魅惑的になったときには、その民族は衰退に向かい始めている」(4: 296) からである。

このときホーソーンの連想は、眼前の風景から民族としての生命力へ、さらに野性の持つ生命力を特徴とする民族へと進み、遂にはアメリカ国民という新しい民族の生命力へと飛ぶ。「人間の頭脳と心の健康のためには、人の手つかずのものへと避難し、如何なる文化にも染まらない可能性がなければならない」と言うホーソーンは、世界における広義の避難所アメリカを念頭に置いていると考えられる。イングランドの自然は美しい蔦に覆われ画趣に富み、すべてを抱き込む優しさを持つが衰退の一途を辿る、対してアメリカの自然は野性の生命力に溢れ、〈不変〉だ、従ってアメリカも〈不変〉だ、と言うのだろうか。ホーソーンが最終的に価値を見るのはアメリカだろうかオールド・イングランドだろうか。

そこで改めて注意すべきなのが、すでに述べたホーソーンの、「アメリカの荒廃の時の到来」と「アメリカの時の終り」への強い意識である。ここに透けて見えるのは、ホーソーンの、聖書に基づくキリスト教的時間の観念である。「神が天地を造られた創造の初めから」(マルコ 13: 19)、「天地が滅びる」(マルコ 13: 31) この世の「終りの日」(マルコ 13: 4）までという、この世界の初めと終わりの観念、天地創造の時と終末の時の観念である。キリストの言葉に聴くように、終末の時には「すばらしい石」でできた「神殿」の「すばらしい建物」ですら崩壊し、「一つの石もここで崩されずにほかの石の上に残ることはない」（マルコ 13: 2）。しかも、「その日は、地の表のあらゆる所に住む人々すべてに襲いかかる」（ルカ 21: 35）。とすれば、いかに自然が円環を繰り返し、永遠の相、不変の相を見せているかにみえても、すばらしい石でできたコンウェイ城が崩れ去るように、地球が物質でできている限り、この世界は終りの時、崩壊の時が訪れる。いかにアメリカの自然が野性の生命力に富んでいても、この世の終りを避けることはできず、必ず死の時、終末の時はやってくる。「アメリカの荒廃の時の到来」、「アメリカの時の終り」を避けることはできない。

終末を迎えて死にゆく時にこそ、安らかな魂を持ち、復活の希望を抱いて旅立つことができるよう、すべてを包み込み慰める優しい大きな胸《ハート》を人は求める。終りの時とは「キリスト来臨の日」、「人の子の裁きの時」でもあり、「天地創造の時から用意されている国」で復活し、「永遠の命にあずかる」か、「悪魔とその手下のために用意してある永遠の火」に入り、「永遠の罰」（マタイ 25: 34, 41, 46）を受けるかが決められる日でもあるからだ。

死にゆく者にとって大きな胸が如何に慕わしいかをニュー・イングランドで〈みた〉ホーソーンは、『ブライズデイル・ロマンス』にそれを描き込んでいた。ホリングスワスという存在は、「女性のすべてと男性の殆どを魅了する」、「ある優しさ」（3: 28）を体現する「大きな胸《グレイト・ハート》」（3: 21）を持つ。それは、死の床にある、「消沈し震えている魂」をも「暖め励まし」、「死の淵の側まで付き添い」、「安心して死の旅に赴けるよう」、「希望の言葉を死の淵のあちら側まで投げかけてくれる」優しさである。カヴァデイルの言う「神の愛がそのまま反映した」「優しさ」（3: 43）、人の「最良の特質」としての「何か女性的なもの」（3: 42）、がそこに溶け込んでいた。さらに言えばそれは神との間に立って取りなしを行う、カトリックの聖母マリアの優しさであるかも知れない。

これこそ、安らぎを与える贅沢な蔦のタペストリーを表象とするオールド・イングランドの自然の中の、まさにその「贅沢」に〈みる〉ことのできる特質だった。この贅沢な蔦には「廃墟から人間の手仕事を徐々に消し去りながらそれを己れの一部にしようと努め、彼女自身の苔と、裾まで垂れ下がる〈緑《ヴァーデュア》のタペストリー〉によって構造物全体を取り戻す」優しさがある。「イングランドの自然が、廃墟を己が胸《ハート》に抱き込み、それを蔦で覆うという優しさ」(4: 165) の蔦だった。アメリカの民主主義の根底にある、どこか厳しいピューリタン的精神と比較した場合の、すべてを包み込む寛容さであろう。異質なものを抱擁し、我が子として育てる育ての親〈アルマ・マータ〉は、クレヴクールでおなじみの米文学史的常識として独立期アメリカのキャッチフレーズであったはずだ。だがホーソーンの眼は〈ホーム〉としてのオールド・イングランドに育ての母を〈みた〉。終りの時に復活の希望を持って死の床につくことができるように、安らかな魂を与えることのできる力を、アメリカには太刀打ちできない価値を、〈みた〉。智恵子は「東京には〔本当の〕空がない」と言い、ホーソーンは「アメリカには〔本当の〕蔦がない」と嘆いたのだった。

＊本章はヴィクトリア期文化研究学会二〇〇八年度全国大会特別研究発表の原稿の一部に加筆したものである。また平成二〇―二三年度日本学術振興会科学研究費基盤研究(C)「ホーソーン文学における歴史と詩学の位相――独立期アメリカの精神と文化の表象を読む」(課題番号20520264) による研究成果の一部である。なお、ホーソーン作品の日本語訳に際し、邦訳のあるものは参照し、文脈に応じて変更させていただいた。

【註】

(1) 一七世紀から一九世紀にかけての英仏語文献があがっている。

(2) ウッドソンによればホーソーンがイングランドに滞在したのは、一八五三年七月から一八五八年一月までと、一八五九年六月から一八六〇年六月までであった (21: 709)。

(3) ホーソーンの背後にあるエンブレムの伝統全般についてはジョン・オーウェン・リーズ (John Owen Rees, Jr.) を参照したが、以下の記述をはじめとする各論についてはリーズの言及はない。サトゥルヌスのエンブレムに関しては、ロバート・バートンとホーソーンとメルヴィルをインターテクスチュアリーに分析した一九八五年日本アメリカ文学会全国大会での発表原稿に加筆した「"Blackness"の再考」（一九八六年）で詳説。"humourist" "odd-fellow"「象徴する病」としての「メランコリー」、グロテスクな「病んだ想像力」から生まれる「瘤《いぼ》、痣（斑点）」「駱駝の瘤」（Burton 1: 255, 3: 262）などの異形、これらメランコリーの子供たちをメランコリーの守護神サトゥルヌスが喰い尽すことなど、メランコリーで真っ黒な論文である（「"Blackness"」一二三—三〇）。「黒ん坊、象、らくだ、ひとこぶらくだ、それに機関車」、そして「鯨」などメランコリー性の異形のものたちを「飲み下す」「人食い人種」としてのネッドは、メランコリーの子供たちを喰い尽すサトゥルヌスのエンブレムとなっている。また、関西大学大学院における『七破風の館』を教材とした授業ではバートンとの関係を解説している。

（4）伊藤博明訳は、「初版とみなされる一五三一年のアウグスブルク版」、及び「パリ版についてのラテン語テクスト」の邦訳であり、両版に収められた図像の復刻である（伊藤 一七四）。

（5）メイザーの書は関西大学文学部浜本隆志教授から拝借した。紙上をお借りして感謝の意を捧げたい。

（6）日本語訳は、関西大学文学部芝田豊彦教授のお手を煩わせた。紙上をお借りして感謝の意を捧げたい。

【参考・引用資料】

Alciatus, Andreas. *Emblematum Libellus*.1542. Darmstadt: Wissenschaftliche Buchgesellschaft, 1980.

Allen, Zachariah. *The Practical Tourist, or Sketches of the State of the Useful Arts, and of Society, Scenery, &c. &c. in Great-Britain, France and Holland*. Vol.1 in 2 vols. 1792, Boston: Beckwith, 1832.

Burton, Robert. *The Anatomy of Melancholy*. 1621. 3 vols. Ed. Holbrook Jackson. London: Dent, 1932.

Earle, Peter. "The Plantagenets." *The Lives of the Kings and Queens of England*. Ed. Antonia Fraser. 1975. London: Cassell, 2000.

Fields, James T. *Yesterdays with Authors*. 1900. New York: AMS, 1970.

Fraser, Antonia, ed. *The Lives of the Kings and Queens of England*. 1975. London: Cassell, 2000.

Gollin, Rita K. and John L. Idol, Jr. *Prophetic Pictures: Nathaniel Hawthorne's Knowledge and Uses of the Visual Arts*. New York; Greenwood,

1991.
Hawthorne, Nathaniel. "Dr. Heidegger's Experiment." 1837. Vol. 9 of *The Centenary Edition*. 227-38.
---. *The Dolliver Romance*. 1863. Vol. 13 of *The Centenary Edition*. 449-97.
---. "The Great Stone Face." 1850. Vol. 11 of *The Centenary Edition*. 26-48.
Kesselring, Marion. *Hawthorne's Readings, 1828-1850*. 1949. Norwood, PA: Norwood Editions, 1976.
Maser, Edward A., ed. *Cesare Ripa, Baroque and Rococo Pictorial Imagery: The 1758-60 Hertel Edition of Ripa's 'Iconologia' with 200 Engraved Illustrations. By Cesare Ripa*. New York: Dover, 1971.
Phillips, Barty. *Tapestry*. London: Phaidon, 1994.
Rees, John Owen, Jr. *Hawthorne and the Emblem*. Diss. State U of Iowa, 1965.
Ripa, Cesare. *Baroque and Rococo Pictorial Imagery: The 1758-60 Hertel Edition of Ripa's 'Iconologia' with 200 Engraved Illustrations*. Ed. Edward A. Maser. New York: Dover, 1971.
Shakespeare, William. *Henry VI, Pt. 1* and *Pt. 2; Hamlet. The Riverside Shakespeare*. Ed. G. Blakemore Evans, et al. 2nd ed. Boston: Houghton, 1997.
Spooner, Jane. "Life Indoors in the Middle Ages." *Experience the Tower of London*. Ed. Sarah Kilby and Clare Murphy. Surrey: Historic Royal Palaces, 2007.
Walpole, Horace. *Anecdotes of Painting in England*. 4 vols. Strawberry Hill: Thomas Farmer, 1762.
Williamson, David. *The National Portrait Gallery History of the Kings and Queens of England*. London: National Portrait Gallery, 1998.
Wilson, John Dover. *What Happens in* Hamlet. 1935. Cambridge: Cambridge UP, 1974.
アルチャーティ、アンドレア『エンブレム集』伊藤博明訳、ありな書房、二〇〇〇年。
伊藤博明　解題『エンブレム集』アンドレア・アルチャーティ著、伊藤博明訳、ありな書房、二〇〇〇年、一四七―六九頁。
入子文子「高貴なる針仕事」『図像のちからと言葉のちから——イギリス・ルネッサンスとアメリカ・ルネッサンス』大阪大学出版会、二〇〇七年、一八一―二三〇頁。（※本書第四章）
——「"Blackness"の再考——'Hawthorne and His Mosses' 論」『神戸常盤短期大学紀要』第八号　別冊、一九八六年、一七―四二頁。

――『ホーソーン・《緋文字》・タペストリー』南雲堂、二〇〇四年。

共同訳聖書実行委員会『聖書』新共同訳、日本聖書協会、一九八七年。

シェイクスピア、ウィリアム『ヘンリー六世第一部』小津次郎・喜志哲雄訳『ヘンリー六世第二部』小津次郎・大場建治訳『シェイクスピア全集第5巻』史劇Ⅱ、筑摩書房、一九六七年、一九七四年。

第三部　追憶のなかの戦争――大西洋を貫く想像力

第七章　「ある鐘の伝記」を読む
――ホーソーンにおける歴史と詩学の交錯

ある夏の終わり――「あ、あれに違いない！」アメリカはメイン州首都オーガスタから同行したタクシーの女性ドライバーと私は、思わず歓声を上げた。ホーソーンのスケッチ「ある鐘の伝記」（"A Bell's Biography" 1837）の典拠となった悲劇の主、イエズス会士セバスチャン・ラール神父(1)の記念碑【図1】を、メイン州ケネベック川【図2】上流の、木立に囲まれた静かな佇まいの中についに見つけたのだ。水をわたる風に林の木漏れ日が踊っていた。ラール神父の小さな鐘【図3】が吊るされていた、今はなき教会と、アベナキ族のインディアン村ノリッジワックの跡地、そしてラール神父の記念碑を、実際にこの目で確認する旅のひとこまだ。現地の歴史協会や州立図書館、博物館、そして跡地の近くの地元の住人からも、正確な位置の情報が得られぬまま、大雑把な地図を頼りに出かけていたのだった。確認できたのは、同じ道を何度も往復した末に、諦めかけていた矢先のことであった（【図4】参照）。

一　不可解なスケッチ

ナサニエル・ホーソーンの「ある鐘の伝記」（以後、「鐘の伝記」）は、実在のラール神父の鐘をモデルにした「鐘」を主人公に、語り手が「鐘」の出自・来歴を語る短いスケッチである。この「鐘」は、「多くの革命」をくぐり抜けてきた「受け身の英雄」（103）(2)として登場する。アメリカの独立を言祝《ことほ》ぎ、「アメリカ民主主義」の「きわめて高いところに位置を占める」、アメリカ民主主義の表象なのである。だからこそ、「鐘」の出自・来歴には、「アメリカ・インディアンを法王の統治する魂の王国に導こうとしていたイエズス会士たち」(104) の殉教、「昔のフランス戦争」や「ブラッドストリート大佐のオンタリオ湖進撃」(107)、「ケベックの降伏」(108)、「〈独立〉の宣言」(109)、「栄光に満ちたワシントン」の大統領就任祝賀パジェントリー、「ラファイエット」の表敬訪問など、アメリカの独立に関わる歴史上の戦争や出来事といった公的主題がカタログ手法で語られる。アメリカ文学の独立を目指すホーソーンのこのような文脈を与えられた我々が、英雄の登場する叙事詩の伝統を思い浮かべながら、アメリカの独立やアメリカの民主主義についての伝言をこの作品に期待するのも不思議ではない。

（左）【図１】アベナキ族ノリッジワック村の跡地にあるイエズス会殉教者セバスチャン・ラール神父の記念碑
（右）【図３】ラール神父の礼拝堂にあったと言われる鐘（メイン歴史教会）／（いずれも筆者撮影）

しかし、ことは簡単には運ばない。アメリカの誇る素晴らしいはずの民主主義の表象を描くにしては、語り手の口調は違和感を与えるからである。語り手は冒頭で、「鉄の舌 (iron tongue) を持つわれらが隣人の声に耳を傾けよ！」(103) と我々の注意を喚起する。次に、アメリカの言論の自由すなわち「舌に支配される民主主義」の表象としての「鐘」を、「こんなにも高いところに位置を占め (in elevated position)、こんなにも大きな音を世の中に振りまく名士」と位置づけ、からかい気味に次のように続ける。

> 彼〔鐘〕は、あの無数にいる同輩の代表であり、かつ、最も傑出したメンバーである——彼らの一番の特徴は舌であり、唯一の仕事は公益のために大声を張り上げることである。(103)

（右）【図2】ノリッジワック村跡地から見るケネベック川（筆者撮影）

（下）【図4】1775年のメイン地方ケネベック川流域、およびケベック、モントリオール周辺地図（王の地理学者 Thomas Jefferys, *American Atras*）

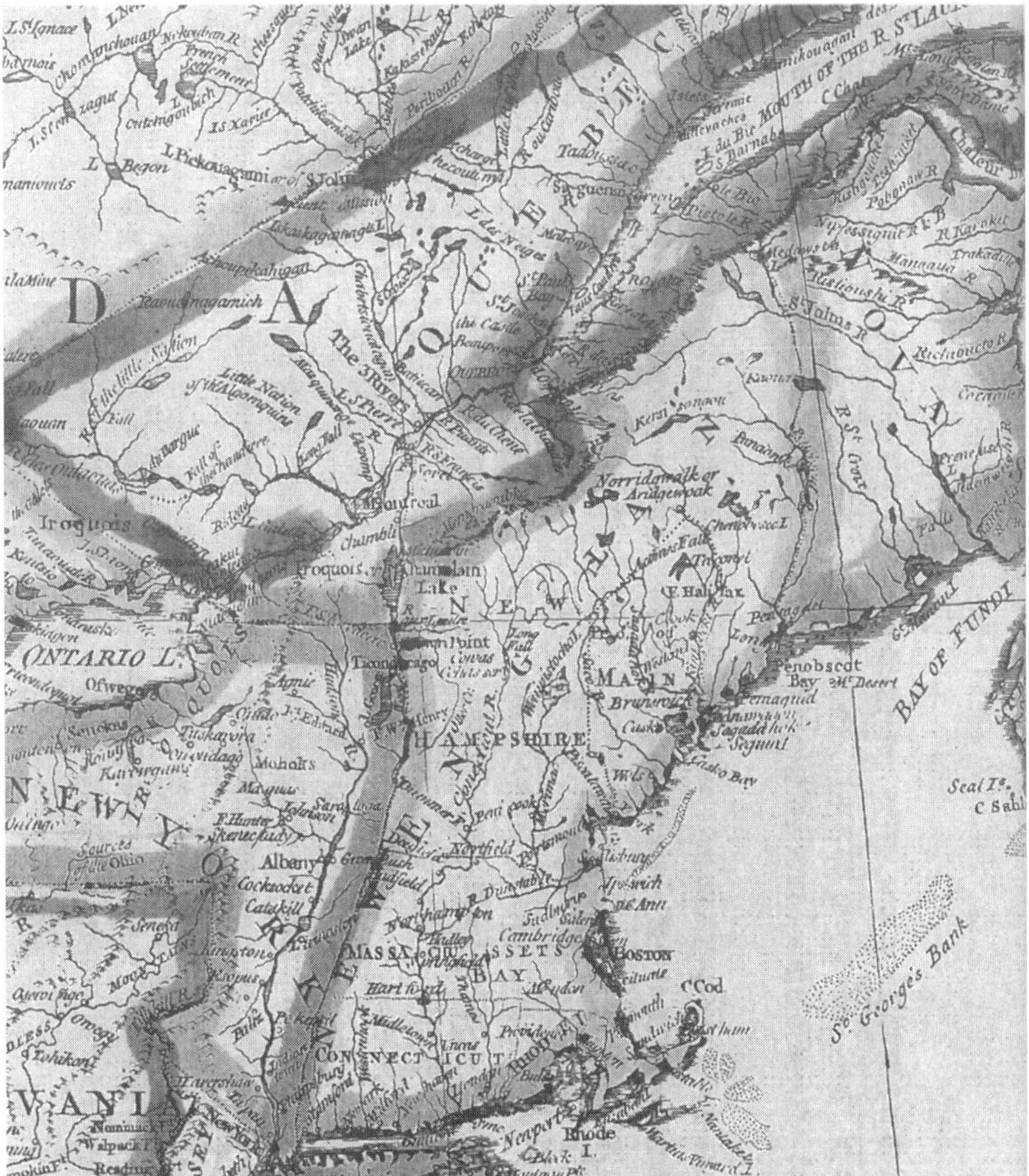

「公益のために」と称して「大声を張り上げる」この「鐘」の「同輩」とは、「彼の姦《かしま》しい同輩諸氏」である。ここに、「姦しい」アメリカの民主主義に対する、語り手のマイナスの価値判断を聞き取ることができよう。

この口調はさらに続く。カトリックのために「森の聖母マリア教会」の礼拝堂で声を響かせ、「昔のフランス戦争」（107）で数奇な運命をたどった後、ニューイングランドの「ボストン」に連れてこられ、「キング・ストリートの歩道で競売にかけられた」鐘は、次のように描写される。

> 彼〔鐘〕は、滑車装置を使って、さしあたり宙吊りにされたが、前後に揺れたために、自分の有利な点を声高にはっきり証言（testimony）したので、競売人は一言も弁護する必要がなかった。（108）

謎めいた描写である。ピューリタンの敵カトリック信仰の表象として奉仕したがために絞首刑を宣告され、命を落としかけた重罪人である「鐘」は、最後の土壇場で「自分の有利な点をはっきりと証言」し、死罪を無罪に変える。詭弁を弄して、アメリカ民主主義の表象としての「鐘」に素早く変身したと読める。大統領選挙に打って出る、短篇「人面の大岩」の政治家のように、雄弁に過ぎる「舌」を武器とするこのアメリカの民主主義を、語り手が称賛しているとは思えない。語り手の口調はユーモアの域を越えており、そこから英雄へのオマージュを感じ取ることはできない。

そもそも「鐘の伝記」というスケッチそのものの意図は、どこにあるのだろうか。作品全体にわたり、謎めいた表現や、場所も年代も曖昧で、特定しようとすればするりと身をかわす雑多なトピックの断片が切れ目なく続き、意味を拡散させる。なかでも最大の問題は、「鐘の伝記」の「鐘」の来歴をめぐって語り手の語る歴史らしきものの断片が、事実の大幅な変更を伴う点にある。同じ「一七世紀でも土地と世代に区別を置く」ホーソーンが、ロマンス創作上許容する変更の範囲は、土地や世代を大きくはみ出ることのない、多少の逸脱のみであるからだ（入子 一九九七、三一）。

しかしホーソーンは、「鐘の伝記」を失敗作とは見ていない。もしそうであったなら、火に投げ込まれ、『ファンショー』と同じ運命をたどったであろう。

このような不可解さが原因してか、「鐘の伝記」に関する本格的批評はほとんど見られない。小品とはいえ、広義のアメリカ独立時代に関する意表をつく断片を、息つく暇もなく行進させるスケッチ「鐘の伝記」は魅力的だ。しかし、一八五二年にこの作品の「詩の光」(Duyckinck 351)に注目した同時代のエヴァート・A・ダイキンク(Evert A. Duyckinck)の称賛を得てはいたものの、グレチン・グラフ・ジョードゥン(Gretchen Graf Jordan)を除いてほとんど看過されてきた。不思議である。(3)

「鐘の伝記」に限らず、ホーソーン初期のスケッチ群は、全般に語り手の曖昧な語りのために批評家を悩ませてきた。トマス・R・ムア(Thomas R. Moore)はその原因を、読者獲得のためのホーソーンの「破壊のレトリック」と読む。ホーソーンが初期の作品を発表していた「クリスマスのギフト・ブック」の読者層は二分されており、両方の読者をともに獲得するために叙述が曖昧になったのだという(Moore 4)。初期スケッチ群に対する批評においても、「鐘の伝記」はほとんど話題にのぼらない。

「鐘の伝記」に対する批評の乏しさは、この作品の八ページにも満たない短さに起因することも否定できない。しかし、同じ事情をかかえていても、ほかの作品はもっと多く論じられている。したがって、原因はこの作品自体の内容にあると言えるだろう。そこで本章では、批評の俎上にほとんどのぼらない「鐘の伝記」という小さなスケッチを取り上げる。語り手はなぜ曖昧で不可思議な論述方法をとるのか、〈スケッチ〉というジャンルはどのように読めばよいのか、アメリカの英雄としての「鐘」の出自・来歴を、このように曖昧な手法で語る語り手の背後にいるホーソーンは、アメリカおよびアメリカ民主主義をどのように捉えているのか。これらのことを、「鐘」という独立期のアメリカ民主主義の表象を中心に、歴史と詩学を交錯させながら考察してみよう。

二　ホーソーンの〈スケッチ〉観

話を進める前に確認すべきことがある。批評家は「鐘の伝記」を簡単に「スケッチ」と名付ける。しかし、ホーソーンの〈スケッチ〉とはいったい何であろうか。

従来の批評は、この点になると心許《こころもと》ない。リー・ニューマン（Lea Bertani Vozar Newman）は『ホーソーンの短篇への読者の手引き』で、「ホーソーンは、手紙やまえがきで、〈スケッチ〉と〈短い物語〉（tale）という語彙を相互互換的に用いており、分類することができない」（Newman xi）と述べる。ホーソーン批評に「スケッチ」という語を多用するハイアット・H・ワゴナーは、「物語の要素が幾分入ったスケッチと、今日で言う短篇（short story）で考えるような本来の物語（tales proper）との間に、いかなる明確な区別も置けない」（Waggoner 253）と言う。ムアによれば、エドガー・アラン・ポーは一八四二年の『トワイス・トールド・テイルズ』に対する書評で、ホーソーンの“tales”と“essays”と“sketches”を区別したが、「ホーソーンを論じた現代の批評家」は共通して、「“tales”（フィクション）と“sketches”（フィクションとノン・フィクションの双方の要素を含む）に境界を置かない」、その典型がジェイン・P・トムキンズ（Jane P. Thompkins）の『煽情の構図』である。「J・ドナルド・クロウリーさえも、ホーソーンの作品を論じた一節で、“sketch”から“tale”へ、さらに“stories”へと相互互換的にずらしてゆく」（Moore 134, n.6）と言う。

批評の現状は以上のとおりである。だが、発生がどうあれ、ほかの作家や批評家がどうあれ、今我々に必要なのは、ホーソーン自身の抱く〈スケッチ〉観である。そこで『大理石の牧神』に頻出する絵画ジャンルの「スケッチ」を検討する。すでに他のところで詳しく述べたように、『大理石の牧神』では、自らの作品を「言葉による絵画」と称するホーソーンが、言葉の芸術である詩を視覚芸術と重ね合わせ、詩人と画家・彫刻家を重ねて芸術理論を展開する（入子 一九九二、二〇〇四、三八—四六参照）。したがって、絵画ジャンルとしてのホーソーンの〈スケッチ〉の概念を、文学ジャンルとしての〈スケッチ〉の概念に読み替えることが可能であろう。

『大理石の牧神』における、ホーソーンとおぼしき語り手は、画家や彫刻家のアトリエにある「スケッチ」に多大な関心を寄せ、この語を多用する。〈スケッチ〉と言うと、ワゴナーがホーソーンの「厳密に自伝的で日記的なスケッチ」として分類するものを想像しがちだ。「事実との一致がきわめて明瞭で、対象物や出来事の記述が信頼するに足るほど明らか」なので、読者は「文学を前にしているという感覚ではまったくなく、〈混ぜもののない紛れもない事実〉を前にしているという感覚」を持つもの、「ヘミングウェイが二〇年代に学ぼうとしたと言ったものを一〇〇年先取りしたもの」(Waggoner 43) である。

しかし、『大理石の牧神』における「スケッチ」は、芸術の一分野として想像力の産物とみなされる。まず、模写画家ヒルダの描く「スケッチ」から、ホーソーンの考える最上の〈スケッチ〉を見て取ろう。「母国において早い時期から、美術の具眼の士たちによって間違いない天才と認められていた」ヒルダが、まだ画学生だった頃に描いた「スケッチ」は、「見る眼のある人たちに競って購入され、彼らの最上のコレクション (portfolios)」に加えられた。それらの「繊細な想像力による産物」は、「現実の人生との触れ合いから得られるリアリティには欠けているだろうが、感情と空想 (fancy) のタッチの柔らかさは独特で、人は天使の眼をもって人間世界を見ている気分になる」(4: 55)。優れたスケッチは、繊細な想像力の働きから生まれ、この世の現実性から粗雑さを取り払う。だからこそ、見る者の眼に天使的な霊性を与える。

次に、創作画家ミリアムの「スケッチ」はどうであろうか。一枚は「彩色画のための思いついたばかりの着想 (her rough ideas for a picture)」を、無造作にさっさと描き上げたもの」。想像力の働きのまま短時間で描いたものである。もう一枚は「昔の巨匠がいろいろなスタイルで何度も描いてきたユーディットの物語」(4: 44) の試みで、「初めは主題への真面目な情熱的な構想に発している」(4: 43)。巨匠たちの型の研究を基にして、強力な自分の想像力に突き動かされた「スケッチ」である。次に「全体の想」は「ルイーニの絵」からとられてはいても、ミリアムが自らの「頭の中から抜け出した醜い幻想」(4: 45) と見るユーディットの「スケッチ」がある。語り手はこれから、「彼女の空想

（fancy）の幅は実に広いものであり」、同時に、「ほかからは彼女自身の真情と見えるものを作品に注入する才能は独特のもの」（4: 45）と評価する。

さらに、ホーソーンの好む〈スケッチ〉には詩がある。ミリアムの描いた履き古された幼児の小さな靴の片方には、母親の心を打つ小さな靴の持つ詩があり、画家の「力強い表現力」によって対象に付与される「深い意味」（4: 45）がある。「これらの大事な豊かな経験のいずれをも、自分の人生から描いた」というのではなく、年若い女性芸術家の、「温かく純粋な想いのこまごまを想像力によって美しく描き出したもの」（4: 46）と信じる楽しさに語り手は言及する。

画家だけでなく彫刻家の「スケッチ」も同様に、いや、それ以上に、神聖で純粋な想像力を要する。彫刻家ケニヨンによる「素早く描かれたヌードのスケッチ」は、「観念の最初のひらめき」（4: 114）を示す。語り手の考える「彫刻家たるものは、単なる言葉の響きを操る詩人たち以上に真の詩人でなければならない」（4: 135）。大理石の「冷たい本質に人間性の温かみを付与しうる」観念（idea）が彫刻家によって与えられると、「大理石は神聖な性格」を帯びるので、彫刻家は自らのうちに「ある種の聖職者の聖なる使命」を感じうる人でなければならない。大理石を彫るに値する人間か否かを一般の人たちの眼から見て判断しうる唯一の証拠は、「英雄的な主題の高尚な扱い、物質の美を通した精神の美への繊細な展開性による」（4: 136）。優れた彫刻家の描く極上の〈スケッチ〉もまた、神聖な理念の発露なのだ。

ところで、一般に〈スケッチ〉は、作品の下書きであるがゆえに未完成であり、価値の一段劣るジャンルと考えられがちである。しかし『大理石の牧神』の語り手は、「この筆の迅速な荒っぽさ（this hasty rudeness）こそが、それらのスケッチの価値を一層高める」（4: 137）と考える。

なぜなら、当の画家が、瞬時にして消えてゆくある観念の、目に見える最初のひらめきを摑み取るべく、切羽詰まった瞬間に身も心も奮い立たせ、何であれ一番手近の用具をさっと手にして辛うじて書き留めたのが、これらのスケッチだからだ。画紙のしわと汚れと褪色《たいしょく》の魔法の力(spell)によって、我々は巨匠にそっと近づき、彼の天才の沸き立つさまを目前に見ることができる。(4: 137)

『大理石の牧神』の語り手が巨匠の「スケッチ」に置く価値は、巨匠の完成画に置く価値を凌駕する。「スケッチ」においてこそ、「巨匠の際立った力を、念入りに仕上げられた完成画の輝きにおいてよりも、より一層目に見えるように感じ取ることができる」(4: 138)からだ。「最初のスケッチには神聖の発露がある。そこにこそ霊感の純粋な光が見られる」。完成画では、「より低次の感情が介入し、それが不純化する」(4: 138)と考える語り手は、次のように結論づける。

構想の萌芽の発する芳香を……これらの意匠(designs)にかぎ取ることができた。その魔法の力(charm)は画の未完成さそのものにあった。それは暗示し、見る者の想像力を作動させるからだ。完成品というものは、それが上出来の場合、見る者に何をする余裕も残さないし、不出来なら見る者を困惑と落胆に陥れるのみだ。(4: 138)

細心の注意を要する読者論の解釈はさておき(入子 一九九二参照)、以上述べたホーソーンの〈スケッチ〉観から、次のことが言えよう。「鐘の伝記」は、最も強い霊感によって溢れ出た構想の「神聖の発露」として、また、「霊感の純粋な光」を内在させた神聖な想像力の作用する芸術作品として読まれるべきもの、「迅速な荒っぽさ」を特徴とし、「見る者の想像力を作動させる」〈スケッチ〉として読まれるべきものであると。

三　歴史とスケッチ

「鐘の伝記」は、「伝記」と銘打っているだけに史実に忠実な記述を期待させる。しかし、「鐘の伝記」のテクストの一見史実とおぼしき記述内容と、このスケッチの典拠と思われる史料の内容とは、著しく異なる。事実の異化、曖昧化、匿名化、視点ずらしが行われるのである。

「鐘の伝記」では、昔のフランス戦争での「オンタリオ湖進撃」や「ケベック」でのカナダ植民地戦争の成功が扱われているにもかかわらず、具体的な年代、人名、地名はほとんど示されない。このスケッチの鐘がアメリカの地で産《うぶ》声《ごえ》を上げたのは、語り手の時代から「二世紀前」、一六四〇年前後の「ルイ一四世」（在位、一六四三—一七一五年）の治世と割り出すことができる。しかし、「森の聖母マリア教会」が「ニューイングランドの奇襲部隊」に襲われ、司祭たちの殺害の後に火を放たれた悲劇の年代は、スケッチのテクストには明らかにされていない。また殉教者の名前にも言及されていない。もっとも、この曖昧化は逆に、この作品がホーソーンの考える〈スケッチ〉そのものであることを表すことになる。

「鐘の伝記」の典拠は、ホーソーン自ら編集した『アメリカ有用娯楽教養雑誌』（一八三六年）に執筆した「釣鐘」の、「殉教者ラール神父」の「鐘」に関する次の記事と言われている。

北アメリカにおいて鐘が初めて使用されたのは、おそらくケベックのフランスのカトリックの町である。フランスのイエズス会士たちが赤い人たちに説教を施していた荒野の小さな教会には、すべて鐘があった。我々はボードン・カレッジ博物館（現メイン歴史協会の前身）でそれを見たことを思い出す。我々の信じるところでは、それは殉教者ラール神父の礼拝堂にあった。その司祭がニューイングランドの奇襲部隊の血塗られた手によって殺され、彼の祭壇が穢《けが》された後、この鐘は、我々が間違っていなければ、長い年月にわたって森の落ち葉の下に隠されたままであった。そして、とうとう偶然に日の目を見た後、カレッジ礼拝堂の鐘楼に吊るされていた。この鐘の冒険は美しく奇想に満ちた物語を形成するであろう。（Turner 1941, 185 傍点筆者）

この一筋を理解するために補足説明をしておこう。ボードン・カレッジ博物館カタログ第一号によれば、歴史上のラール神父の鐘は、「一八〇八年の春」、メイン州ノリッジワック村にある、「インディアンの教会から一マイルほど離れた、ケベック川西岸の」、「腐った毒ニンジン」の倒木の下、「その幹の空洞の中に発見され」、一八二二年に活動を開始したボードン・カレッジ博物館にその年、「ジョン・ウェア氏」（"John Ware, Esq."）によって寄贈され[4]、カタログに第一号として記載された。一九八六年、この鐘を「六〇〇〇ドル」と算定した鑑定書はこれに解説を加える。すなわち、「遺体の埋葬を手伝ったというあるインディアンが、教会の廃墟からその鐘を取り出し」、前記の場所に隠した。彼は「〈鐘〉の在処を決して明かそうとはせず」、尋ねられるといつも、「インディアンたちがそれを欲しいと思う日まで鐘は安全だ」と答えた。「鐘はノリッジワックに持ってこられ、ずっと保管されていた」が、「ジョン・ウェア氏により、ブランズウィックのメイン歴史協会に寄贈された」（Quevillon 1986）と。「一八二二年」と言えば、ホーソーンがボードン・カレッジに入学した次の年のことだ。一八二一年には「木造の小さな礼拝堂」があり、「学生は朝夕の礼拝への参加を要請された」（Turner 1980, 34）というから、「一八〇八年」に発見された鐘は、そのアイデンティティが確定するまで、「カレッジ礼拝堂の鐘楼」に吊るされていたと考えられる。

「鐘の伝記」は、歴史上のラール神父の、悲劇の「鐘」を典拠とする。しかし、歴史上の悲劇の主人公、およびその悲劇の起こった時と場所、鐘が発見された時と場所は、「鐘の伝記」において変えられている。ホーソーンが当時目にした鐘は、たしかにブランズウィックの「ボードン・カレッジ博物館」にあったが、「鐘の伝記」の「鐘」が「現在」吊るされているところはボストンを思わせるものの、地名は明らかではない。それは「ボードン・カレッジ礼拝堂」でも「博物館」でもなく、ただ単に昔の「小さな港町」である「ニューイングランド」の「わが町」の「教会」

【図5】ワシントン大統領就任祝賀凱旋門（ボストン、1789年、Mass. Historical Society, ed., pl. 90）

（"meeting-house"）である。この「鐘」がそのために鳴ったとされている出来事は、ボストンでの出来事ともとれる。というのは、「〈独立〉が眼下の通りで初めて宣言されたその日」（109）とは、ボストンの教会（meeting-house）において独立宣言が初めて読まれた一七七六年七月一八日のことと思われるし、「馬に跨ったワシントンが栄光の美酒に酔いしれて花吹雪の舞う街を進んだとき」、「鐘」が「〈国父〉に歓迎の辞を述べた」（109）出来事は、初代大統領に就任してボストンを訪れたジョージ・ワシントンのために催された、一七八九年一〇月一九日の盛大な祝賀行列の凱旋門《アーチ》【図5】を連想させるからだ（*Portland Transcript*, 1886. 117, 119）[5]。

　また「ラファイエットが五〇年分の感謝の実りを収穫するためにやってきた」とき、この「鐘」の「同じ声が再び響いた」（109）町もボストンをにおわせる。歴史的には、一八二五年六月一七日、ラファイエットは、独立五〇周年を記念して、これまでの小さな木製オベリスクに替えて本格的なバンカーヒル記念碑を建立するためのコーナーストーン設置記念祭にボストンから出席を依頼され、行列と式典に参加した（Miller 135）[6]。

　しかしながら、これだけでこの町をボストンと特定することはできない。ワシントンを迎える盛大な就任祝賀会は「ニューイングランド」の各地で行われたし、一八二五年六月二五日のポートランドのように、ラファイエットが訪れた多くの町で「凱旋」のごとく華やかなパジェントが催された（Nolan 293; *Portland Transcript*, 1886）。とすると、この町は現実の特定の町ではなく、「美しく奇想に満ちた物語」にふさわしいニューイングランドの〈どこかの町〉となる。「鐘の伝記」では、鐘が発見された年も場所も状況も歴史記述から変更されている。「鐘の伝記」で「鐘」が発見されたのは、カタログに記された「一八〇八年」ではない。「オンタリオ湖進撃」の後にして「ケベック攻略」の直前であるから、遅くとも一七五九年であり、スケッチではカタログ記述より五〇年ほど前に設定してある。「鐘の伝記」における「鐘」の発見場所は、カタログに記された「メイン地方ノリッジワック」の「ケネベック川」畔ではなく、ニューイングランドから「オンタリオ湖」途上の「沼地」の、「灰色の巨岩と倒木の泥にまみれた根に挟まれた人目につかない窪み」（108）に変更されている。「鐘」を沼から引き上げ再び当分の間隠したのは、カタログに見る「あるインディアン」ではなく、「ニューイングランドの樵《きこり》部隊」（107）となっている。このように変更したことで、この事件が、単なる特定の狭い範囲の小競り合いではなく、ヨーロッパでのフランスとイギリスの対立をめぐる国家間の大規模な覇権争いという、ヨーロッパ世界の戦争と連動した北アメリカを印象づけている。

　イエズス会の悲劇の場所も変えられた。ラール神父が殺害された歴史上の礼拝堂は、ニューイングランドのメイン地方、「ノリッジワックのケネベック川」岸辺にあった。ピューリタンで知られるニューイングランドにあり、シャンプレーン湖の東側に位置する。しかし、スケッチ「鐘の伝記」の「森の聖母マリア教会」（“Our Lady's Chapel of the Forest”）は、「シャンプレーン湖の西、セントローレンス川岸辺に近いところ」、すなわちモントリオールを連想させる。この礼拝堂は、「異教の荒野」に囲まれた初期モントリオールで宣教活動を始めたオーリエイとドーヴェルシエールの、ノートルダム修道会（the Society of Notre-Dame de Montreal）（Parkman 2: 195）を思わせる。「ノートルダム」は“Our Lady”を、また「モントリオール」は“Mount Royal”を意味するからである。また、歴史上の悲劇の主はラール神父だが、「鐘の伝記」にラール神父の名前はなく、代わりに名前のない複数の「イエズス会士たち」が登場する。名前を消し、細部を変え、部隊をピューリタンのニューイングランドからカトリックのニューフランスへと変えることによって、ニューイングランド内の狭い範囲の小競り合いを、フランスのカトリックの悲劇という印象に拡大した。

　しかし、悲劇に対する「鐘の伝記」の語り手の心情は、ホーソーンが「釣鐘」で見せたラール神父の殉教に対する心情と同一線上にある。「釣鐘」でホーソーンは、「赤い人たちに説教を施していた荒野の小さな教会」の一つ、「殉教者ラール神父の礼拝堂」で、「その司祭がニューイングランドの奇襲部隊の血塗られた手によって殺され、彼の祭壇が穢《けが》された」と記した。それによって、ピューリタンの卑怯を暗示し、カトリック司祭に「殉教」の栄光を与えたのだった。

この態度はスケッチ「鐘の伝記」でも踏襲される。アメリカ民主主義の表象として、ニューイングランド神話の英雄の役割を担っているならば、「鐘」はボストン人の立場に立って、ラール神父をピューリタニズムに敵対する悪魔の勢力カトリックの手先と断言してもよいところだ。それなのに、語り手はカトリックに対してトマス・ベケットの殉教に対するような、尊敬と同情に満ちた次のような眼差しを送る。

ローマ・カトリック教会の特別な断食日の夕べ、……鐘が陰気な音色を響かせ、司祭たちが哀しみのミサ曲の一節を歌っているとき、ニューイングランドの奇襲部隊が周囲の森から襲いかかった。……儀式を行っていた司祭たちは祭壇の前にわが身を投げ出し、祭壇に上る階段でも殺された。

まだ殉教者の血が、階段から階段へどくどく流れているのに、奇襲部隊の指揮官は松明《たいまつ》を摑むと祭壇の垂れ幕に押し当てた。燔祭《はんさい》のように炎と煙が上がり、……はやくも、祭壇の煙がこの罰当たりな仕業を神の目から隠してくれますようにと祈る者がいた。(105-06)

キリストの受難と復活を記念する特別な祭儀で、静かにひたすら天を仰ぎ、ミサを捧げる無防備な司祭たちに、「噂」に駆られ集団狂気に陥ったニューイングランドのピューリタンたちが卑怯な闇討ちを仕掛けて虐殺。さらに追い打ちをかけるように、最も聖なる祭壇に火をつける。教会を燃やすピューリタンに、語り手は卑怯の烙印を押し、逆に、インディアンの自由のために命をかけたカトリック司祭たちには「殉教者」の栄誉を与えている。しかも、ハムレットが祈りの最中のクローディアス殺害を思いとどまった理由を考えると、祈りの最中にあの世に送られたがゆえに、カトリックの司祭たちが天国への道を確実にしたとは、ピューリタンにとって何という皮肉な結果であろう。語り手の心情はフランス側に味方する。

四　トマス・ハチンソンとフランスからの情報

語り手の心情は、トマス・ハチンソン（Thomas Hutchinson）の『マサチューセッツ湾植民地の歴史』（一七六九年）に紹介される、フランス側からの報告書の心情と重なる。ラール神父、および北アメリカにおけるイエズス会のインディアン宣教とニューイングランドとの戦いをめぐっては、ピューリタンとカトリック双方の視点からの多くの報告がある。ホーソーンは、ケッセルリングの読書記録に見られるハチンソンの『マサチューセッツ湾植民地の歴史』や、編者不詳の『驚異の物語——すなわちフランスの預言者』（一七四二年）、あるいはサミュエル・ペンハロウの『ニューイングランドと東部インディアンの戦いの歴史』（一七二六年）、それにケッセルリングの言及はないが、パリで一六三二年以来毎年刊行されたイエズス会の膨大な宣教記録『ルラシオン』（Parkman v-vi）などを参考にした可能性がある。ホーソーンは、それらの知識と実際に見聞した鐘とから、「鐘の伝記」を構想した。なかでもハチンソンを典拠とした可能性が大きい。ホーソーンがハチンソンを熟読していたことは、『おじいさんの椅子』（一八四一年）からもうかがえる。ハチンソンの文は「特別の霊感」では書かれておらず「退屈極まりない」が、その「正確さ」（6: 138）は信頼に値すると、歴史家としてのハチンソンをホーソーンは評価しているからである。

ハチンソンは、ラール神父の悲劇の説明にあたって、まずフランス側の史料、すなわち「当時カナダにいたらしいシャルルヴォワ」が「インディアンたち自身」から受けた説明を紹介、その後、イギリス側の情報を紹介する（Hutchinson 2: 279-81）。同じ事件を扱っても、どちらの視点を取るかで意味が変わってしまうことを浮き彫りにしている。

ハチンソンが紹介するフランス側の史料は、ラール神父の事件を次のように伝える。その村のインディアンたちが「何の警戒もなく、無防備であったとき」、武装した「一一〇〇人」の「イギリス人とインディアン」の部隊は息を殺して忍び足で近づき、インディアン村のテントを一斉射撃、「ラール神父は彼の子羊たち〔インディアン〕の危険を察知し、その群れを守るために、敵の全注意を自分に引きつけようと、自らの命を危険にさらして敵に対峙した。〔……〕ラールの姿が現れるやイギリス人たちは大きな叫び声を上げ、雨霰と弾を浴びせたので、ラールは彼が村の中央に建てていた十字架の近くで倒れて死んだ」。インディアンたちは、「頭の皮を剝がれて」残虐に痛めつけられた彼の「遺体にとりすがって泣き」、「口づけし」、「その遺体を、前夜彼が聖なる秘蹟を祝ったその同じ場所、すなわち教会が焼かれる前に祭壇があった場所に埋葬した」というのである。当然ながら、イギリス人たちには卑怯の咎《とが》をおき、フランス人には「殉教」の栄光を贈る。だからこそハチンソンは、この報告を、「イギリス人たちの数に大きな誤りがあるばかりでなく、インディアンたちへの贔屓《ひいき》目とイギリス人への中傷において多くの潤色がある」（Hutchinson 2: 280-81）と批判する。

一方、ホーソーンの「鐘の伝記」は、ハチンソンの記述の細部は変更するが、大筋とカトリック寄りの心情とは、フランス側の記述に沿っている。さらに、復活祭の神秘を祝うミサ中の惨事とすることで、トマス・ベケットを連想させて殉教性を高め、カトリックに一層の栄光を与えている。

このようにカトリックに価値を置く心情は、ホーソーンの「鐘の伝記」の「鐘」の誕生時からテクストを特徴づけている。「鐘の伝記」の主人公である「鐘」は、フランスのカトリック信仰の表象としてこの世に誕生する。「ルイ一四世」（11: 104）と「法王」、言い換えれば「世俗の王国」と「霊の王国」の調和した愛情深い家庭フランスで、ヨーロッパ大陸において勝ち得た力の象徴である強国「スペインの真鍮の大砲」を父とし、その溶液に投げ込まれたカトリック信仰と高貴な母性の象徴であるフランスの「姫君の金の十字架」（104）を母として生み出された。神の威光を浴びたハプスブルク家と太陽王ルイ一四世の、高貴な家の血筋に繋がるのだ。

生まれたばかりの「鐘」に、「司教」がキリストの愛によって幼児「洗礼」と「祝福」を施し、必要な数々の「儀式」を執り行った。こうして、慈しみ深きキリストの愛をたっぷりと注がれた「鐘」は、キリストの愛の「印」である「十字架」を刻まれて、ルイ一四世の「慈愛」の「贈り物」として、ニューフランスの新しい家である「森の聖母マリア教会」の「イエズス会士」の子供として送り出されたのだった。

フランスのカトリックは、愛と一致と平等の原理を、白人同士だけでなく白人とインディアンとの間にも打ち立てようとした。インディアンの村の粗末な「丸太小屋の礼拝堂の塔」(104)で「産声を上げた」「鐘」でさえも「異教の荒野を贖《あがな》い和らげる力」を備えている。「狼」、「熊」、「雌鹿」など、荒野の動物が、そして荒野の住人である「赤い人たち」も「鐘」の声に耳を傾け、やがて「その呼び出しに使った」(104)。

インディアン村では、司祭とインディアンに差別はなかった。きらめく光を発するものに憧れるインディアンみんなの「浅黒い(dusky)胸」に「十字架像」(crucifix＝十字架に磔《はりつけ》になったキリストの像)が見られ、司祭も同様に粗末な「黒い長着を身につけ」(“dark-robed”)(104)、当然、インディアンと同じ十字架像を帯びていた。これらの十字架と、さらに「鐘」の「十字架の印」(“symbol of cross”)と礼拝堂の屋根の「十字架」(“cross”)(104)が、司祭とインディアンを平等に結ぶ共通の印となっていた。

カトリックは、祈りの様式の上でも、生まれや地位、人種の如何にかかわらず、平等と一致を旨とする。「インディアンが跪《ひざまず》いた、つつましい屋根の低い教会」で行われる礼拝様式も、「サン・ピエトロ寺院の巨大な天蓋の下で、法王が王たち(princes)を跪かせて荘厳ミサ(high mass)を執り行う時」と「同じ様式」(104)である。

カトリックの鐘も、「鐘の伝説」では一致と平等の精神、すなわち民主主義の精神の表象となっている。カトリックのあらゆる宗教祭儀は、「聳え立つ大聖堂の、階調をなして鳴り響く鐘を呼び覚まし」(105)、同様に「森の聖母マリア教会の鐘の音をも呼び覚ます」。「パリの町の通りが、ブルボン家の人たちの誕生日で喜びの声を反響させている時」も、「フランスがヨーロッパのどこかの戦場で勝利を得る時も、そのたびに」パリの鐘が鳴り響くのだが、一致して同じように「荒野の鐘も高らかに鳴った」。こうしてカトリックの一致と平等の精神は少しずつ浸透し、荒野は聖化されてゆき、インディアンは一族全体でカトリックに帰依するようになった。だからこそ「人跡未踏の大地の落葉」が払われては、「インディアンの酋長の埋葬」(105) に弔いの鐘が哀しみの声を響かせたのだ。

このようなカトリックの、愛と平等と一致の精神、すなわち民主主義の実践に対して、ピューリタンはどうであろうか。ピューリタンの村の鐘は、不一致と不平等をあらわにする。「ボストンその他のピューリタンの町」(105) では、「安息日」や「説教日」といった宗教祭儀には、「敵対する人々や敵対する宗派の鐘が鳴っていた」(105)。同じピューリタニズムの信仰であるはずなのに、鐘はグループごとに、それぞれ自己主張して敵対し、不調和な音を響かせている。カトリックの鐘とは異なるのである。民主主義を旗印にして独立した後でさえ、ピューリタンの町は依然として「身分の差」(109) がある。きらびやかな衣服を身に纏う「紳士」と「貴婦人」、彼らに付き従う「お仕着せを着た奴隷か年期奉公人」、教会の入り口で「自分より身分の上の人々」に先を譲る「質素な身なりの庶民」というように、「昔の安息日」には、「神の前においてさえ」(109)、衣服が差別を示している。

「鐘の伝記」のテクストにおける対照的な二つの村の描写から、語り手のカトリック寄りの心情が滲み出る。

五　北アメリカにおけるフランスの民主主義

アメリカの地における民主主義と言えば、独立戦争で勝ち取ったアメリカのものと考えられがちだ。しかしその思想は、「鐘の伝記」の「鐘」の数奇な運命が物語るように、むしろ最初、フランスのイエズス会士たちによって強力に北アメリカの地に実践されていたのだ。

ホーソーンがこのことを霊感の発露として「鐘の伝記」というスケッチに表したのは、一八三七年のことであった。この霊感がいかに時代を先取りしていたかは、その三〇年後の一八六七年に出たフランシス・パークマン (Francis

Parkman）の大著『北アメリカにおけるフランスとイギリス』（*France and England in North America* 1865-92）の第二巻『一七世紀北アメリカのイエズス会士』（*The Jesuits in North America in the Seventeenth Century*）に「序文」を付したアラン・ネヴィンズ（Allan Nevins）の次の言葉が如実に語っている。

> 歴史記録の中で、初期フランスのイエズス会士たちがインディアンをキリスト教に改宗させようとした努力の記録ほど、深く感銘を与えるものはほとんどない。それらがアメリカの政治的運命に強く影響を与え、その先住民の歴史に密接に関わっており、劇的で哲学的な興味を引き起こすものに満ちているにもかかわらず、こんなにも長い間知られないままであったとは驚くべきことだ。揺籃期のイギリス植民地が大西洋の岸辺に力弱くしがみついていた間、イギリス人たちの将来にとってきわめて不吉な出来事が、イギリス人たちには知られないままに、大陸のまさに奥地で進行中であった。（Nevins v）

これに先立つこと三〇年、ホーソーンの「鐘の伝記」がイエズス会士たちの努力を主張していたのは注目に値する。しかも、この言葉は、イエズス会士たちの大いなる宣教の実態にほとんど無関心な現在のアメリカ研究の状況にもなお当てはまる。まことにホーソーンの歴史観は先見性に富む。

フランスと北アメリカの関係は、アラン・ギャレイ（Allan Gallay）によれば、ブルターニュとノルマンの漁師が初めて先住アメリカ人に接触した一五〇四年に始まる。一七世紀には、毛皮交易や命がけの宣教活動が進展した結果、初期の攻撃的侵入に取って代わって平和的共存政策が取られた。君主権を与えられた宣教師の厳格なキリスト教教義による保護監督のもとに、集められたインディアンに、イエズス会士や尼僧による教育が施された。フランス流儀の農夫や職人に変えるべく、宣教師たちに王から君主権が与えられ、インディアンは忠実にフランス側につながっていった。

その蔭には、キリスト教による教育だけでなく、いくつかの理由がある。フランスは毎年、多額の金をインディアン同盟族に「王の贈り物」として費やした。加えてインディアン戦士たちに、獣のごとき野蛮人としてではなく武器を携えた兵士として、フランス国王が衣服、武器、弾薬だけでなく、給料を供給し、交戦期間には家族をも養った。彼らの戦争目的や実践は、頭の皮剝ぎや拷問も含めて、ほとんど干渉されなかった。インディアンに対するいかなる暴力行為にも警告を発し、何びとも「彼らの居住している地所を取ってはならぬ」と付記した、ニューフランス総督に対する一六六五年の王の命令以来、無数の公式宣言は、インディアンの土地における彼らの自由と、宗教の自由、北アメリカにおける領有権を認めていた。彼らは、民族の独立性（independence）を保持する一方、フランスと土地や資源を分け合った。だからこそ、あるアベナキ族の酋長は、「我々は完全に自由である。我々はフランス王の同盟者であり、フランス王から、信頼とあらゆる助力を得てきた。我々はかの君主を愛する、ゆえに我々は彼の利害との結びつきを強力に保持してゆく」（Gallay 230）と断言している。

北アメリカの地で、自由と平等と一致、すなわち民主主義が、ピューリタンではなくイエズス会士によって実現されていた。「鐘の伝記」の中の現在のニューイングランドの「鐘」が、実は「フランスで産声を上げていた」ように、鐘の音が表象する民主主義は、フランスによって北アメリカに持ち込まれ、初めて北アメリカの荒野を聖化したのだった。

生涯を通じて鐘に心惹かれたホーソーンは、初期作品においても鐘の声を響かせている。初期作品の鐘の声はすべて、「鐘の伝記」の「鐘」の声としてテクストの中に聞こえる。しかし、フランスによって持ち込まれた、荒野を聖化する鐘の声は、「霊感の純粋な光」を内在させた「神聖の発露」として、このスケッチ特有の響きとなっている。「鐘の伝記」はホーソーンの〈スケッチ〉観に合致する。

六　ホーソーンと戦争

「鐘の伝記」の「鐘」は、「受け身の英雄」として、戦争をめぐるさまざまな歴史的断片を伝える。そこで「二世紀にわたる哀しみの語り手」（109）である「彼の深い声の言葉を研究すればするほど、その中にますます多くの意識、感情、魂が見つかる」（103-04）。その一つが、生と死の二つの「時」の重なり合いである。この「鐘」は、洗礼、誕生という生を与える出来事と、戦争という死を与える出来事とに、同時に、あるいは交互に関わり、命を言祝ぐと同時に失われた命を嘆く。戦争による大量殺戮を喜ぶ声と、祈願と感謝の祈りの声をだぶらせる。殺人によって奪った戦利品の「鐘」を、祈りの場所に吊るすために運ぶ敬虔な行為をする人たちに、「鐘」は大きな声を上げて敵に知らせ、死をもたらす。また、礼拝堂の鐘楼に吊るされた「鐘」が人の死を悼む声は、次の瞬間に「ケベックの降伏を伝える勝利の音色」（108）と重なり合う。

したがって、「〈時の翁〉の代弁者」たる「鐘」の語る〈この世の時〉の民主主義は、戦争と平和、殺戮と祈り、勝利の言祝ぎと人の死を悼む哀しみの声が繰り返すところに存在する。言い換えれば、戦争がある限り、〈この世の時〉における永続的な真の民主主義は存在しえない。真の民主主義は戦争のないところでしか成立しないのだ。

ところがホーソーンは、人間とは戦争を免れえない本性の持ち主ゆえ、〈この世の時〉において戦争が皆無になることはないと考えている。晩年の「主として戦争問題について」（“Chiefly about War-Matters by a Peaceable Man” 1862）から検証しよう。この作品には、神話化された戦争についてのホーソーンのヴィジョンが表明されている。南北戦争に参戦する若い「勇敢な騎士」に出会ったホーソーンの語り手は、「この時代の若者」について、「人を殺しても責められることもなく、あるいはまた、栄光のうちに死んでゆく、――そして彼らの生来の破壊の本能を、そのやり方に多少の相違があるとしても、ホメロスの描いた英雄たちと同じ精神で、どこまでも遂行してゆくことのできる幸福に浸っている」（23: 421）と述べる。

戦争を人間の生来の破壊の本能とみる悲劇的直感は、「ホメロス」の異教的世界だけでなく、キリスト教世界をも包括し、「人間の本性は全世界だけでなく、すべての時代を同じようなものにする」とホーソーンに言わしめる。

> 人間をして互いにその手に武器を持たせて向かい合わせてみるがよい。そうすれば彼らは、長い年月の間、平和と善意のうちに遊び合った後でも、平穏な社会については聞いたこともなく、敵兵の頭蓋骨で飲み干すワインほどにも美味なものはないと考えていた野蛮な時代と同じように、いかに平和を享受した後でも、すぐに互いに殺し合おうとする。（21: 421 傍点筆者）

「生来の破壊本能」を持つ人間の野蛮への悲劇的直感は、語り手を「鐘の伝記」の時代に連れ戻す。「敵兵の頭蓋骨で飲み干すワイン」とは、インディアンの戦士の行為ではなく、ワインを飲む文明の進んだ白人の行為であり、忘れ去られたラール神父の悲劇の時代をも神話化する。再びハチンソンに戻ろう。ピューリタンは撃ち殺したラール神父の「頭の皮を剝ぎ、頭蓋骨を斧で木端微塵《こっぱみじん》にした」。この頭の皮剝ぎをはじめとする残虐行為を行ったのはインディアンではなく、「我々〔フランス側〕のインディアンの非人間性をことさら偽って強調していた」、白人のピューリタンたちだった（Hutchinson 2: 281）。頭の皮剝ぎは、インディアンにとって神への犠牲という祈りの意味をもっていたが、ピューリタンにとってはそのような意味はなかった。キャプテン・ハーマンは、「いくつかの頭皮をボストンに持参し」、その「功績のおかげで、“chief in command” から “lieutenant colonel” に昇格した」（Hutchinson 2: 284）。さらにニューイングランドの「政府は、インディアンの頭皮と捕虜」をボストンに持参した場合の「賞金を、一〇〇ポンドに引き上げた」。政府のとったこの賞金制度が引き金となって、「インディアン狩り」（Hutchinson 2: 284-85）と戦いが残虐さを増す。そこで、ホーソーンの「主として戦争問題について」の語り手は視点を現代に戻して言う。「我々が野蛮なことをはるか昔のことと考えているとき、なお今もこのような状態にある我々自身の姿を見るとは！」（23: 421）

と。

　また、「主として戦争問題について」の語り手は、南北戦争において南部人たちが北部人たちに抱く激しい憎しみを、人間兄弟の宿命と見る。彼は、「兄弟は時として最も憎しみ合うものだから」(23: 442) と、〈この世の時〉を越えた兄弟の原点として、「ミルトンが歌う」「ルシファー」の天使兄弟の壮絶な戦いを連想する。「平和と、より本物の結合体 (a union)」を、「今世紀のどのような人も苦しんだことのない大きな代価を支払って」段階的に確立し続ける方法を除いては、人間兄弟の憎しみが説かれるのは「ルシファーと三分の一の天使たちが金色に輝く宮殿から出て行った後」の、今は憎しみのない「天国らしい天国」においてである。戦争のないところでこそ「祝福の極地」、「〈愛〉と、静かな家庭」(23: 442) が得られるとの示唆である。同じく、人間兄弟の間に自由・平等・幸福という「祝福の極地」を実現する民主主義は、戦争のないところ、天国という〈永遠の時〉においてのみ可能である。

七　黙せる鐘とホーソーンの詩学

「鐘の伝記」の鐘は、時と所を次々に変え、過去へと遡って鳴り響く。独立時代のアメリカから、いまだイギリスが本格的に植民を始めていない時代のアメリカ、インディアンの時代のアメリカ、そして原初の時代のアメリカへと遡る。また、キリスト教王国を建設しようと北アメリカに宣教師を送り、先住民との間に友好関係を結んでいた、「ルイ一四世」絶対王政時代のフランス、そのフランスとヨーロッパ大陸で戦火を交えていた「スペイン」など、ヨーロッパの過去へと遡る。その間に、勝利のもたらす平和と、神への感謝の祈りが混じり合う。「鐘」の口から発せられる歴史上の出来事の断片は、カタログのごとく行列をなしては拡散する。戦争と平和をたどってホーソーンの「鐘」の出自は、「釣鐘」で述べる「エジプト」(Turner 183) にまで遡るはずだ。その先は人のいない地球の原初の自然である。人の声も鐘の声も聞こえない、沈黙の時の世界である。

「鐘の伝記」の「鐘」の本来の役割はしかし、語り手が言うように、大声で〈この世の時を告げる〉役目、すなわち「〈時の翁〉の代弁者」(11: 107)である。「〈時の翁〉の代弁者」たる「鐘」は、あくまで〈この世の時〉の問題を語るだけであり、〈永遠の時〉の問題を伝えることはできない。したがって〈永遠の時〉に属する真の民主主義については伝えることができない。〈永遠の時〉の問題は、この世の声が沈黙する時にしか示唆することができない。そして、この沈黙の時、〈永遠の時〉の世界は、過去のみならず未来にも拡がる。

だが、耳を傾けたとしても、すべての人が沈黙の声、声なき声を聞き取ることができるとは限らない。たしかに「多くの人に汝〔鐘〕は話しかけた」(110)。雑踏の中で多忙な日常に埋没して生きる「多くの人」は、それぞれの日常場面で〈この世の時〉を告げる鐘の声に、それぞれ目下の状況をもって反応することはできても、〈永遠の時〉へと導く、黙せる鐘の声を聞き取ることは出来ない。

黙せる鐘の声を聞き取ることができるのは、語り手のごとき、ごくわずかな人に限られる。「真夜中に」語り手は鐘の声を聞いてわれに返る。しかし、やがて鐘は鳴り終わり、語り手は「一人きりで想像力をめぐらせている」(110)。そのとき、「他の人間の耳があの鐘の音を捉えてきた、いや、僕の魂の奥まったところで」震え、〈永遠の時〉へと招く。語り手にとって現実に鳴る鐘の声は、〈この世の時〉への注意を喚起し、沈黙の鐘の声は鐘の霊の声となって〈この世の時〉から〈永遠の時〉への架け橋となる。やがては沈黙するのだが、「鐘」はこのような人のために〈永遠の時〉への可能性を開く重要な役目を担っている。とすれば、「鐘の声を聞け!」で始まる「鐘の伝記」の手法は、神話および叙事詩の語りにおなじみのインヴォケーション〔霊感にあずかろうとする祈願〕の想念の発露でもある。語り手は霊感にあずかるべく「鐘」の霊の声に耳を傾け、語り始めるからだ。

インヴォケーションの伝統は、古代からホーソーンに至る文学に連綿と流れ続けている。御輿員三氏の指摘によれば、叙事詩『イリアッド』では直接的に「女神よ……歌え」といい、『オデュッセイ』では「我に語り給へ」と間接的な表現をとるが、「精神は同じことで、およそ詩のことは人間の意識的計量を越えるものであるという認識に立って神助を求める祈願である」（御輿 一二）。しかし御輿氏は、この伝統は一九世紀以降、「詩人の意識の変革」によって消えてゆく、なぜなら「個性的な文学が尊重され、作者の個性の烙印のない作品は紋切り型として退けられ」、「詩人の能力の神秘的な面も〔……〕人間の能力の一面」（御輿 一二―一三）と考えるようになったからだという。たしかに個性に力点を置くようになった一八世紀後半から、作家は自らの創作活動を神の創造行為と重ね合わせ、芸術家として自らの想像力を創造的想像力とみなす傾向を大にしてゆく。しかし、一九世紀アメリカ文学に限って言うならば、そのように断定することは難しい。恋愛や家庭的出来事など私的主題を歌うならいざ知らず、戦争や国家の運命に関わる公的主題において、「人間の意識的計量」の埒外にあるものを描こうとする場合、アメリカ文学には〈霊感を乞い願う〉インヴォケーションの伝統が形を変えて生きている。

ハーマン・メルヴィルの例を取ってみよう。すでに他のところで述べたので詳述は避けるが、世界の寓意を作ろうとしたメルヴィルは、『白鯨』（*Moby-Dick* 1851）を「ホーソーン」にではなく「ホーソーンの天才」に捧げた。ほとんど出来上がっていた『白鯨』の原稿をメルヴィルが書き換えたのは、初めて出会ったホーソーンから霊感を授かったからであった。メルヴィルは、単にホーソーンに敬意を表するためのみではなく、献辞の伝統の中でホーソーンの天与の才能である「霊感」に献辞を捧げたのだった。『ピエール』（*Pierre* 1852）が「グレイロック山」に捧げられたのも、同じ献辞の伝統からだった。『白鯨』の献辞がホーソーンに捧げられたのに対し、『ピエール』の献辞がホーソーンにではなくグレイロック山に捧げられたことは批評家の謎とされ、二人の間の冷たい関係を示すとの解釈が一般的である。しかし、このことを献辞の伝統に照らせば、メルヴィルが『ピエール』の創作における「霊感」をグレイロック山に帰していることの表明だと結論できよう。ちなみにホーソーンは、『白鯨』創作の霊感をも、グレイロック山に帰している（入子 一九八七参照）。

話を「鐘の伝記」に戻そう。「鐘の伝記」は、叙事詩の系譜を意識し、インヴォケーションの伝統の中で霊感を鐘に求めている。語り手にとって「鉄の舌の響きは人間の共感力に不思議な力を及ぼす」（183）。「鐘の伝記」は、語り手の想像力をかき立てる「鐘」が霊感源となり、かつ、鳴りやんだ後の鐘は、「魂の奥まったところ」（110）で鳴り続け、永遠を垣間見させる。「鐘の伝記」の語りは、からかい気味に始まるため、アリストテレスが叙事詩の「物語のパターン」として要求する「悲劇のプロットと〈魂〉」（Newman xii）にそぐわないかに見える。しかし、以上述べてきたところから、ホーソーンの語り手が「二世紀にわたる悲しみの語り手」（109）である「鐘」を、「受け身の英雄」として主人公に据えるからには、このスケッチは、アリストテレスの言う叙事詩の枠で読むべきものである。

「鐘の伝記」の「鐘」の語る主題は公的・叙事詩的主題である。「あらゆる俗事、軍事、政治、宗教に口を出す」（108-09）鐘の語りのいずれも、私事ではなく公的主題である。したがって「われらの英雄」（107-08）である鐘は、〈私の〉ではなく、「われらの隣人」（103）、「われらの鐘」（104）、「われらの友」（108）である。「変わることなく高い地位を占め続け、民事、軍事、宗教の別を問わず、あらゆる公共の重大事」（108）に関わる公人として、叙事詩の枠で設定されている。この枠に置けば、アメリカの民主主義は、決してアメリカのみの力によって生み出されたものではなく、歴史の長いスパンのなかを生きたさまざまな国の人々の流した、神聖な血の作用で生まれた。しかし、それゆえにこそ、アメリカが即、真の民主主義世界となることはきわめて困難である。「鐘」は、戦争を繰り返さずにはいられない人間の悲劇的本性を伝え、アリストテレスの詩学における叙事詩の条件、「悲劇のプロットと〈魂〉」を通奏低音として響かせる。長編『七破風の館』への神聖な想念の発露が、ここにある。『七破風の館』の語り手は、「人間の光輝ある運命」（2: 180）である真の民主主義は、永遠の時において「現実の唯一のつくり主」たる「神」によって実現されると示唆するからである。

「鐘」の黙せる声が、我々に超越的な事柄を垣間見させる「鐘の伝記」は、人間の意識的計量を越える「神聖な想念の発露」として、叙事詩の萌芽として差し出されたスケッチである。〈時の翁〉である鐘の、「矢のごとく飛び去る」声は、このスケッチを通して我々に「〈永遠〉に備える教訓」（110）を教えることができる。「鐘の伝記」は、ミルトンの『失楽園』のように、過去と未来を包括する超越的な眼差しによって、ホーソーンの神聖な想念の萌芽を提示してくるスケッチなのである。

＊本章は、日本アメリカ文学会関西支部第五〇回（二〇〇六年度）支部大会フォーラム「起源の感覚とアメリカ文学」における司会・講師として発表した、「ホーソーンの起源の感覚——"A Bell's Biography"（1837）を通して」（『関西アメリカ文学』第四四巻、二〇〇七年、七―八頁）の原稿に加筆し、訂正を施したものである。なお、本章は平成二〇―二三年度日本学術振興会科学研究費補助金基盤研究(C)「ホーソーン文学における歴史と詩学の位相——独立期アメリカの精神と文化の表象を読む」（課題番号20520264）による研究成果の一部である。

【註】

（1）「ラール」には文献上、"Rale," "Ralle," "Rasle" など、数種類の綴りがある。

（2）「鐘の伝記」のテクストの引用部分の日本語訳については、國重純二訳『ナサニエル・ホーソーン短編全集』Ⅱ（南雲堂、一九九九年）を参照し、文脈上必要と思われるところは適宜変更を加えさせていただいた。

（3）ジョードゥンは鐘をさまざまな意味を持つシンボルと見ている。批評の流れを見ると、一九七二年にホーソーンの初期短篇を論じたニール・フランク・ダブルデイ（Neal Frank Doubleday）は、この作品のタイトルを「スケッチ」（Doubleday 29）というジャンルの一例を挙げるに留める。ニーナ・ベイム（Nina Baym）が一九七六年に著したホーソーン論では、「歴史スケッチ「ある鐘の伝記」」（Baym 58）と言及されるにすぎない。一九七九年には、リー・ニューマンが、ダブルデイの定義に準じたスケッチを含め、ホーソーンの短篇全体を視野に収めて論じたが、序文にも索引にも「鐘の伝記」は挙がっていない。一九八九年にアルフレッド・ウィーバ（Alfred Weber）らは、ホーソーンが興味を示していたジョージ湖やシャンプレーン湖、オンタリオ湖の登場する「スケッチ」を論じているが、同じ「シャンプレーン湖」、「オンタリオ湖」を登場させるスケッチであるにもかかわらず、「鐘の伝記」は取り上げていない。また、一九九三年のナンシー・バンジ（Nancy Bunge）のホーソーンのショート・フィクション論も、一九九四年、「スケッチと序文とエッセイ」（Moore XI）という、ホーソーンの特殊なジャンルに的を絞って論じたトマス・R・ムアの『厚く暗いヴェール——スケッチ、序文、エッセイにおけるホーソーンのレトリック』も、「鐘の伝記」には言及していない。

（4）*Catalogue* of Maine Historical Society, No.1 とその解説。ただし、一八二二年にジョン・ウェアからブランズウィックにあったボードン・カレッジ博物館に寄贈されたことは、Francis Covers, *Life of Sebastian Rale* (1865) の情報として、メイン歴史協会所蔵の Gregory Quevillon, "Appraisal" に記載されている。メイン歴史協会の歴史に関しては、当協会学芸員ホリー・ハード＝フォーサイス（Holly Hurd-Forsyth）氏による情報。ここに記して感謝する。

（5）一七八九年四月に大統領に就任したワシントンは、ニューイングランドのコネティカット、のちのメイン州を含むマサチューセッツ、ニュー・ハンプシャーを回り、新政府に対する民衆の支持を仰いだ。なかでもボストンでは歓迎祝賀パジェントリーの意匠が最高潮に達した。チャールズ・ブルフィンチが三年前にミラノで目にしたものに則って設計した凱旋門《アーチ》（MHS 117）を見て感極まったワシントンは、「このアーチは美しく装飾され、その中央の上部には二〇フィートの高さに天蓋がかけられ、頂点にアメリカ鷲がとまっている」（MHS 119）と日記にしたためている。サミュエル・ヒルはワシントンの凱旋門を銅版画に彫った（MHS ed. 119）。

（6）ラファイエットは、独立五〇周年を迎えたアメリカに「リターン・ツアー」中であった。ポートランドでは、常緑樹でふんだんに覆われた木枠に、薔薇が惜しげもなく花綱状に絡まり、頂上から優美な襞をなした多くの旗が下がった、台座に船の模型のあるアーチや、鎖でつながれた生きた鷲が頂部から見下ろしているアーチなど（*Portland Transcript*, 1886）、趣向を凝らしたアーチが建てられていた。ホーソーンの友人である詩人ロングフェローの父親が歓迎の辞を述べ（Nolan 293）、のちに詩人ロングフェローの妻となるメアリー・ポターが女子生徒代表として花束を贈呈したという。

【引用文献】

Baym, Nina. *The Shape of Hawthorne's Career*. NY: Cornell UP, 1976.
Bunge, Nancy. *Nathaniel Hawthorne: A Study of the Short Fiction*. New York: Twayne, 1993.
Chauncy, Charles. *The Wonderful Narrative*. Edinburgh: Robert Foulis, 1742.

Doubleday, Neal Frank. *Hawthorne's Early Tales: A Critical Study*. Durham, NC: Duke UP, 1972.

Duyckinck, E. A. "New Tales by Hawthorne." *Nathaniel Hawthorne: Critical Assessments*. Vol. 1. Ed. Brian Harding. Mountfield, East Sussex: Helm Information, 1965.

Eagleton, Terry. *How to Read a Poem*. Malden, MA.: Blackwell. 2007.

Farmer, J. and J. B. Moore. *Collections, Historical and Miscellaneous and Monthly Literary Journal*. Vol. 2. Concord: Moore, 1823.

Gallay, Allan, ed. *Colonial Wars of North America, 1512-1763: An Encyclopedia*. New York: Garland, 1996.

Harding, Brian, ed. *Nathaniel Hawthorne: Critical Assessments*.Vol. 1. Mountfield, East Sussex: Helm Information, 1965.

Hawthorne, Nathaniel. "Bells." *Hawthorne as Editor: Selections from His Writings in The American Magazine of Useful and Entertaining Knowledge*. Ed. Arlin Turner. Louisianna State UP, 1941.

—. "A Bell's Biography." 1837. Vol. 11 of *The Centenary Edition*. 103-10.

—. "Chiefly about War-Matters by A Peaceable Man." Vol. 23 of *The Centenary Edition*. 403-42.

—. "The Great Stone Face." 1850. Vol. 11 of *The Centenary Edition*. 26-48.

—. *Liberty Tree*. 1841. Vol. 6 of *The Centenary Edition*. 143-212.

—. *Peter Parley's Universal History, on the Basis of Geography*. By S. G. Goodrich. Boston: American Stationer's Company, 1837.

—. *The Whole History of Grandfather's Chair*. 1841. Vol. 6 of *The Centenary Edition*. 5-210.

Hills, Samuel. "View of the Triumphal Arch and Colonnade, erected in Boston, in honor of the President of the United States, Oct. 24, 1789." *Witness to America's Past: Two Centuries of Collecting by the Massachusetts Historical Society*. Boston: Massachusetts Historical Society and Museum of Fine Arts, 1991. Plate 89.

Hutchinson, Thomas. *The History of the Colony and Providence of Massachusetts-bay*. 2 vols. 3rd ed. Salem: Cushing, 1795.

Jefferys, Thomas. *The American Atlas*. London: Sayer and Bennett, 1776.

Jordan, Gretchen Graf. "Hawthorne's 'Bell': Historical Evolution through Symbol." *Nineteenth-Century Fiction* 9 (1964): 123-39.

Kesselring, Marion L. *Hawthorne's Reading, 1828-1850: A Transcription and Identification of Titles Recorded in the Charge-books of the Salem Athenaeum*. New York: The New York Public Library, 1949.

Maine Historical Society, ed. *Original Catalogues*.

Massachusetts Historical Society (MHS), ed. *Witness to America's Past: Two Centuries of Collecting by the Massachusetts Historical Society*. Boston: Massachusetts Historical Society and Museum of Fine Arts, 1991.

Miller, Marc H. "Lafayette's Farewell Tour and American Art." *Lafayette, Hero of Two Worlds: The Art and Pageantry of His Farewell Tour of America,1824-25*. Ed. Stanley J. Idzerda, Anne C. Loveland, and Marc H. Miller. Hanover: UP of New England, 1989.

Moore, Thomas R. *A Thick and Darksome Veil: The Rhetoric of Hawthorne's Sketches, Prefaces, and Essays*. Boston: Northeastern UP, 1994.

Nevins, Allan. Introduction. *The Jesuits in North America in the Seventeenth Century.* By Francis Parkman. France and England in North America. 1867. New York: Frederick Unger, 1965.

Newman, Lea Bertani Vozar. *A Reader's Guide to the Short Stories of Nathaniel Hawthorne*. Boston: G. K. Hall. 1979.

Nolan, J. Bennett. *Lafayette in America, Day by Day.* Baltimore: The Johns Hopkins P, 1934.

Parkman, Francis. *The Jesuits in North America in the Seventeenth Century*. France and England in North America. 1867. New York: Frederick Unger, 1965.

Penhallow, Samuel, et al. *The History of the Wars of New-England with the Eastern Indians.* Cincinnati: Harpel, 1859.

Portland Transcript, 1886. Owned by Maine Historical Society.

Quevillon, Gregory. "Appraisal." 1986. Owned by Maine Historical Society, P.O.Box 385.

Thompkins, Jane. *Sensational Designs: The Cultural Work of American Fiction, 1790-1860*. New York: Oxford UP, 1986.

Turner, Arlin, ed. "Bells." *Hawthorne as Editor: Selections from His Writings in the American Magazine of Useful and Entertaining Knowledge*. University, LA: Louisiana State UP, 1941. 183-85.

---. *Nathaniel Hawthorne: A Biography*. New York: Oxford UP, 1980.

Waggoner, Hyatt H. *Hawthorne: A Critical Study*. 1963. Cambridge, Mass: Belknap Press of Harvard UP, 1971.

Weber, Alfred, Beth L. Lueck, and Dennis Berthold. *Hawthorne's American Travel Sketches*. Hanover: UP of New England, 1989.

Wright, Sarah Bird. *Critical Companion to Nathaniel Hawthorne: A Literary Reference to His Life and Work*. New York: Facts on File, 2007.

入子文子「ホーソーンと受容」『英語・英米文学研究の新潮流』、『英語・英米文学研究の新潮流』刊行委員会編、金星堂、一九九二年。

——「メルヴィルとホーソーン——二つの献辞をめぐって」『神戸常盤短期大学紀要』第九号、一九八七年、二二三—三〇頁。

——『ホーソーン・《緋文字》・タペストリー』、南雲堂、二〇〇四年。

——「Mistress Prynne の罪と罰——*The Scarlet Letter* と初期植民地の階級」、『英文学研究』第七四巻第一号、日本英文学会、一九九七年、二二九—四五頁。

御輿員三『神と悪魔との間で——「楽園喪失」論』、あぽろん社、一九七〇年。

ゲイル、R・L『ナサニエル・ホーソーン事典』、高尾直知訳、雄松堂出版、二〇〇六年。

林信行編著『ホーソーンとメルヴィル——ホーソーンの戦時紀行文、その他』、成美堂、一九九四年。

ホーソーン、ナサニエル『大理石の牧神』Ⅰ・Ⅱ、島田太郎・三宅卓夫・池田孝一訳、国書刊行会、一九八四年。

——『ナサニエル・ホーソーン短編全集』Ⅱ、國重純二訳、南雲堂、一九九九年。

第八章　ホーソーンの〈ジョージ・ワシントン〉――歴史と詩的想像力の交錯

はじめに

アメリカ独立革命の時代、ジョージ・ワシントン（George Washington 1732-1799）は結婚直後からマウント・ヴァーノンに落ち着く暇は殆ど無く、妻の財産整理、地方議会の会期と目まぐるしい日々を過ごした。さらにグレイト・メドウやモノンガヒーラでの戦い、独立戦争突入前の危機的状況の中で、現地へ出向くあれこれの役目を負い、また重要案件で助言を求められることも多かったため、本国議会から離れることが殆ど無く（Sparks 133）、彼が求めた家庭の味を、落ち着いて味わうことはできなかった。総司令官に任命されて以後は、常に兵士たちと行動を共にしたため、マーサ婦人を呼び寄せることはあったとしても、大統領を辞するまで、マウント・ヴァーノンに帰ることは稀であった。ジェアード・スパークス（Jared Sparks）も言うように、マウント・ヴァーノンは本来彼にとって社会的徳を養い、市民としての義務を果たし、かつ尊厳を保つための、大地主（country gentleman）にふさわしい場である。狩や鳥打ちなどを通じた近隣の紳士、農園主たちとの開かれた社交や、天性の喜びをもたらす農業と静かな家庭のある最も純粋な幸福の場として、マウント・ヴァーノンをかたときも忘れることはなかったという（Sparks 109-12）。

本章は、ナサニエル・ホーソーンの詩的想像力を通して見た〈ワシントン〉の像を探る試みである。従って、アメリカ独立革命期におけるワシントンの業績や政治的イデオロギー、あるいはその後の関係学会の今に続く論争を詳説して、ワシントンの軍事・政策の是非を問うことなどを目的とはしていない。これらについては歴史学、政治学、思想史の各専門の研究に委ね、文学の立場からホーソーンのヴィジョンが捉えた〈ワシントン〉の像を考察することを目的としたい。

ジョゼフ・エリス（Joseph Ellis）によれば、今日のアメリカ史学界の主流は、ワシントン研究をタブー視するか、学術研究には不適切な主題とみなす傾向にあるという（本間 二五〇、註四）。しかし二〇〇五年にロバート・モーガンが指摘したように、九・一一事件以後のアメリカが、強力な指導者モデルを建国の父祖たちの中に模索している状況から考えても（Morgan n. pag.）、建国の理想的指導者とみなされていたワシントンを、改めて国民文学的作家の目を通して捉え直してみる意義はあるのではないか。政治的な成り行きから「ワシントンの感情を傷つけた」（Sparks 520）ことのあるトマス・ジェファスンでさえ、のちに次のように言っている。「自分の知る限り、彼〔ワシントン〕の誠実さは最も純粋であり、その正義感は最も毅然たるものだった。利害関係や血族関係、友情や憎悪からくる如何なる動機も彼の決定を歪めることは不可能であった。実に彼こそ、言葉の持つあらゆる意味において、知恵のある、善良な、偉大な人であった」（Sparks 522）と。ジェファスンがこのように述懐するほどの人物であった事実を思い起こせば、ワシントン像は今なお再考の価値があろう。

一　ホーソーンとワシントン

アメリカの誕生を記念する七月四日の独立記念日にこの世に生を受けたホーソーンが、アメリカを生んだ〈国の父〉ワシントンに格別の関心を寄せていたとしても不思議ではない。アメリカ文学の独立に意欲を燃やした象徴好みのホーソーンとあれば、なおさらである。なるほどホーソーンには、メイソン・ロック・ウィームズやワシントン・アーヴィングのような本格的〈ワシントン伝〉はないが、ワシントンについては生涯にわたって言及を繰り返していることは銘記したい。

そこで先ず、ワシントンの姿が登場するホーソーン作品にざっと目を通しておこう。『アメリカ有用娯楽教養雑誌』では、「ワシントン」や「チャントリーのワシントン」、「洞窟」などのタイトルを持つ小品でワシントンの図像が言語的に表現された。「アレグザンダー・ハミルトン」や「ジョン・アダムズ」などの小品では、ワシントンに信頼されていた部下との関わりを通した人間ワシントンが登場する。この『雑誌』に続いて、ワシントンは「ある鐘の伝記」、「ハウの仮面舞踏会」（"How's Masquerade" 1838）、『リバティー・トゥリー』（*Liberty Tree* 1841）などホーソーンの初期作品に集中して顔を見せ、少し間をおいて、スケッチ「自筆書簡集」（一八四四年）に再び現れる。さらに一八五〇年代以後の長編時代にも、『英国ノート』、『イタリアン・ノートブックス』、晩年未完の『セプティマス・フェルトン』（*Septimus Felton* 1872）などの作品に時々姿を見せる。このようにホーソーンがその作品群を通じてその姿を遍在させているにもかかわらず、ホーソーンの〈ワシントン〉像を集中的に論じた批評は殆ど見当たらない。

歴史家顔負けの歴史資料の読み手であるホーソーンが、ニューイングランドとイギリスの歴史文献を渉猟し、それを作品の素材にしていたことは、F・ニューベリーをはじめとする批評家たちが証明している（入子　五八、第一章註二八）。それだけでなくフレンチ・インディアン戦争を含む広義のアメリカ独立革命に関するアメリカ及びヨーロッパの歴史書にも目を通していたことは、ケッセルリングの『ホーソーンの読書』を繙けば明らかになる。一九世紀前半のアメリカで盛んに出版され、ホーソーンがセイラム図書館から一八二六年から一八三七年の間に集中的に借り出した書物群に、その種の歴史書が見つかるのである。[1] なかでもホーソーンの〈ワシントン〉を考える上で重要と思われるのは、一八三六年に借り出したウィリアム・ダンラップ（William Dunlap）の『アメリカ芸術発展史』（*A History of the Rise and Progress of the Arts of Design in the United States* 1834）と、一八三七年に借り出したスパークスの『ワシントン著作集』全三巻（*The Writings of George Washington* 1834-37）の第一巻『ワシントンの生涯』（*Life of Washington*）である。ダンラップとスパークス、それにホーソーンの三人にはいささか共通点がある。歴史上の事実や、目に見え手に触れる〈もの〉を重視し、しかも多少とも共通して詩的想像力を働かせ、逸話を繋いだ語りの形式をとるからである。

二　ダンラップとホーソーン

ダンラップは、「芸術史と文学の技法との幸せな結婚」から湧き出る多くの喜びを記述して見せた。画家であると同時に、逸話を繋いで芸術史を著した作家でもある。また一六世紀イタリアのヴァザーリと、「イギリスのヴァザーリ」といわれるホレス・ウォルポールの両者を先駆者とする、まさに「アメリカのヴァザーリ」であった（Flexner vii)。ホーソーンが一八二七年という早い時期に、お気に入りのウォルポールの著作とすでに夢中になって集中的に取り組んでいるところから（入子 九九、一〇二—〇四、一一二—一五)、ダンラップの語りの内容と文体は、ホーソーンの感受性にある種の親和力をもって働きかけたと想像される。ダンラップとホーソーンも、歴史上の事実や、手紙、絵画、彫像など、即物的に目に見え、手に触れる〈もの〉を重視し、しかも詩的想像力を働かせて不可視の超越的なものへと向かう、物語りの形式をとる点で、同類である。

言葉と絵画を接合させる思考方法をとるダンラップと、〈言葉による絵画〉としての文学の手法を標榜したホーソーンとの間には、話題の扱いに共通点がある。一例をあげよう。「国会議事堂に収める予定のグリーナウのワシントン像制作」(Dunlap 2: 417) に関するダンラップの逸話は、グリーナウによるワシントンの「彫像は、国会議事堂の丸天井の下の、予定された場所をまだ占めていない」(Turner 17) というホーソーンの記述と呼応する。両者には〈もの〉そのものが本来占めるべき可視的現実空間への関心が現われている。

また、〈ワシントン〉を表象する絵や彫像の、衣装や小物といった細部《ディテール》への両者のこだわりも共通する。ダンラップは、フィールズによる「ワシントンのかしら部分の銅版画」について、「先の伝記でワシントンのかしら部分については述べた」と断った後、次のように続ける。

この絵ではヒースの銅版画と異なって、将軍がカツラを被らないで描かれているところが優れている。しかし、顔つきはワシントンには似ていない。それに、将軍〔ワシントン〕の衣装から一つの顕著な点が抜け落ちているので、このために彼〔将軍〕がモデルとして座ったとは一層信じにくい。即ち、この絵は、黒いストック〔幅広の襟飾り〕を着けて描かれているが、衣装のこの小物を彼は身に着けたことがない。信じ得る限り、大統領時代のワシントンは決して軍服を纏ってはいなかった、確かに彼は将軍時代には軍服を纏っていた。必ずそうだった、が、〔黒ではなく〕白い薄地の上質カナキン製のストックを着けてのことだった。（Dunlap 1: 430）

ホーソーンも小品「チャントリーのワシントン」で、ダンラップと類似した関心を向ける。「それ〔ワシントンの彫像〕については、これに先立つスケッチが、正確ではあるが、どうしても構想が不完全だったという印象を読者に与えるだろう」と同じく断ってのち、次のように論述を進める。「ワシントンの彫像は……イギリスの最も傑出した彫刻家であるチャントリー」によって、「カッラーラで切り出された白いイタリアの大理石」から作られた。「芸術のこの高貴な標本」ともみなすべきその作品は、「彼の鑿による最高傑作」に位置づけられている。〈ワシントン〉の顔の様子は「穏やかな思慮深さ」を印象づける。左手は「たっぷりしたマントのどっしりした襞」を支えている。「このマントを選んだことは、彫刻家の側での最も幸運な考えである。」「カノーヴァの彫像」は、ワシントンという人物主題を「短い巻き毛、どこか下着のような衣装、何もつけない脚とサンダルをはいた足をした、ローマの軍人の装いで表現していた。」これでは「インディアン酋長の装い」の方が、まだしもワシントンという「アメリカの戦士」にふさわしい。これに比較すればチャントリーは素晴らしい。〈ワシントン〉の像に“Revolutionary uniform”を着せ、マントの豊かに量感のある襞によって「古典的な優雅さと威厳を与え」たために、それが「見る側に滑稽な感情を呼び起こす」「流行遅れの」衣装の細部を「隠している」からである（Turner 138）。

さらに、ダンラップもホーソーンも、肉眼で見る眼前の光景の中の〈ワシントン〉を、如何なる芸術的肖像作品にも劣らず感動を与える傑作として提示する。ダンラップは若い頃、ワシントンとその家族及び側近と親交を深め、ワシントンの肖像画の制作を託された。その彼が偶然にも初めて出会ったワシントンを、直接に肉眼で見た時の鮮やかな印象を次の様に描いている。

皆がその人のことを語り、皆が会いたがっているその人に、初めて出会った。それは一幅の絵をなしていた。軍馬に跨がった騎兵隊の一団をこれ以上に素晴らしく描く、あるいは背景をこれ以上効果的に選ぶことのできた画家はかつていなかっただろう。私がプリンストンからトレントンへの道を一人で歩いていたときのこと、……丘を登った途端に突然、光り輝く騎士（cavalier）の一隊が出現した。丘を登り頂上の私の前に着いたばかりだったのだ。彼らの背後の澄み切った秋の空が、彼らの暗青色の軍服と黄色い揉み皮の見返し、そしてきらきら輝く軍人の付属品を等しく浮き上がらせていた。全員は雄々しく馬に跨がり――揃いも揃って身丈が高く、気品があったが、そのうちの一人が他の人々の上にさらに聳えていた。私は見た瞬間、それが最高に敬愛する英雄であることを疑わなかった。彼の目が私に向けられたのを見て、私は帽子を高く上げた。すると間髪を入れず、すべての帽子が上げられ、すべての目が私に注がれた。彼らはどんどん過ぎ去って行った。私は振り返ってじっと眺めた、消えてゆく幻影を眺めるように。（Dunlap 1: 252）

ホーソーンも、『リバティー・トゥリー』の語り手にダンラップと同様に反応させ、「おじいさんの椅子」に座った〈ワシントン〉を描いて、「彼〔ワシントン〕の顔には、これまで如何なる彫刻家も大理石で彫り出し得なかったほどの気高い威厳があった。誰しも畏怖と尊敬の念なくして彼を見ることはできなかった」（6: 186）と述べている。ダンラップもホーソーンも、現存する人物や〈もの〉が及ぼす影響力を重要視していたと言えよう。

三　スパークスとホーソーン

ホーソーンはワシントンを『アメリカ有用娯楽教養雑誌』の記述で頻出させた後、一八四〇年前後の作品で登場させる。特に『リバティー・トゥリー』のワシントンの歴史的事項は、主としてジェアード・スパークスに依拠していると思われる。というのも語り手である「おじいさん」が、スパークスの「この上なく価値ある業績は、その名を不滅のワシントンに結びつけ」、不滅のワシントンの名とともに「スパークスの名をも不滅にした」(6: 197) と高く評価しているからだ。そのホーソーンは、すでに一八三七年にセイラム図書館から、スパークスのこの書ばかりか、同じスパークスの『アメリカ人列伝』(一八三四―四六年) をも借り出している (Kesselring 参照)。さらに一八三六年にホーソーンは先述のダンラップの著書に目を通しているが、その中にスパークスの編纂になる「モリス知事の日記」からの、〈ワシントン〉の彫像に関する一節が挿入されている (Dunlap I: 324)。ホーソーンがスパークスの歴史記述に信を置いていた様子が仄見える。従って『リバティー・トゥリー』のワシントンは、スパークスに沿った偉人として描かれていると考えてもよいだろう。

事実、「おじいさん」は、一般に神格化されてしまったワシントンを歴史の次元に引き戻そうとする。「おじいさん」はワシントンの名前を出したとき、「自分の国の父」に対する子供たちの夢見心地の崇敬の念が「かくも本能的」であるのを見て、「ワシントンの神聖化された色合いを歴史へと引き込むのは無意味であるかのように感じた」。しかし、「このまま語りを続け、必要なときにはこの人の英雄性について仄めかしはするが、しかし慎み深く飾り気なく語ろうと決心する」(6: 185-86)。

話を進める前に、ホーソーンが信頼を寄せるスパークスの『ワシントン著作集』について説明しておこう。ワシントンが司令部を置いて住んでいたボストンの館に、「その後スパークスが住み」(6: 197)、そこでワシントンの膨大な手紙・文書類を編纂し、著作集の第一巻に伝記を置いて、一八三四年から一八三七年にかけて一二巻本として出版した。スパークスによれば、著作集のこれらの手紙・文書類は、公生活の間、ワシントンの手元に積み上げられ、その手でマウント・ヴァーノンに注意深く保管されていたものである。これらの文書はすべて、甥に当たる合衆国最高裁判事のブッシュロイド・ワシントンに、マウント・ヴァーノンの土地と併せて遺譲された。公衆の閲覧に供するための出版の準備として、一八二七年に判事からスパークスに渡されたもとの原稿は、「ワシントン自身の書いた手紙と、彼が受け取った手紙」を含み、フォリオ版に綴じて二〇〇冊を越える。出版間近に国会がこれらを買い上げ、政府の古文書館に預けられている。出版するにはあまりの量ゆえに、「ワシントンの最も価値ある部分」の網羅と、テクストの正確さを期して選択が行われた。重要な手紙の下書きは、書き写す際に、省略・挿入・文章の変更などが起こりがちなので省いた（Sparks vii-viii, xii）。

このように、『ワシントン著作集』編纂に当たってスパークスが重視したのは「正確さ」であり、歴史家としての立場からの伝記『ワシントンの生涯』の執筆においてもこれが最重要事項であった。スパークスは、「マーシャル最高裁判事の立派で正確で包括的な仕事のあとで、自分がワシントンの歴史的伝記を試みるのは生意気であるかも知れない」と断ったうえで、しかし「彼〔ワシントン〕の生涯のずっと多くの部分が派手な公衆劇場の手に渡っていることと、どれが本質的に歴史の観点を取っていないかの説明は書かれ得ないこと」を憂慮して、この仕事を決断したと言う。従って「特に私的な逸話」や「真実として知られていない」多くの記述、「自分が信じていない」その他の記述、「信頼すべき典拠がない」ものは省いた（Sparks xii-xiii）。スパークスのこの言葉の中に、当時すでにウィームズの子供向け伝記冊子『ワシントンの生涯』における「桜の木の伝説」をはじめ、歴史記述の立場から到底容認できない伝説の類が、さまざまなメディアを通じて急速に広まっていた状況を読みとることができる。

史的正確さを旨として、専ら現実のワシントンを再生させようとしたスパークス自身は、第一巻に収めた『ワシントンの生涯』で、ワシントンの神格化を目指したわけではなく、むしろその傾向を阻止しようとした。ホーソーンも先述のようにスパークスの意図と業績を認めた。ホーソーンがスパークスを意識しているか否かは、同じホーソーンの、子供向け歴史書の中でも、執筆時期によってワシントンの神格化が行われたり行われなかったりしていることから明らかになる。ホーソーンがスパークス読了後に執筆した『リバティー・トゥリー』は既述のごとく歴史記述の立場をとっている。しかし、スパークスを読んだ一八三七年三月と九月以前の、一八三六年五月から九月に原稿を用意した『ピーター・パーレー世界誌』(*Peter Parley's Universal History* 1837) では、ワシントンを神格化していた。『パーレー世界誌』では、フランスのデュケーヌ要塞におけるブラドック将軍の敗北について、「他の殆どすべての将校は殺されたか負傷したかであったが、ワシントンは無傷のままだった。まるで彼が彼の国の救い主 (saviour [sic]) になるようにと神に守られたかのようだ」(*Peter Parley* 2: Ch. 68) と、ホーソーンはワシントンをキリストのごとく神格化している。また一七九九年のワシントンの死に関しても、「ワシントンは地上での彼の仕事を成し遂げた。だから天へと昇る〔ascend to heaven〕のが最もふさわしい」(*Peter Parley* 2: Ch. 75) と述べ、一八三〇年頃のリトグラフに現れた「ワシントンの昇天図」(本間 二四八) を文字にしたかのように描写する。神格化を意図しているといえよう。

四　スパークスの『ワシントンの生涯』

歴史からの立場を大切にしたスパークスは、『ワシントンの生涯』でワシントンを次のように描いた。長くなるがスパークスを把握するために重要なのでまとめておきたい。

〈彼〉ワシントンの風采は「威風堂々として品位あり、均整がとれている。身の丈六フィートにして広く厚い胸、長くてすんなり延びた、形のよい筋肉質の手足、薄い青色の目、均整のとれた目鼻立ちの顔には、全体に威厳と静謐、慈愛が漂う。」〈彼〉の「言葉は流暢ではないが適切」である。「ウィットやユーモアを迸らせることは殆どない」が、聞く人に「無上の喜びを感じさせる。」身体にも身のこなしにも「名状しがたい威厳」が備わり、〈彼〉を初めて見るすべての者に、「直観的に尊敬と畏怖の念を刻みつける。」

「知恵、判断力、思慮分別、毅然たる態度」が〈彼〉を支配する主要素であり、「真実と虚偽、正当と不正を識別するとき、これほど完全に個人的利益や偏愛、偏見を免れている人はいない。」生まれながらに「肉体並びに精神に勇気」が漲り、「危険を恐れず、ことの結果が自分に及ぼす影響を顧みなかった」という。

〈彼〉の信念は「高貴な種類」に属する。「部下の幸福を促進し、その愛情を得ることによって彼らの心を掌握しようとした」が、「彼らの虚栄心におもねたり、彼らの気まぐれに屈したりして称賛を得ようとはしなかった。」「注意深いが臆病ではなく、大胆だが性急ではなく、助言において冷静、」「先見性に優れ、反対者に辛抱強く、」「自己を失わない。」「自分の意図の正しさ」に自信があったが、「他人からの知識と助言」も求めた。「過たぬ賢明さ」で選んだ助言者の、ある意見の「健全さ」を素早く見抜き、彼らの「才能の最上の果実」と「彼らの集合的な知恵の光」を引き出した。

〈彼〉の知性の特質と道徳的特性は完全に調和を保っており、〈義務〉が行動の支配原理である。〈彼〉は、信頼していた人たちの「弱さや愚行、軽率を許すことはなかった。」彼の情熱は強く、迸ることもあったが、直ちにそれを抑える力があった。「克己」こそ、彼の性格の顕著な特徴なのである。

〈彼〉は、信仰と実践において常に敬虔なキリスト教徒であった。自らの成功は「至高の存在の慈悲の力」に帰し、「貧者に気前よく、苦しむ者に優しかった。」夫として、息子として、兄弟として優しく愛情深かった。「虚栄も見栄も高慢もなく、」公衆の関心が要求しない限り、「自分自身についても、自分の行為についても決して語らなかった。」〈彼〉の中で最も強い情熱といえば、「国を愛する心」である。〈彼〉の中の純粋で情熱的な「愛国心」は自らに「神聖な義務」を賦与し、職務にあった人生の全期間において一瞬たりともこの「義務からそれることはなかった。」

これらの特質によって〈彼〉は汎く人々の「愛と尊敬を獲得してきた。」「彼の偉大な性格を構成するのは、いずれか一つの特徴がまばゆく輝くというより、稀有な才能と特質の幸せな組み合わせであり、調和して一つに合体した知性と徳の力」であった（Sparks 532-35）。スパークスはワシントンを何と完全な、真に「偉大な人」（Sparks 535）として描いたことか。

五　スパークスの『ワシントンの生涯』とホーソーンの「自筆書簡集」

一八四一年に出版されたホーソーンの『リバティー・トゥリー』に見る〈ワシントン〉は、大筋において先述のスパークスに沿って優れた人間として描かれている。ホーソーンはこの書でスパークスを賞賛しているが、故なきことではない。

その後しばらくの時を経て一八四四年に出版された「自筆書簡集」では、ホーソーンのスパークスへの意識、特に彼の『ワシントンの生涯』に対する意識が一層鮮明になる。そこでこの二作を比較することにより、ホーソーンの〈ワシントン〉の像を理解する助けとしよう。スパークスの『ワシントンの生涯』は、彼が編集した一二巻からなる『ワシントン著作集』の第一巻に収められている。『ワシントン著作集』は、ワシントン自身の手になる公私にわたる書簡を本文に、ワシントン宛ての手紙や公文書を各巻末付録に収録した、膨大なコレクションである。

『ワシントンの生涯』は、これらの手紙類の編集作業を通して、スパークス自身のヴィジョンのスクリーンに映し出される手紙の書き手、すなわちワシントンの像を綴ったものである。ごく稀に近親者も出現するが、登場するのは殆どが革命時代、大統領時代につきあいのあった国内外の軍人、政治家である。当然のことながらジョン・アダムズ、ジェファスン、リンカーン、ラファイエット……など、独立期アメリカ史を彩るおなじみの名前が綺羅星のごとく連なる。手紙を通してスパークスの目に映る彼らの人となりが伝えられる。手で触ることのできる、歴史的に実在した手紙という〈もの〉に、手紙の書き手の内面が重ねられているのである。

対してホーソーンの「自筆書簡集」でも、スパークスが編集した手紙を彷彿させる手紙が、手紙の書き手の内面を語るという趣向を採る。「パーマー将軍」のもとに送られてきた「主として革命期の軍人、政治家の自筆の書簡」を語り手が披露し、手紙の書き手たちの性格、資質を分析する。手紙の書き手たちもスパークスが取り上げる手紙の書き手たちと同様、我々の想像力を掻き立てるに十分な、半ば伝説化した人たちである。

ブレンダ・ウィナプル（Brenda Wineapple）によれば、たまたまパーマー将軍は、一八四二年にホーソーンが結婚した「ソファイアの祖父」である。「自筆書簡集」が一八四四年の発表であるところから、その手紙が実在しているものならば、結婚後ホーソーンが目にした可能性はある。しかし、作中に引用されている手紙が、「歴史上の本物の手紙か、作者の手になる〈つくりもの〉かは決定しておらず」（Wineapple 195）、作者自体もジャンルの揺らぎを見せ、謎めいている。筆者自身も、本物の手紙か偽物かを確認するに至っていない。しかし、俎上にのぼる手紙の書き手たちが実在の人物であるところから、語り手が、そしてその背後にいるホーソーンが、手紙という実在の史料を詩的想像力を通して読むという想定のもとに、手紙の書き手の品定めをしていることは否定できない。これから述べる、〈ワシントン〉に向けたホーソーンの疑問は、このような文脈の中で登場する。

スパークスもホーソーンも、印刷された手紙より、本人の肉筆手紙を重視する。スパークスは「自分の手で調査しながら手紙を収集し、多くの自筆書簡を手に入れた。」それら本人の自筆書簡が「真正のテクスト」を含むものとみなすので、「筆耕の手」を経た「書簡集の中の手紙よりも、それらの方を好む。」なぜなら「印刷されたテクストはあらゆる点で自筆のテクストとは異なっており、」「重要なのは文体（style）ではなく実体（substance）だからだ」（Sparks iv）。（ここではその差異にスパークスは触れていないが、今後議論の道筋で明らかになる。）

ホーソーンも、スパークスと同様、印刷された手紙と、自筆のままの手紙に価値の違いを見る。静かな午後、彼らの手紙の自筆原稿を読むと、「不思議だ。インクで書かれた単なる紙切れに過ぎないものが、かくも強力な力を持つとは。同一の考えが、印刷された本の中では、冷たく力を失って見えるかも知れない。……実際、手書き原稿は、印刷なら必然的に失う何かを常に持っている」（11: 359）と感じる。

というわけで、両者の手元にあるワシントンの自筆の手紙——ただし、著作の中に登場するものであって、先述のごとくホーソーンの場合は本物かどうかわからない——の特徴を披露してゆく。まずスパークスは、ワシントンが自助努力により体得した文体を、「正確で純正な語法、そして極めて適切な語の使い方と明晰な文体で書く。彼の意図を正確に力強く表現するために、常に行き届いた言葉を選択する。この点で彼の言語は、虚心坦懐や率直を主な特徴とする、彼の心の姿を映し出していると言えるだろう」と述べる。筆跡については、「丸く均整がとれ、行間の書き込みやインクの汚れ、あるいは削った疵などはない。もし間違いが生ずれば、欠点となる言葉は巧みに消されて修正されるので、よほどの詮索好きの目以外には疵が見えなくなる」(Sparks 8, 10) と分析する。スパークスによるワシントンの手紙の分析から浮き上がるのは、弱点のない理想的な人としてのワシントンである。

では、ホーソーンは、どのような〈ワシントン〉の像を提示するのであろうか。まず「一七七五年八月二六日付けケンブリッジ発のワシントン自筆の手紙」を想定している。ワシントンが総司令官として任命された一七七五年六月一五日 (Sparks 142) の後、ボストンに到着した七月二日 (Sparks 144) から未だ時を経ぬ危機的状況下の、騒然たる戦場でしたためられた「この手紙の持つ、目に見える全体の様子と具体的なもののかたちほど、〈ワシントン〉を表現する他のすべての表象と完全に一致しているものはあり得ない。手書き原稿は、昼の陽光と同じく明晰である。即ち、句読法はコンマ一つに至るまで正確。過つことのない知性の種子から生まれ出たような静かな正確さが行きわたっている」と述べて次のように続ける。

筆跡はわかりやすく、ゆったりして上品な特徴を持ち、署名の文字においては幾分念入りに、いにしえの流儀に従ったジェントルマンそのものの身振りを目の当たりにするお決まりの形にした典型である。といっても、この原稿のそのほかの部分を特徴づける真実と明晰さをいささかも傷つけてはいない。各行は真っ直ぐで、定規で計ったごとく等間隔。初めから終わりまで、気分の移り変わり、感情のほとばしり、あるいはその他の身体上の

揺れなどの状態に左右されたことば遣いの兆候もない。――いかにしてあり得ようか？（11: 362）

そこから語り手が想像するのは、「決して躊躇することなく手紙をしたためる穏やかな手、瞬間的な感情のほとばしりや思想の揺らぎによって暗くなったり輝いたりすることのない、彼の威厳のある顔である。かくして彼の意図する核心にまで、正確に表現が流れ出る。」

六　ホーソーンとスパークスの差異

このように見てくると、ホーソーンの〈ワシントン〉の像は、スパークスが描く、欠点のない偉大な人間としてのワシントン像に重なるかにみえる。しかし、「自筆書簡集」の〈ワシントン〉は、スパークスのワシントンとは異なり、疑問の余地なき人間として描かれているわけではない。

ホーソーンの語り手は奇妙なニュアンスで〈ワシントン〉を表現する。

ワシントンのいかなる手紙を通しても……まだ我々は彼の内面をちらりともつかまえてはいない。彼の個性はまだその片鱗すら捉えてはいない。……さまざまな観察者たちによる彼の日常生活の特徴を記す記録をいくら集めても、量において十分、かつ、それ自体は厳密に調和しているように思えるが、決して我々をこの英雄と親しい関係に入らせることはないし、彼の心臓の暖かさと人間らしい鼓動を感じさせることもない。いったい、いかなる理由があり得るだろうか。（11: 364）

ワシントンの周りに我々との間を遮断する深い霧が掛かっていたと読めるのだが、ホーソーン好みの〈石化した心臓〉

という文脈に置けば、このコメントは、手紙の書き手として想定されているワシントンの本質に対する、ホーソーン自身の否定的評価を示すかのようだ。真の英雄と言うよりも、短篇「金剛石の男」("The Man of Adamant" 1837) のディグビー (Digby) や、「イーサン・ブランド」の主人公と同類の、石化した心臓の持ち主を思わせるからだ。しかし一方で、ホーソーン作品の随所に見られるワシントンへの眼差しは、憧れと称賛に満ちている。イギリスでの一八五五年九月一四日付けメモでは、スチュアートによる「ワシントンの美しい全身像」の、「あの最も高貴な顔と姿をここイングランドで見ることを誇りに思う。その人をのぞけば (単なる肉体的な面からのみ考えても)、いかなる英国の高貴な人も普通の牛肉か粘土のように見える」(21: 339) と、ホーソーンの〈ワシントン〉が象徴的に表現されている。ホーソーンのヴィジョンは、いったい〈ワシントン〉をどのように捉えていたのであろうか。

ただ確実に言えるのは、(1)神格化されていたワシントンを、厳密な歴史の手法を用いて歴史の領域に連れ戻そうとしたスパークスが、ワシントンを欠点のない理想的な人間として描いたために、別の意味で再び神格化することになってしまった。皮肉な結果である。というのも、死すべき運命を持つ人間は必然的にすべて不完全である。もし完全であれば、それは人間ではなく神である。とすれば完全な人間像をワシントンに賦与すれば、ワシントンは必然的に神として神格化されてしまう。(2)それをホーソーンは再び歴史的現在の次元に連れ戻そうとし、さらに言えば、神ではなく人間としての弱点のある、人間ワシントンを描こうとした、ということだ。ホーソーンの文脈では、短篇「痣」の教訓にあるように、人間とは死すべき運命にある本質的に不完全な存在である。神のごとく欠点のない人間は、人間として存在し得ない。ホーソーンにとって、ワシントンは人間でなければならない。

ところで、ホーソーンは〈ワシントン〉に向けた右記の語り手の疑問に明確な答えを示していない。単に「彼の偉大な本性は、人が人に適合するように、国家に適合する」が、仲間同士の関係では個人に適合しなかったのだろうか、と疑問形のままで終わる。スパークスは、ワシントンの純粋で情熱的な「愛国心」は「神聖な義務」を賦与し、職業生活の全期間において一瞬たりともこの「義務からそれることはなかった」と述べているが、ホーソーンとスパークスの語り手の意味するところは同じなのであろうか。

問題は「国家への義務」という言葉にある。「国家への義務」という言葉は、歴史の中で利己主義者が名誉と権力を一手に我がものにするためにしばしば用いてきた常套句である。しかし一方で、国家を構成する国民の個人の幸福を実現するための「国家への義務」、さらに言えば、個人に対する神の愛の僕《しもべ》として国家に奉仕する、真の意味での「国家への義務」もある。それは神の国への義務に生きる真の聖職者と同じく、完全な自己放棄を要求される極めて稀なものである。スパークスはそれを「神聖な義務」と表現する。どちらの意味の義務も魂の奥に深く潜行し、一般的な個人の生活感覚からはかけ離れているため、一般人が両者の区別を外から見極めるのは困難である。

「自筆書簡集」のホーソーンの語り手は、弱点のある人間としての〈ワシントン〉を描こうとしたが、「国家への義務」の皮相的な理論的な次元の解釈を出ていない。だがホーソーンの語り手は、ホーソーンと同じく、人間の内奥に秘めたものは、人間の目で外から見てもわからないと考える。ワシントンが決して笑わなかったという風評に対して、ホーソーンの語り手は同じ「自筆書簡集」で、ワシントン爆笑のエピソードを持ち出し、表面からは見えないが、彼がユーモアのセンスと笑いを十分に秘めていたことを示す。だからこそ、「自筆書簡集」の最後はこう結ばれている。

神は、人間が魂の秘密を守ることにおける驚くべき力を、人間の魂に与えてきた。そして神は少なくとも最も深く最も内なる記録を、神ご自身の熟読のために取っておかれる。(11: 376)

頭で考えた理論的な解釈がどうであれ、手紙がどうであれ、独立戦争時に、給料も武器の供給もままならなかったあれほどの兵士の大群を統率し、共に一丸となって戦い、勝利に導いたとすれば、それだけでも人を引きつけるワシントンの心臓の暖かさと活力の十分な証左となるというものだ。

ホーソーンは改革とか革命に否定的だと言われている。底にある自己中心からくる胡散臭さを見るからである。しかし、批評家には看過されてきたが、彼は、実は自己放棄を伴う真の意味での改革が、稀には存在することを認めている。「自筆書簡集」と同じ一八四四年に世に出た「善人の奇跡」で、働かなくてよい日曜日には、さらに悪化する貧民街の子供たちの魂の状態を防ぐため、日曜学校を創設したロバート・レイクスをとりあげる。そこでは彼の「善行」を「改革」と表現する。そして、「真に善行をなす能力は、富や地位にではなく、人を愛する心の持つ活力と知恵にある」（11: 354, 357）と述べる。

しかし、繰り返しになるが、人の魂の奥に秘めたものは見極めがたい。ホーソーンの詩的想像力は、活力と知恵のある〈ワシントン〉の魂の深奥に、さらなる実存の悲しみを見ていたのではなかったろうか。

七　ヴィニーとホーソーン

ワシントンに対するホーソーンの真情を思い巡らすとき、一九世紀フランスの軍人詩人アルフレッド・ド・ヴィニー（Alfred de Vigny 1797-1863）が浮かび上がる。ルイ一八世の近衛騎士団の士官を皮切りに一四年の軍隊生活を送ったヴィニーは、その小説『軍隊の服従と偉大』において、アメリカの将軍ジョージ・ワシントンに深く心を打たれ、心からなるオマージュを彼に捧げる。ヴィニーの語り手は、自国フランスのナポレオン・ボナパルトの空虚な「大言壮語」（Vigny 109）や、彼の「黙劇まがいの大仰な仕草、至上権の哀れな行列」（Vigny 113）にうんざりし、それと対照的な、「自己放棄の英雄主義」と「無私無欲」という二つながら「実に稀なもの」をワシントンに見出して、次のように述べる。

一七八三年におけるアメリカ史を読み返していた。国を解放して干戈《かんか》を収めた戦勝のアングロ＝アメリカの軍隊が、彼らに給料を払えないほどの困窮のために、それを解散しようとしていた議会に対して、いかに反乱の一発触発の危機にあったかを。総司令官にして戦勝者たるワシントンが〈独裁者〉となるためには、僅かに一言、あるいは一諾で足りたのであった。しかし彼は彼のみがなし得ることを行なった、即ち軍隊を解散し、ついで自ら職を辞したのである。（Vigny 153）

語り手は本を置き、「この〔ワシントンの〕静かな崇高さを我々の不安な野心と比較し、」それを"melancholy"の働きとして深く思いを巡らせたことに注目したい。ワシントンを「虚飾も大言壮語もなく、政権や指揮権をただ公共の福祉のためにのみ受け入れた」純潔な軍人たち、また「戦争を、それが値するところを十分知って行なった」人たちの筆頭に置いたのであった。

ホーソーンがヴィニーの『軍隊の服従と偉大』を読んだという証拠はない。しかし、その可能性は十分にあった。個人指導によりフランス語には堪能であったホーソーンは（Franklin 25）、ジェイムズ・T・フィールズによれば、少年時代には歴史家フロワッサールに興味を抱き、大学卒業後はフランス文学、「特にヴォルテールとその同時代人」の作品を渉猟したという（Fields 66）。またケッセルリングの『ホーソーンの読書』から拾い上げてみると、文学、思想、歴史に関するフランス語文献が二六項目含まれている。さらに『軍隊の服従と偉大』が出版された一八三五年といえば、すでに述べたように、ホーソーンが独立革命関連の文献を読み漁っていた頃と一致する。一八三七年にはサー・ウォルター・スコットの『ナポレオン・ボナパルトの生涯』（一八二七年）全三巻を借り出しているところからも、ホーソーンの興味の赴く先端にヴィニーの書は位置していた。以上のことから、ヴィニーの書にホーソーンが目を通した可能性は高い。

この仮説は、ホーソーンが一八三四年にセイラムの図書館から、『ヴァイス・アドミラル・コリングウッド公私書簡選集』（一八二九年）を借り出していたことから、俄に現実的となる。のちに親友ネルソンの後を継いで英国海軍提督となったカスバート・コリングウッド男爵の、階級がまだヴァイス・アドミラル（海軍中将）であった時代からの書簡集である。ホーソーンが借り出した一八三四年といえば、『軍隊の服従と偉大』が出る一年前であって、ヴィニーの書の出版以前に、すでにコリングウッドとその手紙に関心を寄せていたと言えるだろう。

コリングウッド中将（のちの提督）は、『軍隊の服従と偉大』において、最も崇高で偉大な軍人の鑑の一人として感動的に語られている。この物語は、ルノオ大尉が語る軍隊における経験談を、軍人である語り手が語るという二重構造になっている。現在の語り手はルノオ大尉に愛と尊敬を抱いており、ルノオ大尉の感動を伴う語りの真情を、そっくり受け取って語っていると考えて差し支えない。そこで筆者が「語り手」と言うとき、第一の語り手ルノオ大尉と、それを聞いて語っている第二の語り手とを重ねていることを、まず確認しておきたい。

さて、英国海軍士官の資質と出自の指導理念は「オフィサーズ・アンド・ジェントルマン」だが（小林 八三）、その典型として語り手は「コリングウッド」を「勇敢なジェントルマン」（Vigny 108）と呼ぶ。「公共の福祉のためにのみ、政権や指導権を受諾し」、「戦争を、それが値するところを十分認識して行動したすべての人々」の筆頭に置いてワシントンと同列に並べ、真の偉人と讃えるのである。

その語り手の最大の関心は、コリングウッドの「大きな黒い目と額」とにある「深い悲しみ（deep melancholy）の色」であり、「その声、その態度の変わらない平静を通して」語り手の心を打ち、「最初からいっそうの尊敬と注意を払わせた内心の悲哀（sadness）」である（Vigny 129）。

このテーマを巡るヴィニーの語り手とコリングウッドの会話は、ホーソーンの語り手が「自筆書簡集」でワシントンの手紙に投げかける疑問と、それに対して自ら用意した疑問形のままで終わる一応の答えを思わせる。ヴィニーの語り手は、完全な平静という「この美徳も、不断の見せかけのおもて構え（facade）に過ぎないのではないか」と思い、「この完全な平静に、幸福にも似た、そして永遠の悲哀に仮面をつけるこの平静」に到達した道筋を尋ねる。コリングウッドはそれに対して、「義務」の観念を持ち出す。「『義務』の観念」は、「終始摂取する健康な栄養が、血液全体を変化させて我々の体質の一つの主要素となりうるように、それは性格のうちに浸みこみ、その重要な特徴の一つとなるまで、精神を支配し仰せるもの」(Vigny 130)と答える。語り手も、「一個の人間にではなく、『祖国』と『義務』とに献身した真の市民のヴィジョンを得たことは幸運な経験であった」(Vigny 136)と言う。それはそれで真実であろう。ホーソーンの語り手と同じ答えといえよう。

しかし、である。ここで止まらずコリングウッドは、さらに奥深く、「意図に反して、ほんの一度きり」本来ならば決して見せない内心を「我が子」と呼ぶ語り手に向かって吐露する。自分は「他のどの人よりも、いかに自分を完全に忘れることができるか」を経験したが、人間には完全に自分を裸にしてしまうことはできないで、「人の想像以上に心臓を掴んで離さないものがあるのだ」(Vigny 130)と言って、「残酷な真実」(Vigny 131)を漏らすのである。

コリングウッドは「一七六一年に海軍に所属して以来、陸での生活はわずか二年、その間結婚し、二人の娘の父となった。この子供たちについて彼はたえず口にするが、子供たちは彼のことを知らない。そして彼の妻も彼の素晴らしい人となりを、手紙を通して僅かに知っているのみだ」(Vigny 108)。「子供を厚い優しい心で愛し、」遠くから育て、「この艦から監督し、毎日手紙を書き、その読書、仕事を指導し、何を考え、何を感じるかを知らせ、」「娘たちの子供らしい打ち明け話を受け取っている。」彼らのすることは「何でも知っている」(Vigny 131)。しかし、コリングウッドは悲痛な叫びをあげる。

「人は見えざる親を愛するものでない。——娘たちにとって父親とは何であろう。——毎日の手紙。多少とも冷たい助言。——人は助言を愛さない、実在を愛する——そして目に見えない実在など実在じゃない、人はそんなものは愛さない——そしてそれが死んだ時にも、彼がすでにそうあった以上に空虚を覚えさせない。——そして誰も彼のために泣きもすまい。」

彼は咳き込んで、言葉をきった。(Vigny 132)

「彼の悲哀は深かった、しかし偉大さに満ちていた」（Vigny 136）。だがそれを吐露することは許されなかった。存在の悲哀は如何に深かったか。

ヴィニーの描くコリングウッドは、ホーソーンの「自筆書簡集」のワシントンを考える上での補助線となる。「義務」のさらに奥にある、存在についての深い悲哀が、二人に共通の要素であるからだ。ヴィニーのコリングウッドはこう記す。

> 今や我が国の独立が生涯の第一の念願であり、安逸な群衆の中を、無益なる行列のうちに引き回されるよりは、むしろ我が身の祖国の城壁に加えられんことを。——我が命、我が力はまさしく英国に捧ぐべきである。（Vigny 136）[2]

ワシントンとコリングウッドを取り巻く状況はよく似ていた。ワシントンに実子はいなかった。スパークスによれば、一七五九年の結婚後、妻マーサの亡夫との間の二人の子供の後見人となって、息子が成年に達し、また娘が一九才で他界するまで、父親が持つたゆまぬ心づくしと誠実さでもって、その義務を果たした。ワシントンの四〇年間の結婚生活はあらゆる点で幸せであった。夫人は、すべての面でキリスト教徒の美徳を備えていた（Sparks 106）。表面的にはその通りであったであろう。しかし、現実には、どうであったろう。この論の冒頭で述べたごとく、マウント・バーノンの家庭を憧れながらも、アメリカへの使命感のため、結婚当初から私生活の幸せを顧みることは許されなかった。しかもマーサや家庭との意思伝達は、直接にではなく手紙によらざるを得なかった。マーサはワシントンの死後、夫婦の間で四一年間交わされた何百通という手紙の殆どを、ワシントンのプライヴァシーを守るために火中に投じ、五通のみが残っているという（Brady 1）。そのうちワシントンが総司令官に任命されたとき、マーサに送った手紙に、ワシントンの心情が吐露されている。「全力を挙げてこの事態を避けようとした。あなたと家族とから離れたくないだけでなく、この信任が私の能力を遥かに越えてもいるからだ。だから家庭の外での遠い栄誉を手に入れるより、家庭であなたとの一ヵ月の、さらに本当の幸せを享受したい」(Sparks 141) と。コリングウッドの手紙をも読んでいたホーソーンは、ワシントンのこの声をコリングウッドの一八〇六年六月二二日付けの妻への実際の手紙と重ねていたに違いない。コリングウッドはこの手紙を、「あなたの幸せのために神の祝福がありますように、と祈らない日は一日とてない」と始めるが、次のように結ぶ。「私があなたを愛する同じほどまでに、どのようにすればあなたの胸に十字を切って神のご加護がありますようにと乞い願うことができるのだろう。——言葉においてではなく——言葉には力がない、だから私はあなた自身の胸に訴えなければならない」(Collingwood 176) と。手紙の言葉には実在するものの持つ力がないとの嘆きである。

コリングウッドとワシントンの、両者の沈黙の深い悲哀は、いずれも厚いヴェールに包まれて我々から遮断されている。家庭の静けさと幸せを、そして妻マーサの幸せを人一倍念じながら、国の危機を救う指導者としての天性の能力が個人的幸せの実現を不可能にした。

しかしワシントンはしばしば自らの運命を神の与え賜うたものと受容する。たとえば総司令官に任命された時の妻への手紙では、「私をこの任務に投げかけてきたのは、一種の運命 (destiny) であったので、私がそれを受けることが、何かよい目的に答えるよう計画されているのだと思いたい」(Sparks 142) と述べている。真に偉大な軍人と真に偉大なカトリック聖職者は、前者は国家への、後者は神への、「神聖な義務」から徹底的な献身者となる。両者はともに家庭へのあこがれを捨てて、多くの他者の幸福のために自己放棄を余儀なくされ、しかも人間である限り捨てきれない執着を、他者に漏らすことを禁じられている。ホーソーンの〈ワシントン〉は、実存の悲しみを内奥に抱え、周囲に厚い霧の立ち込めた古典的メランコリーの資質をもつ天才としての人間〈ワシントン〉なのだった。(3)

ジョン・ロードハメルによれば、ワシントンは「親しまれていると同時に謎めいている」人格の持ち主だった。ウィームズはワシントンの不滅の伝説を作り出したが、一方で「ワシントンの冷たい大理石の顔に、人間性の輝きを投げかけよう」とした。その後多くの人たちが、神話という構造物の向こうにいる生きたワシントンを表現しようとしたが、誰も成功しなかったのである（Rhodehamel 156-57）。

　ホーソーンもまた、ブラディの言う「大理石でできた欠点のない、知恵に満ちた自己抑制のきいた完全なワシントン」（Brady 235）に、人間〈ワシントン〉を読もうとした。その結果、人間の実存の悲哀に深く思いを致し、自己放棄に徹し、忠誠をもって国家に服従する〈高貴なメランコリー〉の人、〈ワシントン〉を見出した。大理石のごとき〈ワシントン〉の深い悲しみの沈黙はすべてを包含する。ホーソーンはワシントンのこの本質が、すでに述べた〈ワシントン〉の彫刻の、個性的だが「たっぷりしたマントのどっしりした襞」に象徴的に表象されているのを見ていたのであった。

＊本章は平成二〇—二三年度日本学術振興会科学研究費補助金基盤研究(C)「ホーソーン文学における歴史と詩学の位相——独立期アメリカの精神と文化の表象を読む」（課題番号20520264）による研究成果の一部である。

【註】

（1）ホーソーンが借り出した主なもののみ列挙すると、次の通りである。一八二七年にEbenezer Hazard, *Historical Collections; Consisting of State Papers, and Other Authentic Documents* (1792-94); *State Papers and Public Documents of the United States from the Accession of George Washington to the Presidency* (1815); *State Papers and Public Documents of the United States* (1825); Richard Henry Lee, *Memoir of the Life of Richard Henry Lee, and His Correspondence with the Most Distinguished Men in America and Europe* (1825); 一八二八年 Benjamin Franklin *Works* (1809-18); 一八三四年 *The Diplomatic Correspondence of the American Revolution*

(1829-30); Friederike Charlotte Luise von Riedesel, *Letters and Memories Relating to the War of American Independence* (1827); 一八三四年 Thomas Jefferson, *Memoir, Correspondence, and Miscellanies* (1830); 一八三六年 *A Selection of Eulogies, Pronounced in the Several States, in Honor of Those Illustrious Hamilton, The Life of Alexander Hamilton* (1834); William Dunlap, *History of the Rise and Progress of the Arts of Design in the United States* (1834); 一八三七年に George Bancroft, *A History of the United States* (1834-54); Jared Sparks, *Writings of George Washington* (1834-37) などがある。

（2）ペンギン版『軍隊の服従と偉大』の訳者ロジャー・ガード（Roger Gard）によれば、この文は一八〇八年五月九日付けの、オーシャン号から妻にあてたコリングウッドの手紙の、もとのものに近い写しである（Vingy 183, n. 50）。なお筆者が確認したところでは、「我が国の独立」という文言は、実際の書簡集では「我が国の独立と栄光」（Collingwood 210）となっている。ヴィニーはロンドンで出版されたニューマン・コリングウッド編『コリングウッド書簡選集』（一八二八年）の手紙を適当に切り貼りしながらこの作品を書いたという。ホーソーンが一八三四年に読んだのは、この書簡選集のニューヨーク版（一八二九年）であったと思われる。

（3）ホーソーンと古典的〈メランコリー〉については、入子『ホーソーン・《緋文字》・タペストリー』第五章参照のこと。

【引用文献】

Brady, Patricia. *Martha Washington: An American Life*. New York: Viking, 2005.

Collingwood, Cuthbert. *A Selection from the Public and Private Correspondence of Vice-Admiral Lord Collingwood: Interspersed with Memoirs of His Life*. Ed. G. L. Newnham Collingwood. New York: Carvill, 1829.

Dunlap,William. *A History of the Rise and Progress of the Arts of Design in the United States*. 1834. Ed. Rita Weiss. 2 vols. New York: Dover, 1969.

Fields, James T. *Yesterdays with Authors*.1900. New York: AMS, 1970.

Flexner, James Thomas. Introduction. Vol. 1 of *History of the Rise and Progress of the Arts of Design in the United States*. By William Dunlap. 1834. Ed. Rita Weiss. 2 vols. New York: Dover, 1969. xii-xvi.

Franklin, Benjamin, V., ed. *Nathaniel Hawthorne: A Documentary Volume*. Vol. 269 of *Dictionary of Literally Biography*. Detroit: Gale, 2003.

Gard, Roger. Notes. *Servitude and Grandeur of Arms*. By Alfred de Vigny. Trans. Roger Gard. 1835. London: Penguin, 1996.
Hawthorne, Nathaniel. "A Bell's Biography." 1837. Vol. 11 of *The Centenary Edition*. 103-10.
---. "The Birth-mark." 1843. Vol. 10 of *The Centenary Edition*. 36-56.
---. "A Book of Autographs." 1844. Vol. 11 of *The Centenary Edition*. 359-76.
---. "Ethan Brand." 1850. Vol. 11 of *The Centenary Edition*. 83-102.
---. "A Good Man's Miracle." 1844. Vol. 11 of *The Centenary Edition*. 353-58.
---. "Howe's Masquerade." 1838. Vol. 9 of *The Centenary Edition*. 239-55.
---. *Liberty Tree*. 1841. Vol. 6 of *The Centenary Edition*. 143-210.
---. "The Man of Adamant." 1837. Vol. 11 of *The Centenary Edition*. 161-69.
---. *Septimius Felton*. 1872. Vol. 13 of *The Centenary Edition*. 3-194.
Kesselring, Marion L. *Hawthorne's Reading, 1825-1850*. 1949. Norwood, PA: Norwood Editions, 1976.
Morgan, Robert. "What the United States Reading?" *Hemispheres*. United, July 2005 N. pag.
Rhodehamel, John. *The Great Experiment: George Washington and the American Republic*. New Haven: Yale UP, 1998.
Sparks, Jared. *Life of Washington*. Vol. 1 of *The Writings of George Washington*. 12 vols. 1837. New York: Harper & Brothers, 1852.
Turner, Arlin, ed. *Hawthorne as Editor: Selections from His Writings in The American Magazine of Useful and Entertaining Knowledge*. University, LA: Louisiana State UP, 1941.
Vigny, Alfred de. *Servitude and Grandeur of Arms*. Trans. Roger Gard. 1835. London: Penguin, 1996.
Wineapple, Brenda. *Hawthorne: A Life*. New York: Knopf, 2003.
入子文子『ホーソーン・《緋文字》・タペストリー』南雲堂、二〇〇四年。
ヴィニー、アルフレッド『軍隊の服従と偉大』三木治訳、一九五三年、岩波文庫、一九九〇年。
小林幸雄『イングランド海軍の歴史』原書房、二〇〇七年。
本間長世『共和国アメリカの誕生』ＮＴＴ出版、二〇〇六年。

第九章　ホーソーンと追憶のなかのウルフ
――『英国ノート』を通して

はじめに

その日、ケベックのエイブラハム高原は、セント・ローレンス川を渡る爽やかな風と初秋の光の中で静かな佇まいを見せていた。ここに繰り広げられた英仏間の壮絶な戦い（七年戦争）は一七五九年九月一三日、イギリスの軍人ジェイムズ・ウルフ（James Wolfe 1727-1759）の記念すべき勝利の死をもって事実上終りを遂げた。数えて二五〇年後の二〇〇九年九月、私はこの古戦場に立っていた。

ウルフが息を引き取ったと言われる戦場を示す記念碑に隣接するケベック国立美術館は、北アメリカにおける英仏積年の戦いに終焉をもたらした意義深いこの戦いを記念して、ウルフ没後二五〇年展を、彼の命日である九月一三日まで開催していた（Juneau 95; Trépanier 98）。しかし、この特別の時を除く日常のケベックでは「フランス＝カナダ感情」が強く、ウルフは「英雄というより抑圧の象徴」とみなされ、彼に因んだ家屋も殆ど放置されている。「最初の戦場オベリスク」については、「ここでウルフが勝利のうちに死す」（"HERE DIED WOLFE VICTORIOUS"）という碑文が幾度となく消され、遂に別の円柱に代えられた。最後の意味ある一語"VICTORIOUS"は削除して（Brumwell xxi）。

現在のイギリスでもウルフへの関心は薄い。もちろん、イギリスがフランスから決定的勝利を得たケベックのこの戦いに、「事実上の世界戦争」として、「世界史にとっては次に続くアメリカ革命を遥かに越える深い意味」（Snow;

Brumwell xvii-xviii）をみる研究者もいる。また、ウルフ没後二五〇年とケベック四〇〇年を記念して、ケベックのこの戦いとウルフに関する本格的研究書も出た。[1] しかし、二〇一〇年のロンドンのポートレート・ギャラリーにはウルフの肖像画の展示はなく、辛うじて小さな胸像が一つ置かれているに過ぎなかった。またブラムウェルも述べるように、二〇〇二年のBBCによる調査では現在までのイギリスの偉人たちのランキングにおいて、ネルソン提督（Horatio Nelson 1758-1805）が九位を保っているのに対して、ウルフは一〇〇位にも入らない。「かつて自己放棄による愛国主義と謙遜とに結びつく、勇気、指導力、戦略上の天賦の才に恵まれたある将軍が、今や、情け容赦のない、無能な、けんかっ早い、血に飢えた、虚栄心が強い、などと極めて異なる用語で表現されている」（Brumwell xvi）のである。

ニュー・イングランド時代のナサニエル・ホーソーンは、このウルフを作品にしばしば登場させ、オマージュを捧げている。一方、『英国ノート』一八五五年九月一一日の項にみるように、一九世紀半ばの「イギリス人」が「最も愛した」ネルソンに対してホーソーンは、「誰よりも深刻な弱点」を持つ、「胡散臭い偉人」（21: 327）と厳しい目を注ぐ。イギリスにおけるこのような風潮のなか、同じイギリスの二人の国民的英雄に対してなぜホーソーンは対照的な態度をとるのであろうか。また、革命や戦争に否定的と言われるホーソーンが、なぜ『英国ノート』において英米の軍人たちに追憶の眼差を送るのであろうか。

本章は以上の観点から、ネルソンやワシントンを含む英米の軍人をホーソーンの『英国ノート』に辿り、ウルフと軍人に対するホーソーンの考えを整理することを目的とする。アメリカのナショナル・アイデンティティ再考の時期にあり、ウルフ没後二五〇年を迎えた今、ホーソーンの〈ジェイムズ・ウルフ〉をブラムウェル流に「トランス・アトランティックな初めての英雄」[2] として読むのも意味あることではなかろうか。「渡英前のニュー・イングランドのホーソーンの想像力が介在する」（入子 二〇〇九、三二）『英国ノート』には、既視感に彩られた過去の追憶から成り立つ部分が多い。ホーソーン自身の言う「トランス・アトランティックな創造の数々」（21: 9）に注ぐこの眼差はポール・ジャイルズ（Paul Giles）に見られるような、二〇〇〇年以後の英米文学、歴史学の批評に急速に満ちてきた潮の流れと一致しているが、[3] ホーソーン存命当時も「このトランス・アトランティックな作家」（Chorley 285）[4] という語がホーソーンに用いられていたのだった。

一　ウルフの伝記と現在の評価

話を先へ進める前に、先のブラムウェルに依拠してウルフの伝記と評価の現在までの歩みに触れておきたい。大西洋両岸の伝記作家や歴史家がウルフの徳を激賞し、死後数ヵ月で彼の「神格化」が始まる。「アメリカ人を彼等の敵から解放するために戦ったイギリス軍人のなかでも最も賛美されたジェイムズ・ウルフ」は「北アメリカでもイギリスでも確かな足跡を残した」。たとえば一七五九年四月には、「ニューヨークを基地とする私掠船が〈ウルフ将軍号〉と名付けられた」（Brumwell 320）。一七六〇年には「英国軍内の衛生学と医薬上の管理を改革」して名声を博し、男爵位と英国王立協会会長の地位を得たジョン・プリングルが、ウルフを賞賛した小冊子を出版し、当時人気の新聞『リーズ・ウイークリー・ジャーナルもしくはブリティッシュ・ガザティア』誌に連載、小冊子自体は直ちにマサチューセッツのボストンで再刊された。手稿資料不足のため本格的なウルフの伝記が出たのはプリングルから一〇〇年後である。その間、一七六九年にはジョン・ノックス（Captain John Knox）が『北アメリカ軍事行動報告書』（*An Historical Journal of the Campaigns in North America*）を出版し、「ウルフのセント・ローレンス川遠征に劇的効果」を与え、「イギリス人にとって極めて重要で面白い特質をもつ、忘れられないもの」（Brumwell 321）となした。一八一三年には桂冠詩人ロバート・サウジー（Robert Southey 1774-1843）が『ネルソン伝』（*Life of Nelson*）初版を完成、一八三〇年には改訂版を出した。その後、英雄ウルフ伝を構想して執筆を開始したが、出版社の広告のみに終わり出版には至らなかった（Brumwell xvi-xvii）。

時を経て一八六四年にロバート・ライトが、ウルフと家族（特に母親）との間で交わされた膨大な量の肉筆書簡を用いて初めて本格的ウルフ伝を完成した。一八八四年にはハーバード大学の歴史学者フランシス・パークマンが古文書に基づく力強い散文で、『モンカルムとウルフ』（*Montcalm and Wolfe*）に叙事詩的英雄を描き、ウルフの大西洋両岸での名声を再燃させた。その後の大衆作家、小説家たちはこの姿を踏襲し、強化していった。しかし大英帝国に翳りが見え始めるとそれまで英雄視されてきた軍人たちの選別が行われ、名声を剝奪される者が出た。ウルフはこの不運を免れた。七年戦争の危機的状況への学問的意義と、ベンジャミン・ウエスト（Benjamin West 1738-1820）の草分け的絵画〈ウルフの死〉（"Death of Wolfe"）のおかげである。ところが、二〇世紀の世界情勢により帝国主義の輝かしい英雄は修正主義者たちによって引きずりおろされる。ウルフもその例に漏れず、生前の敵対者たちの悪意に満ちた言や、ウルフの家族（特に母親）宛の手紙の、ねじ曲げられた、洞察を欠く解釈によって汚名を着せられている（Brumwell xiv-xxiii）。没後二五〇年を迎えた今日まで、忘れられた英雄と化していたと言えよう。

二　ニュー・イングランド時代のホーソーン作品とウルフ――概観

ニュー・イングランド時代、ホーソーンは作品にウルフをしばしば登場させた。「伝記的スケッチ」（"Biographical Sketches" 1833）の「サー・ウィリアム・ペパレル」（"Sir William Pepperell"）では、北アメリカの「フランス領の瓦解を目にする時代にカナダの幾つかの戦いで先頭に立ち、エイブラハム高原でウルフと共に彼等の血を注いだ人々」（23 : 90）が現れる。「昔の新聞」（"Old News" 1835）第二部「昔の対仏戦争」（"Old French War"）では、「ウルフ将軍への哀歌」は「勝利の歌の響きに混じり合う晩歌」のようだ、が「将軍は敵ではなく部下の銃弾で殺されたという報告をこの山なす新聞のどこかで読んだ」（11 : 147）と耳寄りな話も伝える。『アメリカ有用娯楽教養雑誌』（以下 *AM*）では「ウルフの記念碑」（一八三六年四月号）という見出しで、「カナダ総督エイルマー卿」によってエイブラハム高原に建てられたウルフの記念碑の寸法や材質、形状の詳細な記述がある（*AM* 344）。同じ雑誌の別の記事「エイブラハム高原のウルフ」（一八三六年五月号）には、〈エイブラハム高原に近づくウルフ〉（*AM* 381）と題する版画が添えられている。ただしこの絵はホーソーンの好みを無視したあてがいぶちであった（Turner 4）。『ピーター・パーレー世界誌』の第一六三章では、ペパレルが一七四五年に奪取し、その戦いの終りに「再びフランスの手に渡ってしまったルイスバーグ」を、「ウルフが一七五八年に再び取り戻し」、続いて一七五九年、ケベックを攻略すると同時に戦死したことが述べられる。「ハウの仮面劇」では、「ルイスバーグ包囲で着用されたか」、「最新仕立てのコートにしても」「ウルフ将軍が勝利したときほどの昔」に、「剣や銃弾、銃剣で引き裂かれ、ぼろぼろにされたかのような」「英仏両軍」(9: 244) の軍服を身に着けた一団が登場する。

『有名な昔の人々』(*Famous Old People* 1841) では、「カナダ征服」のために軍隊が三つに分割され、第一団は「オンタリオ湖から乗船し、モントリオールへ」、第二団は「シャンプラン湖を経由してセント・ローレンス川に到達し」、下流に進んで第三団、すなわち海からセント・ローレンス川に入りケベックまで上る「ウルフ率いる軍団」(6: 132) に合流するという戦略と、ウルフの「栄光に満ちた死」(6: 133) が述べられている。

『伝記物語』(*Biographical Stories for Children* 1842) の「ベンジャミン・ウエスト」(“Benjamin West”) では、ウエストの有名な絵画〈ウルフの死〉にも触れている。ただし、「これらの恐ろしい場面は世界を眺めるために掲げられるべきではない」(6: 228) と、嫌悪をあらわにする。『英国ノート』でも「ウェストの絵は考えるのも嫌」(21: 326) だし、〈最後の審判〉の絵は「ばかばかしい曲解」(21: 428) である。ウェストにはどこか疑念を抱いているようだ。その理由については後に触れる。

では、ウルフの登場する北アメリカ英仏戦争はホーソーンにとって如何なる意味を持っていたのであろう。

アメリカ独立記念日七月四日生まれのホーソーンのこと、独立戦争に関心を抱いたとしても不思議ではない。だが、いわゆる独立戦争以前の一七四五年のルイスバーグの勝利を含み、一七五九年のケベックでのウルフの大勝利に終わるこの戦いに、ホーソーンはアメリカ独立革命のための重要な役割を感じ取っている。『おじいさんの椅子』(*Grandfather's Chair* 1841)の「おじいさん」によれば、一七四五年にせよ一七五八年にせよ、ルイスバーグの「大勝利」は「植民地人たちが戦争に対する彼等の能力を試し、かくして革命の大いなる戦いのために準備した機会の一つだった」(6: 118-19)。そして一七五九年のケベックでのウルフの勝利により、「フランスとイギリスがほぼ百年にわたって戦ってきたあらゆる領域」すなわち、「全カナダと全アカディア、それにブレトン島」がイギリスに降伏し(6: 134)、フランスは北アメリカから完全に撤退することになった。

また一八三五年に発表した先述の「昔の新聞」第二部「昔の対仏戦争」では、一七五五年から一七六〇年頃を「興奮の時代」(11: 145)と呼ぶ。一七六八年ニュー・フランスの「ルイスバーグ占領という偉業を成し遂げた」ために、ニュー・イングランド人全体の性格が「変化を遂げた」「あの出来事の後では」(11: 144)、彼等は従来考えられていたと同じ「おとなしい人種」というわけにはいかなくなった。「一つの歴史的偉業」を成し遂げると、「その記録に新たな偉業」を幾つか加えたくなった。「自分たちに戦いの勝敗を左右する力があることを証明した」からである。「爾来、イギリスの敵を倒すのに力を合わせてくれと言われるようになり、彼らの方でも喜んでそれに応じた」。このような昔の対仏戦争の熱狂のなかでは「好戦的民族と名付けられて当然」である。「男は皆、兵士か、兵士の父か兄弟」となったのだ。「新兵募集」、「辺境への進軍太鼓」と、文字通り全土に軍鼓が鳴り響く。北アメリカ植民地にはニュー・イングランド「植民地軍」に加えて「イギリス軍二三個連隊」(11: 144)もいた。「独立戦争の時代を除けば、この地方はこれほどの興奮と戦時生活の時代を知らない。いや、興奮や戦時色は比べものにならないだろう。なぜなら独立戦争はだらだらと長引いたのに対して対仏戦争は意気と波乱に富んでいたから」(11: 145)である。この対仏戦争に於ける意気と熱狂がケベックでのウルフの勝利と狭義の独立戦争への活力につながった。英仏戦争を独立戦争の一部と考える比較的最近のアメリカ史研究の動向を、ホーソーンは一五〇年先取りしていたと言えよう。

三　スコットランドのウルフ

このような文脈のなかで、ホーソーンの描くスコットランドを通してケベックのウルフがみえてくる。まず『英国ノート』に現れるスコットランドの光景に目を向けよう。

リヴァプール駐在のアメリカ領事として一八五三年に渡英したホーソーンの『英国ノート』には、スコットランドのローモンド湖近辺の「古い灰色の要塞の廃墟」(22: 9; 22: 301) をめぐる記述が見られる。この近辺を訪れた一八五六年五月一〇日と一八五七年七月五日の二回にわたるメモでこの要塞に触れている。いかにも要塞好きのホーソーンらしい。ところが奇妙なことに、その同じ要塞に対して、一回目の旅ではさらりと書き流し、二回目の旅では微に入り細にわたって記述する。初回時は詳しく、二回目は簡単に済ませる通例の記述のありようとは逆なのである。

二つのメモに共通なのはサー・ウォルター・スコット (Sir Walter Scott 1771-1832) への関心である。いずれにも「ローモンド湖」と「インヴァーネイドの小さなホテル」(22: 8; 22: 299) が登場し、「ロブ・ロイの国」とか「ロブ・ロイの洞窟」など、スコットの作品『ロブ・ロイ』(*Rob Roy*) や『湖上の麗人』(*The Lady of the Lake*) への連想に彩られている。このこと自体は不思議ではない。ランドブラッドも指摘するように、一八二〇〜三〇年代のアメリカで爆発的な人気を博していたスコットに (Lundblad 21; Doubleday 14)、若きホーソーンも夢中になった (Lundblad 39)。ケッセルリングにも一八三三年にはスコットの散文作品全六巻、一八三七年には『ナポレオンの生涯』(*The Life of Napoleon Bonaparte*) と『悪魔学と魔女に関する手紙』(*Letters on Demonology and Witchcraft*) などスコット作品の貸し出し記録が見られる。カトリン湖の島に高地人《ハイランダー》たちがその昔、戦さの基地として用いた「丸太小屋作り」の「奇妙な建物」の廃墟があり、その中に「ヘルメットや手甲などさまざまな武具」や「手斧・槍」(Allen 2: 343) があることを、ホーソーンがアレンの書で知っていたこともケッセルリングからうかがえる。

「一七四五年の反乱後にイギリス軍の駐屯地となった」「古い灰色の要塞の廃墟」(22: 9; 22: 301) が双方の時期に

記されるのも、スコットランドの高地人《ハイランダー》たちへの連想から当然のことであろう。しかし、二回目の一八五七年には、「要塞」への関心の度合いは格段に強化され、同じ要塞へのホーソーンの筆致には想像以上に熱が入る。初回の一八五六年同様、一八五七年にも「要塞」は高地人《ハイランダー》たちの「一七四五年の反乱後に建てられた」「古い石造りの要塞」（22: 301）の廃墟と記されてはいるものの、初回とは異なり今回は息子のジュリアンをお供にホテルからわざわざ出向き、足で計測・調査して、モノとしての「要塞」を具体的に述べる。ホーソーンの想像力に何が起こったのであろう。

二回目の訪問時に「ジュリアンと私」が楽しげに調査した、眼前の「要塞」の具体的な把握から始めよう。二人は「スコットランドの高地《ハイランド》」（22: 301）にあるカトリン湖で午後三時の雨の中、丘の頂きに着いたのち、「古い石造りの要塞」を調べる。「一七四五年の反乱」の後、「高地人《ハイランダー》たちを制御」するために山隘の道に作られたこの要塞は、「切り出されたままの荒石」でできた「平行四辺形の簡素な構築物」である。足による計測だと一側面は「三〇〜四〇歩」、両端は切り立ち、残り二面は二階建ての高さ、防備のための銃眼が幾つかあるのみで、窓の大きさを持つ開口部はない。「屋根は崩れ去り、内部に草が繁茂している」（22: 301）。

この時ホーソーンの想像力に働きかけたのは何であったのか。同じ七月五日の『英国ノート』のメモがヒントを与える。

> この場所における主たる興味は、ウルフが軍人としての経歴のより早い時期に、ここに配置されていたという事実にある。（22: 301 傍点筆者）

初回時には記されていなかったこの一文は、要塞を再び訪れたホーソーンを突き動かしていたのがウルフへの追憶であったことを示唆する。ウルフの、軍人としての「より早い時期」という言葉は、ウルフの、軍人としての〈より遅い時期〉、すなわちケベックのウルフを喚起する。『英国ノート』を自ら編集出版したスケッチ集『われらが故国』(*Our Old Home* 1863) によれば、「この種の文学」の主たる楽しみと利益は、「旅をしていない人々に、何か現実の情報を提供するのではなく、記された光景をすでに知っている人々の記憶を甦らせ、感動を再び目覚めさせること」にある。「記された」、「すでに知っている光景」とは、現地を訪れて実際に初めて知った光景ではなく、絵画や書物によってすでに感動したことのある、追憶のなかの光景である。ホーソーンは「タッカーマン」のこの種の旅行記を良しとして「楽しんだ」(5: 259)。とすれば、ホーソーンの旅行記もまた、心眼に映る場面を呼び起こすための装置と考えていいだろう。初回時には、「高地人《ハイランダー》たちを制御」するためのこの要塞にウルフが配置されていた事実を知らなかったが、再訪時にはその情報を得ており、ホーソーンの想像力はウルフへと掻き立てられたのであった。

初回訪問時に、ホーソーンはすでに、「神の創り賜いし時の姿そのままの」、「何マイルも続く荒涼として陰鬱な孤独」(22: 9) のさなか、「高地の裸の斜面」のふもとの苔むした土台に立つこの要塞を、「高地の小屋」の点在する風景に置いた。「老いも若きも我々をじっと見つめる」これらの小屋の住人を、「黒いつぎはぎのある萎えたヒース」の「丘の牧場」の住人である、「極めて粗野で無愛想で醜い生き物」とみなし、「黒い顔の、ぼろぼろの羊毛を着た羊」(22: 9) と重ねていた。ホーソーンの想像力はすでに、眼前の情景と北アメリカのケベックの荒涼とした冬の断崖、そこに立つ要塞、まばらに散らばる小屋、そして断崖をよじ登るウルフと、「つぎはぎ」のごときクランの「ぼろぼろの羊毛」を纏った高地人《ハイランダー》たちの一団を、無意識のうちに二重写しに眺めていたと思われる。

しかし再訪時のホーソーンがスコットランドの要塞の廃墟を透かして見るのは、眼前の風景そのものではなく、ケベックのエイブラハム高原のウルフであった。「一七四五年の反乱」のあと、「高地人《ハイランダー》たちを制御する」ために作られたこの要塞で、イギリス軍は制圧した屈強な高地人《ハイランダー》たちを軽蔑せず、「有用で専門的知識をもつ兵士」(Brumwell 160) として重用したため、彼等は喜んで彼の手足となって働いたという。

四　ケベックのウルフとその記念碑

スコットランドのこの要塞の描写には、一八三六年という早い時期の『アメリカ有用娯楽教養雑誌』五月号に載せたケベック攻略の一節がこだまする。「前進部隊の先頭にいた」ウルフを、「スコットランドの高地人《ハイランダー》たちは……ごつごつした（rugged）故郷の山々の隘路を登るのに慣れていたので、断崖の暗く危険な道をケベックの道へと導いた」（*AM* 382）という一節が。「ダイアモンド岬の頂上、水面から三五〇フィートの高さ」にある断崖に立つ「要塞」（*AM* 381）を攻撃するために、冬の朝まだき、スコットランドと同じ地質の崖をよじ登るウルフと、勇敢で屈強な「高地人《ハイランダー》たち」が、ロマンスにふさわしい霧の中に朧に浮かび上がる。ケベックのウルフの軍団が少数精鋭であったことは、ホーソーンが歴史家として認め、愛読したトマス・ハチンソンの描写とも呼応する。カナダとの境界の村に出没しては住民を殺戮するフランス側のインディアン討伐のために（Hutchinson 2: 149-77）、ニコルソンを指揮官としてイギリスがニュー・イングランドの援助のもとに兵を進めて失敗した一七一一年のケベック攻めとの比較を見よう。

一七一一年のケベック攻めの地上勢は、ニュー・イングランドからの二個連隊を含めて七〇〇〇人の大軍（army）である。のちに（一七五九年）ウルフのもとでケベックを征服した軍隊（army）に対して、数においては勝っていたが強さにおいては半分にも及ばなかった。（Hutchinson 2: 175）

なお、ホーソーンが一七一一年のケベック攻めに関心を寄せていたことは、一八二九年にホーヴェンデン・ウィーカーの『日誌』（*A Journal* 1720）を図書館から借り出していることからうかがえる。この書に詳しい記述があるからだ。

ウルフと、一七五九年のケベックにおける戦いとは、ホーソーン好みの話題であった。先述のように一八三六年の

『アメリカ有用娯楽教養雑誌』には、すでにウルフに関する二つの記事、「エイブラハム高原のウルフ」(*AM* 381-83)と「ウルフの記念碑」(*AM* 344)とがある。「エイブラハム高原のウルフ」はこの戦いとそこでのウルフの様子が克明に描かれている。「若いが、他に抜きん出た士官」(*AM* 381)であるウルフは、「ケベック包囲」の師団長の地位に置かれた。「真夏近く、セント・ローレンス川を上り」、「カナダの首都の下流、数リーグにあるオルレアン島に部下を上陸させ」、川向こうから攻めていく。ケベックは「自然の砦」である上に、「それを強化するための軍事学「フランスのヴォーバンの伝統にある」[5]が十分に取り入れられ」、強力な大砲と要塞と守備隊で守られている。ウルフはすでに腕か足に重い障害があり、病床にいた。「要塞の防備が最も手薄の」(*AM* 382)、敵の意表を衝く「断崖の隘路」からエイブラハム高原に侵攻する計画が立てられ、ウルフの決裁を仰ぐ。この計画を「彼自ら指揮をとることが出来るまで延期」したのち、実行に移す。ウルフは先陣を切って「スコッチ・ハイランダー」たちの一軍に入った。

この戦いは「ウルフの運命と一体であった」(*AM* 382)。初期の段階で弾丸が手首を貫いたが、ウルフはそれをハンカチで包み、傷ついた腕を振って前進を鼓舞、ほどなく鼠径部に二つ目の弾を受けたがそのことを隠したまま進軍。勝敗のゆくえ定かならぬその日、三つ目の弾が彼の身体を貫通、戦場のその場に倒れる。だが後部に運ばれるのを許さず、のちに「英雄の死の枕として神聖視された」一つの岩にもたれ[6]、気を失う。そのとき、一つの叫び声が戦場に響き渡る。「逃げていくぞ！　逃げていくぞ！」と。すると眠りから覚めたかのごとくはっと身を起こしたウルフが、跪いている側近を真剣に見回し、「誰が逃げたのだ？」と尋ねる。「フランス軍です！」と彼を支えていた副官が答えると、「熱狂的軍人魂が太陽の光輝のようにその顔に光を放ち、死の苦しみを強い喜びに変え」(*AM* 383)、「それでは私は喜びの内に死ぬことができる！」と叫んだ。「身は勝利の戦場に横たわりながら、魂は彼の勝利を高らかに告げるその歓呼に乗って去られていた」(*AM* 383)。

ウルフのこの最後を「ホーソーンが曖昧視していた」(21: 624n)と『英国ノート』の編者は言う。しかし、「ヤング・グッドマン・ブラウン」で証明ずみのように、人知には定かならぬ事柄を前にする時のホーソーンにとって、事実か否かを詮索することは重要ではない。続く次の一節に注目しよう。

> これ以上栄光に満ちた死があろうか。この話を聞いて心臓の鼓動が高まらない人がいれば、それはその胸に人間の心を宿さない人だ。地位、名誉、国王のなし得るあらゆることが、イギリスでウルフを待っていた。だが、彼にとってその時、その場所で死んだ方が良かったのだ。彼の石の枕にもたれ、勝利の祝いを聞きながら、そしてブリテンの領地に加えた塵を彼の生き血で浄めているのだ。（*AM* 383 傍点筆者）

ホーソーンはロマンスの霧をかけることによって英雄にふさわしい叙事詩の魂を吹き込もうとしている。

ここでホーソーンは明らかにウルフを真の英雄とみなしている。しかし、ウルフに対する一般の評価は必ずしも一つでなかった。そのことを編者としてのホーソーンは『アメリカの軍人と風俗習慣』（*Men and Manners in America* 1833）の著者であるアメリカのトマス・ハミルトン大佐の言葉によって説明する。「ウルフはケベックを得ることが出来るなら、腕一本、脚一本与えても満足だと言った」とか、いや恐らく命と引き替えにしてもこの町を得る方が嬉しかっただろう、と漏らすハミルトン大佐は、「ウルフの軍事能力に疑問を呈してきた」（*AM* 383）とまで言われている。ターナーによれば、ハミルトンはその書のなかで、「偉大な将軍の特性をウルフに帰する根拠は何もないように思える。彼の最初の試みは失敗であり、二度目は単に相手の失敗による成功である」（Turner 127, 28n）と述べている。これに対してホーソーンはハミルトンを退け、ウルフを讃える。曰く「我々の判断が的確だとすれば、ウルフは熱狂と素晴らしい理解力を持ち、それが極めて希有にして気高い性格を形成し、あれこれの偉大な才能を発揮した。エイブラハム高原に立って、ウルフの名誉に異を唱えようとするとは、全面的にハミルトン大佐の側の特異な性質による」と。ホーソーンはウルフの死のあり方に軍配を上げている。

ウルフの「石の枕」の伝説は若いホーソーンに強い印象を刻みつけた。同じ記事「エイブラハム高原のウルフ」で二度言及するのみならず、同じ雑誌のもう一つの記事「ウルフの記念碑」で、「石の枕」のその後を具体的に記し、関心のほどを偲ばせる。

> 先のカナダ総督エイルマー卿はケベックを去る前にウルフ将軍の記念碑をエイブラハム高原に建立するよう命じた。基礎は七フィート角、三フィート高、花崗岩の丸石の集まりで構成され、ウルフが最後の息を引き取る時にもたれていた当の石を囲んでいる。この花崗岩の集まりは青水のセメントによって接合されている。基礎の上に大きな四角いライムストーンが置かれ、それが円柱の台座をなす。さらに、磨かれた幾つかの大理石の輪、それから磨かれた暗青色の大理石の円柱が、直径二・五フィート、七フィートの高さまで立ち上がり、全体で一二フィートの高さになる。大文字の銘が石に深く刻まれている――「ここにウルフは勝利して死せり」と。この記念碑は町の左方一〇〇ヤードに建っている。(*AM* 344)

【図1-a】タドリー・バクスター《1759年にウルフが亡くなった所にある岩》。Quimper, Fig.16.

このように詳細な仕様を如何なる文献資料によって入手したのか、あるいは実際にケベックで観察、測量したのか筆者にはわからない。しかし、いずれにせよ、現在我々が見る記念碑は最初のものとは異なる。ホーソーンが一八三六年に記した後、この碑文は消去・復活を繰り返し、幾多の変遷を経た。カンペーアによればウルフが亡くなった場所に一七五九年に石が転がされて置かれていたが(Quimper 117)【図1―a】、その後子午環に代えられ、四〇年たった一八三二年にはカナダ総督エイルマー卿の命により、先端を切った円柱がウルフの記念碑として作られた(Quimper 124)【図

1―b】。ホーソーンが記しているのは一八三二年のものと思われる。一八四九年にはこれに代わって、ブロンズ製の昔のヘルメットと剣を頂く新しい円柱がイギリス陸軍によって建てられた（Quimper 125）。その後、一時引きたおされたが、同じヘルメットを冠して復元され、現在に至っていることが銘版に刻まれている【図1―c】。

【図1-b】ジョン・グラント《ケベックにあるウルフの記念碑》。Quimper, Fig. 22.

【図1-c】ウルフが亡くなった場所を示す記念碑。1832年建立。ブロンズの昔の兜と剣を頂く円柱。ケベック戦場公園（筆者撮影）。

五　イギリスにおける〈ウルフの記念碑〉

ホーソーンは若い頃目にした旅行記や挿絵、地図から印象的な光景を心のキャンバスに描き込んでいた。のちにロンドンのウェストミンスター寺院でウルフの記念碑を肉眼で見たホーソーンは、今述べた若い頃のエッセイ、ケベックの「ウルフの記念碑」を思い浮かべていたに違いない。しかしウルフのこの記念碑は『英国ノート』に記されてはいない。この寺院には何度も足を運んだはずなのに不思議である。

ウェストミンスター寺院のウルフの現在の記念碑は、寺院図書館のカタログによれば、「床から立ち上がった、白大理石製の大きな記念碑」で、「台座と彫刻入り石棺（sarcophagus）」とからなる。石棺の上に、「死に逝くウルフの裸体の彫像があり、敵弾兵一人に支えられ、背後にスコットランドの高地人《ハイランダー》一人がいる。共に制服を着用し、テントの前にいる」。上部には「〈勝利〉の天使」が「月桂冠と棕櫚の葉を持って舞い降りている」。左方には「トマホークと頭部の皮剝ぎ用ナイフが複数吊り下げられた樫の木が一本」、土台には「二匹の寝そべったライオン」、両側端の楕円に「ウルフの頭部の浮き彫り」、土台の正面に「エイブラハム高原突撃」の浮き彫りがあり、"Cappitsoldi"の銘が刻まれている。一七七二年建立、三〇〇〇ポンドであった。(7) 実に豪華で壮麗だ。

この記念碑を前に、ホーソーンは〈ケベックのウルフ〉の死と記念碑に関する自らの言葉による情景を思い浮かべていただろう。「地位、名誉、国王のなしうるあらゆることが、イギリスでウルフを待っていた。だが、彼にとってそのとき、その場所で死んだ方が良かったのだ。彼の石の枕にもたれ、勝利の祝いを聞きながら、そしてブリテンの領地に加えた塵を彼の生き血で浄めて」。ホーソーンにとってウルフは公のために真の情熱と命を捧げた、真の英雄である。彼が、この寺院の〈ウルフの記念碑〉に言及しなかったのは、派手な記念碑がウルフに似つかわしくないと思ったからだろうか。

ところで一般にウルフを記念する最も有名なものは、ベンジャミン・ウェストの歴史画〈ウルフの死〉であろう。ホーソーンもそれに触れている。しかし、すでに述べたように、この絵を含めてウェストの絵に対するホーソーンの評価は芳しくない。「これらの恐ろしい場面は世界を眺めるために掲げられるべきではない」(6: 228) と、この絵に対して否定的である。『英国ノート』でも「ウェストのいろいろな絵については考えるのも嫌だ」(21: 326) と述べ、ウェストの〈最後の審判〉の絵を「ばかばかしい曲解」(21: 428) とみなしている。ウェストに対する疑念はどこから来るのだろう。

その原因の一つは、一般の人々の精神の教化をになう、歴史画家という公のための職業にもかかわらず、余りにも杜撰なウェストの認識へのいらだちにあると思われる。〈ウルフの死〉を例にとってみよう。ケッセルリングの記録からホーソーンが読んでいたと思われるダンラップの指摘のように、インディアン戦士は裸足で戦に参加することはなく、必ず「モカシンを履いていた」が、〈ウルフの死〉のインディアン戦士は裸足で描かれている。ウェストは指摘されて初めてその事実を知ったという（Dunlap 1: 64）。また、ウルフは高地人《ハイランダー》を差別しなかったが、インディアンを差別しなかったわけではない。そもそもインディアンそのものがケベック・シティのウルフのキャンプにはいなかった（Quimper 121）。にもかかわらずウェストはインディアンを前景に大きく位置させた。無責任なこの間違いを伴って、この絵の複製が世界中に出回り、この絵をもとに画家たちはケベックのウルフを描き続けてきた。その結果、この絵はウルフがインディアンへの人種差別をしないことの表象、すなわちウルフの民主主義の表象となって今日に至っている。ホーソーンがウェストの〈最後の審判〉の絵を「ばかばかしい曲解」（21: 428）と述べているのも、この画家の無責任さへの批判であろう。

六　サー・ピーター・ウオレン

ホーソーンがイギリスの軍人ウルフを賞賛する理由は、すでに述べたように、カナダでイギリスに勝利をもたらしフランスを北アメリカから撤退させたことが、のちのアメリカの独立に一つの役割を果たしたという、愛国主義的立場から来るかも知れない。しかし、それだけであろうか。それならば同じ意味でアメリカに貢献したサー・ピーター・ウオレン（Sir Peter Warren）にもまた、賞賛を与えるはずだ。ヨーロッパにおける英仏の対立を北アメリカに持ち込んだ世界戦争で一七四五年ノヴァ・スコシアのルイスバーグ包囲攻撃を指揮して勝利した、イギリスの国民的英雄であるからだ。にもかかわらず、ホーソーンはウオレンに負の評価さえ与えている。ウオレンのウェストミンスター寺院の記念碑がホーソーンに引きおこした感情は一八五五年九月一〇日付けメモに示唆される。

ピーター・ウオレンを忘れてはなるまい。彼にウェストミンスター寺院の中に場を獲得させたのは彼自身の手柄というよりニュー・イングランドの人々――昔のマサチューセッツの――勇気ある大仕事の手柄であったという限りにおいて。(21: 320)

『英国ノート』には具体的に記されていないが、ホーソーンが山なす大理石の記念碑群の中に見た、ウオレンの白い大理石製記念碑は、我々が現在目にするものより巨大で壮麗であったはずだ。巨大なユニオン・フラッグと、大砲と錨で装飾されたピラミッド状に聳え立つ大理石の後背壁が、現在は撤去されているからだ。ウェストミンスター寺院図書館カタログは現在の記念碑を次のように説明する。「ハーキュリーズがこの海軍提督の胸像を台座の上に置く動作をし、向かって右には豊穣の角の上に〈航海術〉が座っている」。台座の基底部には「幾つかの海軍の楯、彫刻されたウオレンの紋章、バース勲章の記章」がある。胸像の置かれた台座の碑文は「サー・ピーター・ウオレン／バース勲爵士／イギリス艦隊の／赤色艦隊副将官／シティとウェストミンスター特別区の下院議員」と刻まれ、台座最下部には「アイルランドの古い家系の出で、彼の名誉は彼の徳と能力による……征服の喜びは大英帝国年代記に記されるに値する。……友として紳士としてキリスト教徒としてのすべての優しい特質を有する思慮深く勇敢な士官(8)」などとオマージュが続く。ホーソーンが見たのは、まさしく手柄を独り占めにした壮麗な名誉の表象であった。

ウオレンの記念碑を前にしたホーソーンの先述の言葉の意味は、若い頃の一八三三年版『トークン誌』に寄せた「サー・ウイリアム・ペパレル」の一節から明確になる。「サー・ピーター・ウオレンは気性の激しい高慢な、名声に貪欲なイギリスの船乗りだが、彼のために名声を勝ち得た人々〈植民地軍〉を軽蔑していた」。フランスの「ヴォルテール」は終始「ニュー・イングランド農民のお手柄を評価」してきたが、イギリス人は「征服を殆ど海軍の武勇に帰し」、「ウオレンはルイスバーグで集められた月桂冠の収穫をすべて不当にも独り占めにした」(23: 89, 91-92)。ホーソーンの心眼に映るウオレンは負傷を押して勇敢に戦い、国家に勝利をもたらしはした。しかし、その情熱は国家・国民を救うための純粋な情熱ではなく、自己の名声に貪欲な自己中心的な情熱だった。共に戦った植民地の人々と勝利の栄光を分かち合うことはなかったからだ。この類の軍人は、たとえ命と引き替えに国家に勝利をもたらしたとしても、真の英雄としてホーソーンの評価を得ることは出来ない。その好例をホレイショ・ネルソンにも見ることができる。

七　ネルソンの二つのコート

ホレイショ・ネルソンは一八〇五年のトラファルガーの戦いでスペイン・フランス連合艦隊を破り、ナポレオン軍の進撃を阻止した、当時のイギリス最大の英雄であった。ホーソーンの言葉を借りれば一九世紀半ばの「イギリス国民にとっては、ネルソンさえいればベイコンもシェイクスピアも不要」(21: 327) なほどだった。

ホーソーンもネルソンに興味を抱き、イングランド各地で見たネルソンの記念碑を『英国ノート』に記している。トラファルガー広場のネルソン像はもちろん、エジンバラで「堂々たる記念碑が幾つも建っている」「カールトン・ヒル (Calton Hill)」(22: 325) で、ネルソンの記念碑とウォータールーで倒れた人々の、国の記念碑 (22: 672n) を見た。一八五五年九月二八日にはセント・ポール大聖堂で、ピクトン (Thomas Picton) やアバクロンビ (Ralph Abercrombie) らナポレオン・ボナパルトの戦いに命を落とした多くの軍人たちの記念碑のなかにネルソン記念碑を認めた (21: 362)。一八五六年七月一三日のメモではギルドホールでも「ネルソン卿にもまた一つ記念碑がある」(22: 78) と記している。

しかしホーソーンはネルソンに好意的でなく、「他の誰も持たない深刻な数々の弱さを持つ」「胡散臭い偉人」(21: 327) と、厳しい評価を下している。イギリス人のみならず世界の語り草となっていた英雄を、何故ここまで貶めるのだろうか。その根拠をネルソンの衣服の描写に探ってみよう。ホーソーンは情熱の傾け方や性格を衣服に読み、生身の人物の衣服のみならず、彫像や肖像画の人物の衣服にしばしば言及するからである。「イギリス海軍の戦争で有名を馳せた昔の海軍将官たちの肖像画」(21: 327) でひしめく、グリニッチの壮麗な「絵画の広間」に関する一八五五年九月一一日付け『英国ノート』のメモに注目しよう。ウルフやネルソンの遺体が一旦置かれた所として名高いこの場所で「最も興味深い」のは、「それぞれ個別のガラスケースの下に置かれた、ネルソンの二つのコート。一つはナイル海戦で着用したものだが、今やかなりの程度、蛾 (moth) に喰われており、数年たてばすっかり滅ぼされるだろう。アメリカでワシントンのコートに時々施されている蒸し焼きの方法をとらない限りは」(21: 327) と記されている。蛾と衣服をめぐる英米を代表する英雄の対比は意味ありげである。

ホーソーンにとって蛾は蝶と似て非なる存在である。彼にとって蝶は神聖な意味を持つ。「美の芸術家」では、「空を飛ぶ〔蝶の〕軌道は天国への道」(10: 470) を示唆している。しかし、蛾は概観こそ蝶によく似ているが、本質的に蝶とは異なる。『緋文字』序文「税関」において、「緋色の布をぼろぼろにした」蛾は、「神聖さを汚す (sacrilegious) 蛾」(1: 31) と定義されている。[9] アメリカではワシントンの神聖さに大いなる価値を認め、彼の衣服を注意深く蛾から守るが、イギリスでは、ネルソンが神聖か否かなど吟味せず、その衣服も蛾に喰われるがままだ、と言わんばかりである。

ホーソーンの興味を惹いたもう一つのネルソンのコートはさらに謎めいている。

〔ネルソンが〕致命傷を受けたとき身につけていたコートで、弾丸の穴が肩のところに見え、そこではまた、肩章 (epaulette) の一部が引き裂かれている。コートの胸に騎士の序列を示す三～四個の星が縫いつけられており、その輝きが敵の狙いを引きつけたと思われる。コートの上に、大きな血の染みの付いた白いウエスカット (waistcoat) が置かれているが、あの血が吹き出て以来、五〇年経てその染みからは赤さが褪せてしまっている。それでも、それはかつてイギリスで最も赤い血――即ちネルソンの血だった。(21: 327)

赤さが強調されるネルソンの血とは何を意味するのであろうか。

衣服をアトリビュートとみなすホーソーンの、ネルソンの衣服の解釈には、ウルフの衣服の描写が参考になる。敵の弾丸で息絶えたときにウルフが身につけていた衣服の実物をロンドン塔で見たホーソーンは、一八五五年九月一一日付け『英国ノート』に、「ウルフがエイブラハム高原で亡くなったとき、下に敷かれているマントを見た。粗布の、褪せて糸の擦り切れた薄い色の上着（a coarse, faded, threadbare, light-colored garment）で、ガラスケースの下にたたんであった」（21: 323）と書き留めた。陣頭に立ち、一心に指揮を執るウルフの、煌びやかさの微塵もない衣服に、虚飾をはぎ取った真の英雄のしるしを見たのであろう。

ウルフの衣服は質素で地味、身を飾る類のものはないが、ネルソンのそれは煌びやかで目立つ。ネルソンの衣服は決戦における指揮官にはふさわしくない。身を飾る勲章の類は動きを鈍くするばかりか、金の星や金の肩章はきらきら輝くため、「敵の狙いを引きつけ」、標的になりやすい。ネルソンは、危機を呼び寄せる衣服をことさらに纏っていた。如何なる戦闘においても、敵の最大の標的は相手方の軍隊の指揮官の命であるというのに、これでは命中させよと誘っているも同然だ。

実際、ホーソーンの記すネルソンの衣服は、ホーソーンの『英国ノート』のメモに先立つメルヴィルの『イズラエル・ポター』（*Israel Potter* 1854）の一節を思い起こさせる。独立戦争においてイギリス軍と対峙するアメリカ側のパトナム（Putnam）が部下の狙撃兵に、「肩章を着けた（epauletted）」「敵の将校」の「目を狙え」と熱弁をふるう。イスラエルは狩猟で鍛えた腕で「金の肩章（golden epaulettes）」の真ん中を、「荒野で鹿の枝角の真ん中を狙い撃ったように」（Melville 13）狙い撃ちした。

敵の狙い撃ちを誘発する衣服で敵の正面に姿を現したネルソンの情熱にホーソーンは疑問を投げかける。ネルソンの赤すぎる血に、国歌への純粋な情熱以外の激しい情念を見出したのではないか。続く場面ではその意味にさらに的が絞られる。ネルソンの生涯と勝利の数々を描いた絵で溢れる隣の小部屋でネルソンに言及する。

思うにイギリス国民は、他の誰よりも彼を愛したし、また今後も愛するであろう。そして彼等の歴史からこの一人の胡散臭い偉人（questionably great man）を失うぐらいなら、シェイクスピアもニュートンもベイコンもその他イギリスの価値あるあらゆる人々をも諦めるであろう。彼ほど深刻な数々の弱さ（serious weaknesses）を持った男はいなかったのだが私にはイギリス人たちの下す評価と争うつもりは毛頭ない。過去も現在もイギリス人たちにとって彼は最も価値ある男なのだ。（21: 327 傍点筆者）

ネルソンの「イギリスで最も赤い血」は、「胡散臭い偉人」の持つ最上級の「深刻な弱さ」を表象している。この意味はさらに一八五七年七月三〇日のアルフレッド・テニスンに関するメモから明らかになる。

〔テニスンは〕非常に神経質で、しかも、およそイギリス人的ではない。実を言えば、イギリス人の天才というものは通例イギリス人的特性を欠き、極めて異常であり、完全に病んでいる。彼等の偉大な船乗り、ネルソンでさえも、彼を英雄に仕立てた特性においてイギリス人的ではない。すなわち彼〔ネルソン〕は完全なイギリス人などではないどころか、敏感で神経質で興奮しやすい、異種の生き物。実際どちらかというとフランス人のようだ。（22: 353 傍点筆者）

ホーソーン描くテニスン像から逆照射してネルソン像をまとめると次のようになる。「ネルソンの真っ赤な血」は「胡散臭い偉人」の持つ「深刻な弱さ」と異常性と病気の表象である。「彼を英雄に仕立てた特性は、敏感で神経質で興奮しやすい」ところにある。彼は「完全なイギリス人」どころか、「異種の生き物」、どちらかというと「フランス人」である。「真っ赤な血」は、「深刻な弱さ（weakness）」と、芸術家の異常で病的な想像力を持つ、『緋文字』のヘスターを思い出させる。「罪深い情熱」の落とし子パールが「深紅と黄金」の色合い（“deep stains of crimson and gold,” 1: 91）を帯び、当の牧師によって「神聖な愛」とは区別されるヘスターの「汚れた情欲」（1: 114）が、チリングワースから「弱さ（weakness）」（1: 74）と呼ばれていること、ここから生まれるヘスターの想像力が「病んだ想像力」（1: 86）と呼ばれていることを考え合わせると、ホーソーンはネルソンの「真っ赤な血」の持つ「病的な弱さ」から、あとで述べるネルソンの、私生児までもうけた有名な姦通を連想していると思われる。

このことは『英国ノート』に登場するロバート・バーンズ（Robert Burns）の長男の描写によっても裏付けられる。「私生児を持った」「悪評高い」長男は、父親の「弱さ（weakness）」と同時に父親の「偉大な才能」の片鱗をも「受け継いでいる」（22: 270）。ホーソーンの言う赤い血の関わる「弱さ」とは、私生児を産み出す汚れた情熱（情欲）を指していると言って間違いはないであろう。ホーソーンにとってネルソンの赤すぎる血の示す情熱は、国家のための純粋なイギリス的情熱ではない。『われらが祖国』に述べるように、「女性のごとき繊細な体格」と「詩人のごとき鋭敏な感覚」を持ち、「病的なものによって強烈になり」、「均衡を欠いた徴候」（5: 232）、フランス人的な、狂気を秘めた詩人の情熱なのだ。

八　二人のスパイ——アーノルドとアンドレ

イギリス人が崇めるネルソンをホーソーンがここまで嫌悪するのは、イギリスへのコンプレックスとアメリカ贔屓に起因するとみなされるかもしれない。現に『英国ノート』をもとに編集した『われらが祖国』におけるホーソーンのイギリス人批判は、フィールズが伝えるように、ホーソーンのコンプレックスとしてイギリス知識人から激しい非難を被った（Simpson 5: xxxi; Franklin 276）。しかしこの読みは短絡的に過ぎよう。ホーソーンはイギリス軍人をすべて足蹴にするわけではないからだ。独立戦争を通して「最も興味深い出来事の一つ」（Parley 2: Ch. 173）とみなす「一七八〇年の出来事」に登場する英米二人のスパイに、ホーソーンは国籍上の差別をしない。「極めて勇敢な働きを見せた士官」だが論功行賞に不満を持つアメリカのベネディクト・アーノルド（Benedict Arnold 1768-1795）が、アメリカの運命を左右する「強固な要塞ウェスト・ポイントの降伏」を画策し、ニューヨークのイギリス軍将軍サー・ヘンリー・クリントンと秘密の交渉に及んだ。この反逆行為を完成させる「手だての相談」のために、イギリス軍から密使としてジョン・アンドレ少佐（John André 1751-1780）が送られた。ウェスト・ポイントの見取り図をアーノルドから手渡されたアンドレは、これをニューヨークのイギリス軍に運ぶ役目を負っていたが、「タリータウン」においてことが発覚し、捕えられた。アンドレは「大陸軍によってスパイとして処刑」され、アーノルドはニューヨークに逃亡し（Parley 2: Ch. 173）、イギリス軍に入り、一七八二年にイギリスに移住した（21: 534n）。

アメリカ革命軍に対するスパイ行為を働いたこの二人の判断に際して、ホーソーンは国籍の違いを考慮せず、アメリカ人アーノルドに対しては極めて厳しいが、イギリス人アンドレに対しては憐れみを見せる。『英国ノート』一八五四年三月二八日の項でアーノルドの四人の息子とその子供たちの繁栄に触れ、「我が真実の心を持った革命の英雄たちのうち、誰がこの大反逆者以上に子孫の繁栄を残しているだろうか。この人たちの、先祖に対する感情を知りたいところだ」（21: 87）と酷評した。これに対してイギリス人アンドレには親しみと同情が寄せられる。アンドレが「スパイとして裁かれ、死罪となった。ワシントンと軍隊全体が彼を気の毒に思ったが、彼を絞首台から救う手ては何もなく、死刑が執行された」（Parley 2: Ch. 173）と一八三七年にすでに記している。『英国ノート』一八五五年七月四日、独立記念日のメモでは、リッチフィールド大聖堂の“Cathedral Close”と呼ばれる中庭の小道を、「アンドレ少佐お気に入りの場所だ、アメリカに渡って縛り首になる前に彼はここでよく散歩した」（21: 225）と描き、一八五五年にはイギリスの眼前の風景から、独立戦争末期のアメリカでのアンドレを追憶する。アンドレは一七七五年にイギリス軍の一員として渡米するまで、ここで文学サークルに属していた（21: 588n）。

処刑されたアンドレ少佐の遺体は、一八二一年にアメリカのタッパンからイギリスに戻され、ジョージ三世の費用でウェストミンスター寺院南廊に築かれた記念碑に近接して埋葬された。[10]その記念碑を目にしたホーソーンは、一八五五年九月一〇日付けで、「閉館間近に」、「きれいで小さなミニチュア彫刻である」「アンドレ少佐の記念碑をちらと見た」（21: 321）と記している。眼前の小さく美しい記念碑を通して、美しく控えめな芸術家アンドレを追憶する。ロバート・アダム（Robert Adam）設計、P・M・ヴァン・ゲルダー（Peter Mathias Van Gelder）による彫刻の「白い大理石製の堅形記念碑」で、古代ローマ風石棺 "sarcophagus" を台座が支える。石棺の上に「ライオンを従えた嘆きの女神ブリタニア」が座し、石棺正面の浅浮き彫りには、テントの中のジョージ・ワシントンと処刑へと導かれるアンドレの図像が表されている。[11]

過激なナショナリストであれば、仮にも反逆罪に荷担したアンドレにこのような同情は寄せまい。しかしホーソーンは言う。「アメリカ人たちはウェストミンスター寺院を誇らしく思う権利がある。というのはそこに眠る殆どの男たちは彼らの国の偉人たちであると同様に我が国の偉人たちでもあるからだ」（21: 321）。ホーソーンがアメリカ人とイギリス人を分け隔てしている、と考えるのは早計に過ぎよう。

以上に見るように、ホーソーンは、純粋な自己犠牲の情熱をもって国家・国民のため公のために尽す軍人の姿をジョージ・ワシントンに、[12]またジェイムズ・ウルフに見た。一方、それとは似て非なる情熱、すなわち公のためと見せながら、実は己の情欲のため、己の栄誉のために燃やす、二重に熱い自己本位の病的な情念をネルソンに見た。ネルソンは恩人ウィリアム・ハミルトンの若い妻エマと道ならぬ恋に血道を上げ、恩人を苦しめた。サウジーの言うように「この呪われた情熱は家庭の幸福を破壊したばかりか、彼の公の名声に消しがたい汚点を残させた」（Southey 202）。それればかりではない。ウェストが「ボストンから来たアメリカ人、ジョージ・ティクナーに語った話」では、トラファルガー海戦出発前の宴会の席で、ネルソンがウェストに、ウェストの絵画〈ウルフの死〉の栄光を憧れていると述べ、ウルフと同様の絵をウェストが描いてくれるなら、「自分は次の海戦でよろこんで死にたい」と言ってグラスをあわせたという（Erffa 222）。この話に多少の矛盾があったとしても、ホーソーンはこの話をジョージ・ティクナーから聞いていた可能性がある。なぜならホーソーンは渡英前の一八五〇年五月五日付け『アメリカン・ノートブックス』に、当のティクナーとの会見を記しているからである。一説によれば、ネルソンはウルフについてのジョン・ノックスの記録『北アメリカ軍行動報告書』や部下へのウルフの有名な訓辞の載った書物を購入し、ウルフに身近な人々の話を寄せ集めてモデルとし、ウルフのごとき国民的英雄にならんと欲していた。ウルフと同じ状況になったとき、ウルフそっくりの言葉を発したのはウルフにあやかって自分の栄光を求めようとした自己中心性の表れとの見方もある（Brumwell 327-28）。

ホーソーンはこのように二重の意味で自己中心的なネルソンの、あまりにも熱い情念を、「ネルソンの真っ赤な血」という、どこか〈緋文字〉を思わせる不名誉な表象を用いて表したと考えられる。

九　再び、戦争をめぐるホーソーンの瞑想

ホーソーンは若い頃から戦争や兵士・軍人を作品に登場させてきたが、それらに対する彼の真意は曖昧であった。周知のように、「地球の大燔祭」（"Earth's Holocaust" 1844）や『ブライズデイル・ロマンス』では改革の空しさを訴え、改革や戦いに否定的な態度を表しているかのようである。それでいて、平和が戦争を通してやってくる可能性をも認め、単なる反戦論者とは袂を分かっていた。「人面の大岩」で理想的人間として描かれるアーネストは、若く、「単純素朴であるにもかかわらず」、いつも「広い視野をとって」、神の、「人間には計り知れない知恵」は、「軍人と血塗られた剣によってすら人類に幸せをもたらすこともあり得ると考えることができた」（11: 36）。こうして読者は戦争に関するホーソーンの真意を掴みかねてきた。しかし、晩年の「主として戦争問題について」では、表面的には南北戦争見聞記の形を取りながら、実際は神話化された戦争についてのホーソーンのヴィジョンの表明を見て取ることが出来

る。

すでに他のところで論じたので詳述は避けるが、(13)「主として戦争問題について」においてホーソーンは、人間は、戦争しないではいられないという生来の破壊本能を本性とするがゆえに、真の平和はこの世では実現され得ないと結論する。「人間をして互いにその手に武器を持たせて向かい合わせてみるがよい。そうすれば彼らは、長い年月の間、平和と善意のうちに遊びあった後でも……野蛮な時代と同じように、いかに平和を享受した後でも、すぐに互いに殺し合おうとする」(23: 421) からである。『楽園喪失』(*Paradise Lost* 1667) で「ミルトンが歌う」「ルシファー」(23: 442) の天使兄弟の壮絶な戦いが示すように、「兄弟は時としてもっとも憎しみあう」ものでもある。従って〈この世〉の人間兄弟の間で戦争が皆無になる事はない。人間兄弟の憎しみが解かれるのは、「ルシファーと三分の一の天使たちが金色に輝く宮殿から出て行った後」の、今は憎しみのない「天国らしい天国」においてである。戦争のないところでこそ「祝福の極地」、「〈愛〉と、静かな家庭」(23: 442) が得られるとの示唆である（本書第七章参照）。

フロイトの戦争観を一〇〇年先取しているかのようなホーソーンの文脈のなかで、〈あの世〉の真の平和に向かうべく、〈この世〉で仮にも準備することが出来るとすれば、他者のために純粋に身を捧げる情熱、すなわち自己犠牲の神聖な愛の行為を示すことによってであろう。この世の日常では、アーネストのように、身近な人々のなかで生き、彼らのために「緑豊かな川辺」を徐々に形成し、結果的に彼らの心を癒やし教化するという、個人の無私の愛の行為に現れる。戦争という国家間の関係では、国家のため、公のため、そして国民のための自己犠牲の行為となって現れる。

ホーソーンにとって、戦争に、あるいは兵士に、いささかでも意義があるとすれば、それは公のため国民のために己が身を投げ打って尽くす姿を、人々に目に見える形で示しうるところにあったのではないか。この観点からも「主として戦争問題について」の主張は注目に値する。「人間の優れた特性についてのかなりの直感力」(23: 423) を持っている語り手は、「間近に顔を合わせた」経験から、とにかく非難のあったマクレラン将軍のなかに「勇気と誠実」についての確かな信頼を抱くことが出来た。しかし「モニター号」(23: 434) に代表される「新しい戦争の悪魔」とも言うべき「鉄鍋」のごとき「奇妙な艦」の出現により、「海戦」の「勇ましい精神は――科学は人間の高貴な可能性を抑えつけ――まったく重要性のないものとなる。そうなれば、その勇ましい精神の持ち主は、彼自身の身につけている装飾の堅い表面を打ち破って、その精神をちらりとも外界に見せてやることは不可能になるだろう」(23: 434)。ジョージ・ワシントンに表象される、国民のための自己犠牲、聖職者にも似た軍人の「勇気と誠実」が示されるところに、唯一戦争の意味、軍人の意味を見ていたホーソーンの真情が吐露されている。科学による戦争の新たな装置の誕生により、ホーソーンにとってもはや戦争の存在意義は失われた。近代兵器の発達により、要塞が鉄で覆われた鍋になり、軍人の勇気のありようが目に見えなくなる。ホーソーンの場合、戦争に意味があるとすれば、騎士道における理想的人間の、真の勇気を表象する場としての意味があった。無名性に堕した近代戦に戦争の意味を見失ったホーソーンは、今後の戦争に筆を染めることはないであろう。

ウルフはホーソーンの追憶のなかで堂々と立ち上がる。公のために自己を捧げる真の勇気と誠実の表象として硝煙の中から現れる英雄の姿が、読者ばかりかホーソーンをも惹きつけてやまなかったのではないか。かくしてホーソーンはネルソンを退け、ウルフを高く評価したのであった。

＊本章は、二〇〇八年度日本ヴィクトリア朝文化研究学会全国大会（二〇〇八年八月一一日）における特別研究発表「ホーソーンの〈みた〉二つのイングランド――『英国ノート』を中心に」の原稿と、二〇〇八年度関西大学英文学会年次大会（二〇〇八年一二月）におけるシンポジウム「英米文学と戦争」での司会・講師として発表した「ホーソーンの戦争観」の原稿を合わせ、加筆修正を施したものである。また、平成二〇―二三年度日本学術振興会科学研究費補助金基盤研究(C)「ホーソーン文学における歴史と詩学の位相――独立期アメリカの精神と文化の表象を読む」（課題番号 20520264）による研究成果の一部である。

なおタイトルに用いた「追憶のなかの」という語は橋本安央氏のホーソーン協会関西支部例会（二〇〇九年一二月二五日）での研究発表「追憶のなかの南海――*Typee* と *Omoo* をめぐって」に示唆を得た。紙上をお借りして謝意を表したい。

【註】

（1）たとえば手元には Dan Snow, *Death or Victory: The Battle of Quebec and the British of Empire*; Stephen Brumwall, *Paths of Glory: The Life and Death of General James Wolfe*; C. P. Stacey, *Quebec, 1759*, Rev. ed. Ed. Donald E. Graves; Stuart Reid, *Wolfe: The Career of General James Wolfe from Culloden to Quebec* 等があるが、最近のこの種の書物の多くはカナダで出版されている。

（2）Stephen Brumwell, "The First Trans-Atlantic Hero? General James Wolfe and British North America," *The Historian: The Magazine of the Historical Association* 84 (2004): 8-15 というタイトルの論文がある。

（3）Paul Giles, *Transatlantic Insurrections: British Culture and the Formation of American Literature, 1730-1860*. この書の第七章でジャイルズは『緋文字』をアメリカとイギリス、ピューリタンとカトリックを交差させて読む他、イギリスとアメリカを相互に関連づける著作家たちの作風を論じている。

（4）Henry F. Chorley, "Nathaniel Hawthorne," *Athenaeum* 1911 (11 June 1864): 808 から引用。Benjamin Franklin V., *Dictionary of Literary Biography*, vol. 269, *Nathaniel Hawrhorne, A Documentary Volume*, 285 に抜粋されている。フランクリンによればチョーリーはしばしばホーソーン作品を書評したイギリスの批評家で、一八五九年にイギリスでホーソーンと会っている (Franklin 285)。なお、ホーソーンとチョーリーとの関係については水野真理「ヘンリー・フォザギル・チョーリー――ヴィクトリア朝におけるホーソーンの発見」『文学と評論』第三集第六号（二〇〇八）一一―二六頁を参照。

（5）入子『アメリカの理想都市』に詳しい。

（6）但し、石の枕にもたれて死んだというのは伝説。実際には亡くなった正確な地点を記すために一七五九年にイギリス兵たちが大きな石を転がして置いたという（Quimper 117）。

（7）Dean and Chapter of Westminster, 8/2.001, No.1 of Catalogue Papers of Westminster Abbey Library.

（8）Dean and Chapter of Westminster, 7/2.019, No.10 of Catalogue Papers of Westminster Abbey Library. Dean and Chapter 90.

（9）ホーソーンにおける蛾と蝶との意味の違いについては、関西大学文学部大学院（英文専修）修士課程のゼミ学生堀内健裕さんが、大学院講義「比較文学」のレポートとして二〇〇八年二月一日に提出した「蛾の解釈」論を参照。

（10）Dean and Chapter of Westminster, 4/1.083, No.11 of Catalogue Papers of Westminster Abbey Library.

（11）Dean and Chapter of Westminster, 4/1.083, No.11 of Catalogue Papers of Westminster Abbey Library.

（12）ホーソーンのジョージ・ワシントンの見方については、入子「ホーソーンの〈ジョージ・ワシントン〉」で論じている。（※本書第八章）

（13）ホーソーンの戦争観については入子「『ある鍵の伝記』を読む」を参照されたい。（※本書第七章）

【引用文献】

Allen, Zachariah. *The Practical Tourist, or Sketches of the State of the Useful Arts, and of Society, Scenery, &C. &C. in Great-Britain, France and Holland*. 2 vols. Boston: Richardson, 1832.

Brumwell, Stephen. *Paths of Glory: The Life and Death of General James Wolfe*. Montreal: McGill UP, 2006.

Chorley, Henry F. "Nathaniel Hawthorne." *Athenaeum* 1911 (11 June 1864).

Dean and Chapter of Westminster. *Westminster Abbey: Official Guide*. 1965. 2005.

—. "〔413〕Major John André (1751-1780)." 4/1.083. No.11 of Catalogue Papers of Westminster Abbey Library.

—. "〔176〕Major-General James Wolfe (1727-1759)." 8/2.001. No.1 of Catalogue Papers of Westminster Abbey Library.

—. "〔139〕Vice-Admiral Sir Peter Warren, K. B (1703-1752)." 7/2.019. No.10 of Catalogue Papers of Westminster Abbey Library.

Doubleday, Neal Frank. *Hawthorne's Early Tales: A Critical Study*. Durham, NC: Duke UP, 1972.

Dunlap, William. *A History of the Rise and Progress of the Arts of Design in the United States*. 1834. Ed. Rita Weiss. 2 vols. New York: Dover, 1969.

Erffa, Helmut von and Allen Staley. *The Paintings of Benjamin West*. New Haven: Yale UP, 1986.

Franklin, Benjamin V. ed. *Nathaniel Hawthorne: A Documentary Volume*. *Dictionary of Literary Biography*. Vol. 269. Detroit: Gale, 2003.

Giles, Paul. *Transatlantic Insurrections: British Culture and the Formation of American Literature, 1730-1860*. Philadelphia: U of Pennsylvania P, 2001.

Hawthorne, Nathaniel. *The American Magazine of Useful and Entertaining Knowledge*. Vol. 2. Boston: John L. Sibley and James B. Dow, 1836.

---. "The Artist of the Beautiful." 1844. Vol. 10 of *The Centenary Edition*. 447-75.

---. *Biographical Stories for Children.* 1842. Vol. 6 of *The Centenary Edition*. 213-284.

---. "Chiefly about War-Matters by a Peaceable Man." 1862. Vol. 23 of *The Centenary Edition*. 403-42.

---. "Earth's Holocaust." 1844. Vol. 10 of *The Centenary Edition*. 381-404.

---. "Famous Old People." 1841. Vol. 6 of *The Centenary Edition*. 71-139.

---. "The Great Stone Face." 1850. Vol. 11 of *The Centenary Edition*. 26-48.

---. "Howe's Masquerade." 1838. Vol. 9 of *The Centenary Edition*. 239-55.

---. "Old News." 1835. Vol. 11 of *The Centenary Edition*. 132-60.

---. *Peter Parley's Universal History, on the Basis of Geography*. By S. G. Goodrich. 1st edition. Boston: American Staioner's Company, 1837.

---. "Sir William Pepperell." 1833. Vol. 23 of *The Centenary Edition*. 84-93.

---. *The Whole History of Grandfather's Chair.* 1841. Vol. 6 of *The Centenary Edition*. 5-210.

---. "Young Goodman Brown." 1835. Vol. 10 of *The Centenary Edition*. 74-90.

Hinton, John Howard, ed. Vol.1 of *The History and Topography of the United States*. London: The London Printing, 1842.

Hutchinson, Thomas. *The History of the Colony and Providence of Massachusetts-bay*. 2 vols. 3rd ed. Salem: Cushing, 1795.

Juneau, Andre. "A Desire to Remember." *The Taking of Québec, 1759-1760*. Quebec City: Musée national des beaux-arts du Québec, 2009.

Kesselring, Marion L. *Hawthorne's Reading, 1828-1850*. 1949. Norwood, PA: Norwood Editions, 1976.

Lundblad, Jane. *Nathaniel Hawthorne and European Literary Tradition*. Uppsala: Lundeguistska Bokhandeln, 1947.

Melville, Herman. *Israel Potter: His Fifty Years of Exile*. Ed. Harrison Hayford, Hershel Parker, and G. Thomas Tanselle. Evanston: Northwestern UP and Newberry Library, 1982.

Parkman, Francis. *Montcalm and Wolfe.* France and England in North America. 1884. NewYork: Frederick Ungar, 1965.

Quimper, Hélène and Daniel Drouin. *The Taking of Quebec, 1759-1760*. Quebec City: Musée national des beaux-arts du Québec, 2009.

Ramsay, David. *Military Memoirs of Great Britain: or, a History of the War, 1755-1763.* Edinburgh. 1779.

Reid, Stuart. *Wolfe: The Career of General James Wolfe from Culloden to Quebec*. Staplehurst, Kent: Spellmount, 2000.
Simpson, Claud M. Introduction. *Our Old Home*. Vol. 5 of *The Centenary Edition of the Works of Nathaniel Hawthorne*. 1970. xiii-xli.
Snow, Dan. *Death or Victory: The Battle of Quebec and the Birth of Empire*. London: Harper Press, 2009.
Southey, Robert. *The Life of Nelson*. London: Murray, 1830.
Stacey, C.P. *Quebec, 1759*. Rev. ed. Ed. Donald E. Graves. 1959. Montreal: Robin Brass Studio, 2007.
Trépanier, Esther. "History as an Imaginary Construct." *The Taking of Québec, 1759-1760*. Ed. Andre Juneau. Quebec City: Musée national des beaux-arts du Québec, 2009.
Turner, Arlin, ed. *Hawthorne as Editor: Selections from His Writing in The American Magazine of Useful and Entertaining Knowledge*. University, LA: Louisiana State UP, 1941.
Walker, Hovenden. *A Journal: Or Full Account of the Late Expedition to Canada*. London: Browne, 1720.
Willis, N. P. *Canadian Scenery Illustrated in a Series of Views by W. H. Bartlett*. London: George Virtue, 1840.
入子文子『アメリカの理想都市』関西大学出版部、二〇〇六年。
——「『ある鐘の伝記』を読む」『独立の時代』入子文子・林以知郎編著、世界思想社、二〇〇九年、一一一—四八頁。（※本書第七章）
——「ホーソーンの〈ジョージ・ワシントン〉」『アメリカ研究』第四三号（特集—「大統領」）日本アメリカ学会、二〇〇九年、一—二一頁。（※本書第八章）
——「ホーソーンの〈みた〉二つのイングランド」『メディアと文学が表象するアメリカ』山下昇編、英宝社、二〇〇九年、二九—五五頁。（※本書第六章）
ホーソーン、ナサニエル『ナサニエル・ホーソーン短篇全集』Ⅰ・Ⅱ　國重純二訳、南雲堂、一九九四年、一九九九年。
水野真理「ヘンリー・フォザギル・チョーリ——ヴィクトリア朝におけるホーソーンの発見」『文学と評論』第三集第六号、二〇〇八年、一一—二六頁。

【初出一覧】

◉第一部

第一章「夢と崩壊の逆説――『ブライズデイル・ロマンス』論」『神戸海星女子学院大学研究紀要』二六（一九八七年）、六一―八三頁。

第二章「語り手 Coverdale の語りをめぐって――*The Blithedale Romance* 試論」『神戸常盤短期大学紀要』一〇（二）別冊（一九八八年）、二三―三四頁。

◉第二部

第三章「"Tombstone" を特定する――*The Scarlet Letter* 覚え書き」『神戸海星女子学院大学　研究紀要』三一（一九九二年）、一七一―八五頁。

第四章「高貴なる針仕事――ヘスター・プリンの系譜」『図像のちからと言葉のちから――イギリス・ルネッサンスとアメリカ・ルネッサンス』大阪大学出版会（二〇〇七年）、一八一―二三〇頁。

第五章「小さな赤い手――〈あざ〉の図像学」『視覚のアメリカン・ルネサンス』世界思想社（二〇〇六年）、四―二九頁。

第六章「ホーソーンの〈みた〉二つのイングランド――蔦《アイヴィー》をめぐる瞑想」『メディアと文学が表象するアメリカ』英宝社（二〇〇九年）、二九―五五頁。

◉第三部

第七章「『ある鐘の伝記』を読む――ホーソーンにおける歴史と詩学の交錯」『独立の時代――アメリカ古典文学は語る』世界思想社（二〇〇九年）、一一一―四八頁。

第八章「ホーソーンの〈ジョージ・ワシントン〉――歴史と詩的想像力の交錯」『アメリカ研究』アメリカ学会、四三（二〇〇九年）、一―二一頁。

第九章「ホーソンと追憶のなかのウルフ――『英国ノート』を通して」『英米文学と戦争の断層』関西大学出版部（二〇一一年）、七三―一一一頁。

解説

幸いなひと

橋本　安央

入子文子氏は、本書『複眼のホーソーン』の刊行準備を進めておられた際、冒頭に序文をおく構想を示されていたという。結果として、その原稿が執筆されることはなく、二〇二〇年三月二十九日、氏は天に召された。本書におけるこの空白は、白い空の向こうにおられる入子氏の、欠落という存在感の謂いであり、胸がつぶれる想いがする。学術的な次元において、入子氏のような高みにまで舞いあがり、本書の全体像を俯瞰することなど、地べたを這いつくばる他ないわたしにかなう業ではないのだが、遙か遠くに眺められる入子氏の学識に、少しでも近づくよう試みることで、序文の欠落を埋める（ことなどできない）解説に代えさせていただきたい。

氏はこれまでに数多の業績を活字にされてきたが、そのなかでも代表的といえる単行本を、まずは以下に挙げておきたい。

『ホーソーン・《緋文字》・タペストリー』（単著、南雲堂、二〇〇四年）

『アメリカの理想都市』(単著、関西大学出版部、二〇〇六年)
『視覚のアメリカン・ルネサンス』(武藤脩二氏との共編著、世界思想社、二〇〇六年)
『図像のちからと言葉のちから――イギリス・ルネッサンスとアメリカ・ルネッサンス』(藤田實氏との共編著、大阪大学出版会、二〇〇七年)
『独立の時代――アメリカ古典文学は語る』(林以知郎氏との共編著、世界思想社、二〇〇九年)
『英米文学と戦争の断層』(編著、関西大学出版部、二〇一一年)
『メランコリーの垂線――ホーソーンとメルヴィル』(単著、関西大学出版部、二〇一二年)
『水と光――アメリカの文学の原点を探る』(監修、開文社出版、二〇一三年)

最後の一点は、ご勤務先であった関西大学を定年でご退職される際に刊行された記念論文集であるため、多少毛並みが異なるが、こうした入子氏の研究史を大きくまとめるならば、ヨーロッパのルネサンス期における視覚表象が、十七世紀以降のニュー・イングランド文化の地下水脈に流れているさまを、十九世紀中葉のアメリカ・ルネサンス期を代表する古典作家ナサニエル・ホーソーンの文学作品から読み解くものであるといってよい。あるいはホーソーン的「ロマンス」の背景に大きく広がる、新プラトン主義的宇宙観、および四大元素、四体液学説といった世界観、人間観あるいは天才観、そうしたヨーロッパ・ルネサンス期の特性を、新旧の歴史主義による知見も適宜引きあわせつつ、視覚芸術の分析をつうじて明らかにせんとする、壮大かつ独創的な試みであるといってもよい。右の一覧に、英米にまたがる主題を扱うものが二点含まれる所以である。いずれの書物もホーソーン文学に描かれる、あるいは痕跡として間接的に描かれる、エンブレムや紋章、衣装、タペストリー、墓石、庭園、建築といったモノの背後に流れる文化史的含意を、微に入り細を穿ち精緻に読みとる営みであるという点で一貫している。氏がヨーロッパの精神史に通暁した、稀有なアメリカ文学者たる所以である。

三部構成の体裁をとる本書もまた、一連の氏の研究史のなかに位置づけられよう。第一部「〈処女作〉のめがね――『ブライズデイル・ロマンス』の複眼的想像力」は、批評史的には決して評価が高いとはいえない『ブライズデイル・ロマンス』の再評価に捧げられる。第二部「図像と言葉――ジャンルを貫く想像力」では、入子図像学の真骨頂が発揮され、『緋文字』や「痣」、『英国ノート』などがとりあげられる。さらにホーソーンの戦争観、および軍人観を、作者の詩学も踏まえつつ、米英仏を見据えて検証する論考が、第三部「追憶のなかの戦争――大西洋を貫く想像力」に収められている。そうしてホーソーン文学の「複眼」的な創作の在り方、読み方が、浮き彫りになる塩梅である。これらをつうじて、著者のホーソーン文学にたいする深い理解が伝わってくる。深い愛情がひしひしと伝わってくる。

『ブライズデイル・ロマンス』をめぐる第一部は、ふたつの章からなる。冒頭を飾る第一章「夢と崩壊の逆説――『ブライズデイル・ロマンス』論」から、読み手は入子ワールドに引きこまれることだろう。おそるおそる、わたしたちは先導者たる著者に導かれつつ、ヴェールに覆われた迷宮のごとき作品世界の内側を探索することになる。著者は観察者カヴァデイルの語りを相対化することで、読み手にたいし、作者による「視線」の扱いに注意を払うよう促しながら、カヴァデイルの内面が死から生に変遷してゆくさまを、名探偵さながらに読み解いてゆく。「死の雰囲気を生み出す、死への固定観念は、逆説的に生命への渇望を含む。語り手は幸せの源である新たな命を望み、そのために罪の償いのできる死を望んでいる」（二二頁）という慧眼が光る。

つづく第二章「語り手カヴァデイルの語りをめぐって」においても、同作品の語り手が議論の対象になる。「ロマンス」の語を表題にもつこの作品における語り手兼主人公は、まさしくホーソーン的な「ロマンス」の内側にあるのであって、ロマンスの中のひとがロマンスを語るというねじれた入れ子構造が指摘される。本章の読みどころは、物語における三つの語り、すなわちカヴァデイルの語りの内側に位置するゼノビアとムーディによる語りという、物語内物語の形式分析をつうじて、カヴァデイルの語りが祈る行為に接続されるところにある。これら三者に実存的危機という共通した文様を観る著者は、語る行為が断片化した自己を統合し、再生させる営みであることを指摘したうえで、そこに「祈り」と「救い」という宗教的概念を重ねあわせる。敬虔なカトリック教徒である入子氏ならではの、説得力のある議論である。カヴァデイルの生への志向という点では、前章と似たような結論に近づくのだが、まったく異なるアプローチを選択することで、作者の『ブライズデイル・ロマンス』における創作手法の多様性も浮かびあがる。本書の表題に「複眼」なる語が置かれる所以のひとつである。

第二部には、入子氏のお仕事の本丸ともいえる、図像解釈に焦点をあてた論考が並ぶ。第三章「"Tombstone"を特定する——『緋文字』覚え書き」および第四章「高貴なる針仕事——ヘスター・プリンの系譜」は、ホーソーンの代表作『緋文字』を分析する。初出の時期を踏まえるならば（それぞれ一九九〇年、一九九三年）、『ホーソーン・《緋文字》・タペストリー』の補遺的なものに加筆を施し、続篇と位置づけられたことが了解されよう。第三章は、『緋文字』巻末において触れられる墓石（"tombstone"）の形状を特定することを試みる。著者に拠れば、ホーソーンは「好古家」的ではなく、「考古学」的なひとである（六三頁）。だからこそ、"grave-stone"と"tombstone"は厳密に区別されねばならぬ。ヨーロッパの伝統にあって、前者には宗教的なエンブレムが彫りこまれるのにたいし、後者の彫刻は象徴図像をもたないか、装飾紋様があるとしても、ほぼ紋章でしかないという。かくて『緋文字』巻末に現れる"tombstone"は、「平型」であり、「その一部に「石版」がはめこまれ、「その石版に楯型紋章類似の彫刻」が表れている」（七一頁）との結論が導きだされる。それは高貴な身分にある者が埋められている証しなのだ、と。

こうしたヨーロッパ・ルネサンス文化史にたいする関心は、必然的に精緻な時代考証を要求することになる。たしかに第四章では、ヘスター・プリンの針仕事という高貴なる技が、ルネサンス期まで遡りつつ、十七世紀オールド・イングランドのコンテクストに位置づけられる。前章にて墓石分析をつうじて明らかにされたヘスターの高貴性が、ここにおいては刺繍の系譜学に連ねられる。それもまた、物語の「複眼」性であるのだろう。数多くの貴重な図版を引きあわせつつ、愛娘パールにまとわせる、ヘスター自作の装いが、宮廷仮面劇における妖精のそれに近接しゆくさまを論ずる手際は、圧巻ですらある。ヘスターにはこうした宮廷文化にかかわる資質や知識があるということだ。彼女の起源がそこにあるやもしれぬのだ。そうしてヘスターおよびパールが有する高貴な特質が、衣服や装飾品をつうじて『緋文字』に描かれていることを、緻密で地味で腰強な作業をつうじた精読に基づき、著者はすぐれて具体的に論証する。

この『緋文字』解読をうけ、第五章「小さな赤い手――〈あざ〉の図像学」では、短篇作品「痣」における新妻ジョージアナの、「小さな赤い手」のごとき〈あざ〉を、議論の俎上にのせる。ハーマン・メルヴィルの遺作『ビリー・バッド』およびロバート・バートンの『メランコリーの解剖』を補助線としつつ、原罪や擬似科学といった観点だけでは捉えきれない〈あざ〉の曖昧性に、本章もまたルネサンス期の図像をつうじて迫らんとする。それを紋章の両義性に求める手続きもまた、入子図像学におけるもうひとつの達成であろう。この議論の過程において、ルネサンス期に流行した、アリストテレスの古典的メランコリーおよび天才概念を踏まえ、ビリー・バッドに見られるヘレニズム的な吃音が、ジョージアナの〈あざ〉に相当するとの卓見も示される。

第六章「ホーソーンの〈みた〉二つのイングランド――蔦をめぐる瞑想」は、ここまで論じられてきた図像学的議論の補遺的なものである。ホーソーンが英国リヴァプールに領事として滞在していた際に執筆した『英国ノート』を読みこみながら、蔦をめぐるホーソーンの両眼に、かつて慣れ親しんだニュー・イングランドと、眼前にあるオールド・イングランドのふたつが映しだされる、「複眼」的な様子を仔細に検討したうえで、前者の野生的自然と対照的な、後者のピクチャレスクな自然の中に、作者が「優しさ」と「安らぎ」（二六一頁）を覚えるさまが、静かに、穏やかに、論じられる。

こうして本書は、作者の戦争観および軍人観をめぐる第三部にうつる。第七章「「ある鐘の伝記」を読む――ホーソーンにおける歴史と詩学の交錯」では、独立期アメリカの民主主義を体現する「鐘」を主人公とする短いスケッチ「ある鐘の伝記」をめぐり、語り手の振る舞いが検分される。語り手は「鐘」の来歴として、独立と民主主義体制の確立にかかわる歴史上の出来事を列挙するのだが、「鐘」にまつわるそうした語り手の言葉遣いのなかに、著者は揶揄や冷笑の響きを聴きとる。そもそもホーソーンにとって「スケッチ」とは、視覚芸術におけるそれと交換可能なものであり、それはすなわち「繊細な想像力の働きから生まれ、この世の現実性から粗雑さを取り払う」、「見る者の眼に天使的な霊性を与える」（一七三頁）類いのものである。そうして読み手の詩的想像力も喚起される。このような「スケッチ」の枠組みにおいて、語り手は史実にかかわる細部をことごとく曖昧にし、あるいは別のものに置き換える。叙事詩の形式も引きあいにだす。このような語り手の営みのなかに、著者はニュー・イングランドのピューリタニズムに内在する偏狭と偏頗にたいする批判、それを裏返したかたちでの、ヌーヴェル・フランスにおける「愛と一致と平和の原理」（一八三頁）に基づくカトリシズムへの共感、および現世において真の民主主義と平和が到来することを希む祈りの声を読みこんでいる。

ホーソーンの軍人観と詩学が交差する瞬間を捉えんとする第八章「ホーソーンの〈ジョージ・ワシントン〉――歴史と詩的想像力の交錯」は、さまざまな作品や書簡、創作ノートに書きこまれているジョージ・ワシントンをめぐり、作者が魅かれるワシントン像の本質を追跡する。ホーソーンにとってとりわけ重要であった文献として、著者はウィリアム・ダンラップの『アメリカ芸術発展史』、およびジェアード・スパークスの『ワシントンの生涯』に注目する。ホーソーンも含めたこれら三者のあいだには、史実を大切にしながらも、「詩的想像力を働かせ、逸話を繋いだ語りの形式をとる」（二〇二頁）という共通項があるからだ。そうして著者自身もこれら三者の芸術観を敷衍するかのごとく、「詩的想像力」を働かせながら、三者の相似と相違を具体的に検討する。その過程において、フランスの軍人詩人アルフレッド・ド・ヴィニー、およびヴィニーも言及する英国の軍人カスバート・コリングウッド男爵（ホレイショ・ネルソンの友人）の著作も参照する。かくて、スパークスがワシントンを「弱点のない理想的な」（二一一頁）人物として称讃するのとは異なり、ヴィニーが描くコリングウッド像に似て、ホーソーンはワシントンのなかに、深い悲哀を内面に湛えた、古典的メランコリーの資質を有する天才の姿を見たのだという。

最終章たる第九章「ホーソーンと追憶のなかのウルフ――『英国ノート』を通して」もまた、前章と同様、軍人の主題をめぐるものである。だがこのたびは、アメリカではなく、英国の軍人ジェイムズ・ウルフがとりあげられる。七年戦争（フレンチ・インディアン戦争）中、英国の勝利を決定づけた、一七五九年のエイブラハム平原での戦いにおいて、英国軍を率いて戦死したウルフの最期を、ホーソーンは『有名な昔の人々』において「栄光に満ちた死」と呼び、称讃する。それはどうしてなのだろう。フランス領ヌーヴェル・フランスの中心地ケベックを陥落させたこの戦い後、英国はモントリオールも攻略し、北アメリカにおける支配権をほぼ手中に収めることになる。この熱狂がアメリカ独立戦争に接続してゆくところは、多くの歴史書が告げるとおりだが、作者と著者は、このような大きな主題ではなく、ウルフ個人の姿を追いかける。かくて議論はスコットランド、カトリン湖の要塞をめぐる、『英国ノート』における一八五七年の「複眼」的記述に流れてゆく。ウォルター・スコットに誘われるかのように、彼の地を訪れた際、ホーソーンは一七四五年、ジャコバイトの反乱を鎮圧するためにそこに配属されたウルフの若かりし日々を想起する。そうして眼前にある要塞の廃墟という情景の向こう側に、十四年後のケベックの断崖を透かし見る。それほどまでに、ウルフを英雄視する一方で、ピーター・ウォレン、ホレイショ・ネルソンといった名士のことを、自己の名声に貪欲で、自己中心的であるとして、ホーソーンは評価しない。著者はこのようなホーソーンの価値判断を、蛾や衣服の修辞分析もおこないながら読み解いてゆく。革命や戦争に否定的であったとされるホーソーンが、英国の英雄的軍人に冷ややかな視線を送る一方で、特権的にウルフを讃え、幾度となくそれを綴った所以は、その真の英雄性ゆえのことであり、戦争に意味があるとするならば、そこにおいて「騎士道における理想的人間の、真の勇気」（二五一頁）が示されるからなのだ、と。この断案をもって、ホーソーンをめぐる環大西洋的な、すなわち「複眼」的な戦争論、軍人論が閉じられる。

これまでに刊行された書物と同様、いずれの章も、精読を基盤とし、そこにヨーロッパの精神史をめぐる緻密な調査と多読を掛けあわせ、詩的想像力をもってそれらを綜合する論考ばかりである。くわえて、著者の発する祈りの声が、ミサにおけるそれのごとく、静かに全編に響きわたっている。もはや本書の表題の由来を説明するまでもないだろう。それぞれの初出を眺めてみると、一九七九年に執筆された修士論文を皮切りに、一九八〇年代後半から九〇年代前半にかけての時期、および二〇〇〇年代に発表された原稿が基になっていることがわかる。実に幅広い期間にわたるのだが、こうして一読してみると、時間の経過や断絶を意識させられることがないという事実に驚かされる。涸びた感じがまったくしないのだ。むろん原稿を整理される過程で、手を入れられているというところはあるのだろうが、入子氏がすでに大学院生時代から、本書にあるようなホーソーン文学の読み方というか、アプローチの手法を、ある程度確立されてもいたのだろう（ちなみに修士論文の執筆段階にて、氏はすでに、ホーソーンとバートンの見えざる結ぼれにも想いを巡らせていたという［『メランコリーの垂線』v］）。それはすなわち、批評の流行とは関係のないところで、氏は研究者としての駆け出しの時期から、脱領域的な視点を獲得されていたということである。さらにいえば、ホーソーン文学を前にした際の、氏の読み方、論じ方そのものも、瑞々しさを喪わない本書の特性にかかわるように思われる。ニュー・イングランドのなかにヨーロッパ・ルネサンスの精神史という地下水脈を掘りあてる、すなわち細部に宿る神を読み解く際の、新批評的な精読に根差した身構えのことである。

南北戦争敗戦後のアメリカ南部に生まれ、一九三〇年代から五〇年代にかけて一世を風靡した新批評が、歴史や社会、政治に背を向け、作者までも排除して、文学作品の有機的統一に永遠を夢見る、きわめて歴史的な反歴史主義的立ち位置にあったことは、あらためて指摘するまでもない。だが、その興亡後もなお、作者を復権させたうえで、新批評的アプローチは生きている。いや、むしろ、一九六〇年代以降、現在に至るまで、さまざまな文学理論が立ち現れては消えてゆくさまが反復されるなかで、かつて歴史から遁走した新批評的アプローチは、その良質な成果は、それゆえに、時代の変化による影響をこうぶることがなかった。流行はかならず時代遅れになるという宿命に、翻弄されることもなかった。だからこそ、新批評的アプローチは、あるいは精読は、といってもよいのだが、時代がいかに変遷しようとも、瑞々しさを喪わない。入子氏はそこに脱領域的なヨーロッパ・ルネサンス文化史の視点を掛けあわせることで、さらなる高みに舞いあがることになったのであった。

　このような入子氏の批評スタイルの起源を探りあてるひとつの鍵が、修士論文を基にしたとされる第一章の、第一パラグラフにあるのではなかろうか。『ブライズデイル・ロマンス』の再評価を試みるこの章の冒頭にて、入子氏はハイアット・ワゴナーの『ホーソーン――批評的研究』（初版一九五五年）を批判的に参照している。ワゴナーにたいする言及は、他の章にも見受けられるのだが、数多の先行研究があるなかで、修士論文の冒頭において最初にとりあげられたこの書物は、氏にとって、おそらく特別なものであったことだろう。ご自身が物書きとして自立するために、最初に乗り越えるべき壁のひとつであったということである。ワゴナーのこの書物は、新批評的な精読を徹底したうえで、個別の作品分析にとどまらず、得られた知見の断片を有機的に綜合し、ホーソーン文学の全体像を論じきった稀有な傑作たりえている。入子氏は、おそらくこのスタイルに、よい意味で影響をうけている。そしてまた、それはきわめて高い壁でもある。学生時代、脱領域的な視点をもちつつ、入子氏は「複眼」的に、この先行研究を幾度となく読み耽ったのではなかろうか。そうしてそれを乗り越えんとして、格闘されたのではなかったか。

　それはすなわちワゴナーが、氏にとって、重要な〈師〉のひとりであったということである。むろん、ご本人に訊ねることがかなうならば、氏は他にもさまざまな〈師〉のお名前を挙げられることだろう。だが、いずれにせよ、そのような、目指し、乗り越えるべきおのれの〈師〉をもちえたという意味で、入子氏は幸いであった。遙かなる高みにある〈師〉を見あげることで、そこに辿りつき、その向こう側に突き抜けなければならぬと想えるからこそ、みずからも高みに舞いあがろうとする。その営みが幸いなのだ。この意味で、生身の入子氏を〈師〉にもちえた、教え子の方々も幸いである。そしてまた、本書をはじめとする一連の氏の書物に触れることができる、未来の若きホーソニアンも幸いである。

　わたしはいま、入子文子氏がこの妄言をお聞きになっても、ニコリと微笑んでお赦しくださるような気がしている。そうして氏がおられる白い空を見あげている。地べたから、神戸の空を、見あげている。

あとがき

『緋文字』第十二章の天翔ける流星が神意であるならば、入子文子先生の訃報に接した時、私の心に映じた巨星墜つの光景もまた定めなのであろうか。神意と言うにはあまりに残酷で、暫しの間、私は運命の過酷さをひしひしと痛感していた。そうした想いに浸っていた数日後、入子先生が単著に纏めようとしていた遺稿が存在することを知った。実のところ、数年前に図書出版の計画をご本人から伺ったことはあったが、どの段階まで計画が進んでいるのかは知らなかった。しかし、小鳥遊書房から「序章」と「終章」にあたる書下ろし部分は存在しないが、本体に相当する原稿は存在し、なお目次も出来上がっているとの報告を受けた。入子先生の論考の一つに「ヘスターとともに墓に眠るのは誰か」（『週刊朝日百科　世界の文学』朝日新聞社、二〇〇〇年）があり、『緋文字』論にて墓を巡る文学的想像力を駆使されたが、いま墓標の下で単著が世に出ないままの先生の胸中を察すると、その無念たるや如何ばかりであろう。入子先生に公私にわたりお世話になった身としては、この話を捨ておけず、先生恩顧の方々にお声がけをし、出版計画の途に就いたわけである。

とは申せ、一冊の分量の編集ともなるとなかなかの仕事である。中身は既出原稿が占めるが、それぞれが独立した論文で、異なった執筆要領に基づいて執筆されており、発表年代にも幅があるがゆえにＭＬＡの引用書式も異なり、なおかつ各論文で重複する内容もある。これらの問題に対し、入子先生の意思を尊重しながら、図書全体の統一性・

一貫性をいかに担保するかということが重要であった。遺稿に基づき、可能な範囲で著者のご意向を推測しつつ校正作業を進めたが、一部に形式上の不統一が残っている。本書の出版経緯に鑑みて、読者諸賢のご寛恕を請う次第である。

もう一つの課題が入子先生の著作全体の学問的位置づけを行なう「解説」の執筆であった。図像、紋章やメランコリーといったキーワードが、各章に跨って「蔦」のごとく複雑に絡み合い、織りなされた入子学とも言うべきテクストを紐解き、先行／後行研究の中に落とし込む作業が必要であった。その任を誰にお願いするかという問題があったが、関西学院大学の橋本安央先生にお願いをした。

話しは少し脱線するが、それには次のような事情があった。入子先生に最後にお目にかかったのは、日本アメリカ文学会関西支部第六三回大会の時であった。支部シンポジウムの講師の一人として登壇された入子先生はホーソーンの処女作『ファンショー』論を氏のキーワードの一つであるメランコリーの観点から論じられ、その後の懇親会にも積極的にご出席された。その三か月余り後に逝去の報に接したが、最期まで現役の研究者として聴衆を前に壇上にてホーソーン論を展開されたことは、ある意味、研究者冥利に尽きる幕引きだったのかもしれない。そして、その舞台に共に立っていたのが、シンポジウムの司会かつ講師であった橋本先生であった。そこに私は入子先生との縁を感じ、その想いを橋本先生も共有してくださったのだろうか、「解説」執筆のお願いを無理を承知でお願いしたところ、快諾してくださった。本書の概要ならびにその客観的評価についてはその「解説」にて語られており、この場にて申すことはない。が、文学研究者の端くれとして、本書を通読するに、生前入子先生が語っていた「テクストが絶対で、自分は文学理論を意識して論文を書いているのではない」という言葉がフラッシュバックしてくる。入子先生の論考をあえて既存の学問的枠組みに当て嵌めれば、その多くは新歴史主義やトランス・アトランティック研究に位置づけられるであろうが、入子先生はあくまでテクスト読解を絶対条件とし、テクストが内包する読みの可能性を探求した。その結果、たとえば、日本においてトランス・アトランティック研究が声高に叫ばれる前から、期せずして、先端的な研究を行なっていたわけである。第四章の「高貴なる針仕事――ヘスター・プリンの系譜」はその好例と言えよう。ヘスターの並外れた針仕事の技巧やその技巧習得の過程を、十七世紀にイギリスで流行した豪華な「レイズド・ワーク」と関連づけ、ヘスターをスコットランドのメアリー女王を筆頭とする「高貴なる刺繍家」の系譜に位置づける入子氏の探求の糸は、大西洋に跨る壮大なるテクストを紡ぎ出している。日本においても二〇〇〇年代以降、ポール・ジャイルズらが持て囃され、今日ではトランス・アトランティック研究も定着しているが、この刺繍論は一九九三年に日本英文学会全国大会で口頭発表された原稿を基にしており、そこに入子氏の、時代を読む直観力や文学的な先見性を見て取ることが出来よう。ご本人はそれに対して「案外勘がいいのよ」と本音とも冗談ともつかぬ言葉を語っていたことが思い出されるが、その「勘」も当然ながら長年の学問的積み重ねから醸成されたものであることは論を俟たない。

もう一つ、入子先生の発言で今でも心に残っているのは、「常識を疑え」という言葉である。「定説は定説でない」という文言も何度か耳にした記憶があるが、その姿勢は本書第三部の戦争を巡る偉人たちの評価にも表れていよう。第八章の「ホーソーンの〈ジョージ・ワシントン〉」では高貴なメランコリーの気質をもった、欠陥のある人間としてのワシントン像を炙り出している。第九章の「ホーソーンと追憶のなかのウルフ」では、イギリスで英雄視されないジェイムズ・ウルフを自己犠牲の精神を有し、国家・国民に奉仕した軍人と位置づける一方、現在もイギリス一の英雄と言えるネルソン提督の「深刻な弱さ」と詩人的情熱を見出し、この傑物が私生児まで設けた姦通の事実と『緋文字』を結びつけ、ネルソンを英雄視しない姿には、ホーソーンならびにそれを汲み取る入子先生の定説を疑う態度が如実に表れている。ワシントン、ウルフ、ネルソンらを歴史の偉人として定着させるのでなく、一個の人間としての彼らの本性を暴き出し、その上で、定説の枠に幽閉された歴史的人物を固定化という頸木から解き放つ眼差しには、ホーソーンの、そして入子先生の定説に惑わされない「複眼的な」眼差しが反映されている。それゆえ、読了後に、ホーソーンと入子先生の姿が重なり合う共振的感覚を覚えるのは単なる私の妄想であろうか。

研究者としての入子先生については、これ以上くどくど言葉を重ねずとも、本書を通読していただくことが何よりの証左となるであろうが、「複眼的」見地とまでは言わないまでも、入子先生の人となりを知るうえで、教育者としての側面にも少し触れておきたい。入子先生は関西大学を定年退職後も非常勤の研究員として在籍され、ホーソーンの読書会を定期的に開催し、テクストの一字一句に至る解釈に拘り、「テクストが絶対」という精神を後進に植え付けていった。夏季休暇には大学所有のセミナーハウスにて読書会の合宿を行ない、他大学の先生も参加されることがあった。その読書会の成果が、第七号まで刊行された会誌『ホーソーン研究』であり、読書会のメンバーたちが自分の学習の成果を見せる場として、大いに利用していた。私は主に査読者としてその雑誌に係わったが、院生や卒業生の論考のレベルが年々上がっていくのを眼にし、読書会の成果が着実に現れていったことを実感したものである。入子先生はその会誌を連続採択されていた科研費の助成によって刊行されていたが、その事実は先生が最期まで第一線の研究者であったことと同時に、後進育成に心を砕いていたことの証と言えよう。

これ以上私が申し上げる必要はないが、最後に本書出版にご協力いただいた先生方をご紹介しておきたい。「解説」のみならず校正もお手伝いしていただいた橋本先生や、読書会のメンバーにして、入子先生の最後の弟子とも言える植村真未先生、また、読書会の中心的メンバーであり、『ホーソーン研究』の編集担当であった山本茂一氏には懇切丁寧に校正作業を行なっていただいた。そして何より、入子先生の遺稿を出版しようとご提案され、本来の出版時期から大幅に遅れたにもかかわらず、温かく見守り、かつ適切なアドバイスを頂いた小鳥遊書房の高梨治様の存在なくしては本書刊行は到底成し得なかった。この場をお借りして、厚く御礼申し上げたい。

中村善雄

出版元からの付記

解説とあとがきを寄せていただきましたので、さらに屋上屋を重ねてしまうだけですが、版元の立場から、ほんの少しだけ、本書成立に関する覚え書きを残すことをお許しください。

日本英文学会や日本アメリカ文学会の全国大会の折などで顔を合わせるたびに、私は入子文子先生からいつか出したい研究書があるとお話を聞かせてもらっていました。ホーソーンをカトリシズムとの観点から読み直すと、これまでとまったく異なるホーソーン像が見えるはずだと目をキラキラと輝かせて話されていました。とくに、オックスフォード運動の立役者、ジョン・ヘンリー・ニューマンとホーソーンを関連づけて研究を進め、我が国のニューマン研究の権威であった巽豊彦先生の著作などにも関心を寄せていました。そして、「まだ、誰にも言わないでよ。こっそりと進めてみんなをびっくりさせたいの」と、楽しそうに笑っていました。

研究の一端は、二〇一七年一月十七日、慶應義塾大学での特別講演「ホーソーン『緋文字』研究の新展開――バーコヴィッチを超えて」などで開示されました。講演の企画者である巽孝之先生による「入子文子教授の新展開――またはホーソーンとニューマンを合わせ読む面白さ」は巽ゼミが公開している「文学者名鑑」ともいうべき「Panic Literati」に寄せられた文章ですが、その文末にも「入子文子先生は今回のご講演をいずれ一冊の単著にまとめられると聞く。鶴首してお待ち申し上げる次第である。」と書かれています。まさに、その単著こそが、入子文子先生が私にいつか出したいとおっしゃっていたものだったのです。

一方、これまでさまざまな媒体に寄稿していたホーソーン論も一冊にまとめておいた方が良いと、『ホーソーン・《緋文字》・タペストリー』などを担当された南雲堂の名編集者・原信雄氏からのアドバイスを受けた入子先生は、収録予定の論文のコピーと目次案を作成し、原氏に送付していました。そう、本書はもともと、南雲堂から刊行される予定だったのです。ところが、二〇一八年十月十三日に原氏の急逝を受け、企画は宙に浮いてしまいました。

それから一年余り経った二〇一九年十二月十四日、龍谷大学で開催された日本アメリカ文学会関西支部第六三回大会の折、東京から発表を拝聴しに行った私に、入子先生は改めて、書き下ろし予定の単著はもう少し時間がかかるので、まずは進行が止まってしまった書籍を形にしてもらえないだろうかとおっしゃりました。こうして私は、原氏よりバトンを受ける形で本書の元となるコピーの束を南雲堂編集部より受け取ったのです。

入子先生としては古い原稿もあるし書式も不統一なため加筆修正を加えたいとおっしゃり、私が原稿をテキストデータ化していき、一章ずつメールでお送りし、それに手を加えていただくやり方を取りました。ところが、一章目のチェックを進めていたあたりで、入子先生の突然のご逝去の報を、やりとりをしていたメールにてご遺族から知らされたのです。

著者が不在となってしまった書籍をどうすればよいのか、しばらく何も手につかずにいたところ、弊社から出す予定で進行中だった本書の存在を知った中村善雄先生からお声がけをいただきました。原稿と目次案があるのであれば、ぜひ、入子先生のためにも形にしてあげたいと。ご遺族の方と連絡を取り合い、止まっていた時が再び動き出しました。その後のやりとり、そして、校正をお引き受け頂きました先生方のご負担は、中村先生のあとがきをお読みいただければ伝わるかと思いますが、ご多忙のなか、ホーソーンの書誌情報の整理にはじまり作品名、人物名のチェックに至るまで、中村善雄先生、橋本安央先生、山本茂一様、植村真未先生のご尽力がなければ本書を世に送り出すことはできませんでした。改めてお礼を申し上げます。

そして、入子輝夫様はじめご遺族の方々には、出版元の私の段取りの悪さから、一周忌に間に合わせることができず、二年遅れとなってしまい、お待たせしてしまったこと、心よりお詫び申し上げます。

生前、最後にお目にかかった学会後の懇親会の場で、目を細めて微笑まれながら「研究ね、いくつになっても、本当にたのしくってしょうがないのよっ」とおっしゃっていた入子先生を、いまでも思い浮かべます。先生がこの世で研究を真剣に楽しんでいた証として、本書『複眼のホーソーン』が書籍という形になりました。一人でも多くの方に読まれることを祈念して止みません。

入子先生、本書の次に予定していたホーソーン論は、今頃、天国でご執筆中でしょうか。いくつになられても研究を心から楽しまれていた先生が書かれているのですから、きっといい本になると思います。

小鳥遊書房　高梨　治

索引

おもな人名、作品を五十音順に記した。
作品は作家ごとにまとめてある。
＊「ホーソーン、ナサニエル」はほぼどの頁にも頻出するため、頁数を割愛。

【ア行】

アーヴィング、ワシントン　62, 200
アウグスティヌス　35
　『告白』　35
アーノルド、ベネディクト　247
アリエス、フィリップ　62
アリストテレス　129-131, 135, 192, 263
　『問題集』　129
アール、A・M　76, 82, 94
アルセガ、ファン・デ　92-93
　『仕立屋のパターン・ブック』　92-93
アルチャーティ、アンドレア　155-156
　『エンブレム集』　155
アレン、ザカライア　145, 231
　『有用なる旅人』　145
アンドレ、ジョン（少佐）　154, 247-248
イェリン、ジーン・フェイガン　76
ウィーヴァ、ジョン　67
　『昔の埋葬記念物』　67
ウィップル、E・P　11, 26
ウィナプル、ブレンダ　210
ウエスト、ベンジャミン　225, 229
ウェルボーン、グレイス・P　76
ウォード、ナサニエル　82
　『アメリカのアガワムの素朴な靴直し』　81
ウォルポール、ホレス　150-151, 202
ウォレン、オースティン　124

ウオレン、サー・ピーター　265
ウルフ、ジェイムズ　225-240, 243-244, 248-249, 251, 265, 271
エムプソン、ウィリアム　21
エリオット、T・S　17, 20
エリオット、ロバート・C　11
エリス、ジョゼフ　200

【カ行】

クロムウェル、オリヴァー　77
ケッセルリング、マリオン・L　36, 62, 79, 81, 114, 139, 145, 181, 201, 216, 231, 240
　『ホーソーンの読書』　62, 79, 139, 145, 201, 216
ゴーディー、ルイス　80-81
　『ゴーディーズ・レディース・ブック』　80-81
　『ヤング・ピープルズ・ブック』　81

【サ行】

サウジー、ロバート　227, 248
　『ネルソン伝』　227
シーウォル、サミュエル　62
シェイクスピア、ウィリアム　107, 118, 150, 242, 245
　『アントニーとクレオパトラ』　99, 107
　『ハムレット』　99
　『ヘンリー六世』　150
　『マクベス』　137
ジェファスン、トマス　200, 209
ジョーンズ、イニゴー　103-108, 111
　『クロリスの仮面劇』　103
シンプソン、クロード・M　59
スコット、サー・ウォルター　23, 62, 216, 265
ストウア、テイラー　126
ストラット、ジョセフ　79, 81, 98-99, 112
　『イングランドの人々の衣装と慣習』　98
ストロング、ロイ　110-112, 117
スパークス、ジェアード　199, 201, 205-207, 209-214, 219, 264
　『アメリカ人列伝』　205

『ワシントンの生涯』 201, 206-207, 209, 264
『ワシントン著作集』 201, 205-206, 209
スペンサー、エドモンド 12, 20, 36, 140
『羊飼の暦』 12

【タ行】

ダイキンク、エヴァート・A 81, 171
ダニエル、サミュエル 106
『テティスの祝祭、または女王のお目覚め』 106, 108
ダンテ 35
『神曲』 35
ダンラップ、ウィリアム 201-205, 240, 264
『アメリカ芸術発展史』 201, 264
チェイス、リチャード 40
チャーヴァット、ウィリアム 36
テイラー、ジョン 86-88, 90-91, 115
「縫い針の賛歌」 86, 115
ディリンガム、ウィリアム・B 127
デューラー、アルブレヒト 131-132
トムキンズ、ジェイン・P 172
『煽情の構図』 172

【ナ行】

ニューベリー、フレデリック 76, 78, 201
ニューマン、リー 172, 193
ネルソン、ホレイショ 216, 226, 242-246, 248-249, 251, 264-265, 271

【ハ行】

パイク、ウィリアム・B 11
バーク、ジョン 138
『紋章百科』 138
パークマン、フランシス 184, 228
『北アメリカにおけるフランスとイギリス』 185
『モンカルムとウルフ』 22

ハチンソン、トマス　181-182, 188, 234
『マサチューセッツ湾植民地の歴史』　181
バートン、ロバート　35, 129, 133-136, 141, 162, 263, 266
『メランコリーの解剖』　35, 129, 133, 263
バヌア、レイモンド　77
ハミルトン、トマス（大佐）　236
『アメリカの軍人と風俗習慣』　236
『ピーター・パーレー世界誌』　207, 239
ハワード、デイヴィッド　40
『パンチ』　79
ビューリー、マリウス　24
フィック、レナード・J　125
フィチーノ、マルシリオ　130
フォールサム、ジェイムズ・K　39
ブライアント、ウィリアム・カレン　62
ブラウン、チャールズ・ブロックデン　62
フランクリン、ベンジャミン　35
『自伝』　35
プランシェ、J・R　79
ブリッジ、ホレイショ　38
ベル、マイケル・D　39
ポー、エドガー・アラン　62, 172
ホーソーン、ナサニエル＊
「痣」　123-125, 127, 133, 137, 140, 213, 261, 263
『アメリカン・ノートブックス』　22, 59, 62-65, 68, 78, 82, 133, 249
『アメリカ有用娯楽教養雑誌』　176, 201, 205, 228-229, 235
「ある鐘の伝記」（「鐘の伝記」）　167, 170-172, 175-182, 184-194, 201, 263
「ある孤独な男の日記より」　35, 52
『イタリアン・ノートブックス』　159, 201
『ウィンスロップの日誌』　62
『英国ノート』　145-147, 149, 154, 201, 226, 229, 231-233, 235, 238
「人面の大岩」　37, 152, 170, 249
「大通り」　37, 81
『おじいさんの椅子』　181, 204, 230
『おじいさんの椅子の全歴史』　78
『グリムショウ』　64-65, 68
「金剛石の男」　213

「サー・ウィリアム・ペパレル」 228, 241
『七破風の館』 19, 137, 154, 162, 192
「人生の行列」 81
『セプティマス・フェルトン』 201
「善人の奇跡」 29, 215
『大理石の牧神』 41, 60, 63, 78, 117, 137, 172-175
「地球の大燔祭」 249
「チャントリーのワシントン」 201, 203
「伝記的スケッチ」 228
『伝記物語』 229
『ドリヴァー・ロマンス』 65, 153
『トワイス・トールド・テイルズ』 172
「鑿で彫る」 63, 65
「ハイデガー博士の実験」 154
「ハウの仮面舞踏会」 201
「墓へ行け」 63
「墓と亡霊たち」 63, 68
『緋文字』 24-26, 37, 49, 59-61, 64, 70, 75-83, 86-89, 93, 97, 99-100, 102-105, 109, 111, 114, 117, 133, 147-148, 154, 156, 243, 245, 252, 261-263, 269, 271
『ファンショー』 151, 171, 270
『ブライズデイル・ロマンス』 11-12, 19-20, 31, 35, 37, 39, 81, 156, 160, 249, 261-162
『有名な昔の人々』 229, 265
『雪人形』(「雪人形」) 20, 37-38, 40
『リバティー・トゥリー』 201, 204-205, 207, 209
「ロジャー・マルヴィンの埋葬」 66, 69
「若いグッドマン・ブラウン」 19
『われらが祖国』 246
ホームズ、オリヴァー・テイラー 126
ボーナム、ヒルダ・M 75-76

【マ行】

マザー、コットン 62
マーシャル、フレンセス 79
ミラー、エドウィン・ハヴィランド 59
ムア、トマス・R 171-172, 194
メアリー女王(スコットランド) 85, 90-91, 113-114, 271

メランヒトン、フィリップ　132
メルヴィル、ハーマン　35, 62, 127-133, 162, 191, 244
　『白鯨』　35, 191
　『ビリー・バッド』　127, 263
モーガン、エレン・E　26, 32
モンテーニュ　35
　『随想録』　35

【ラ行】

ライスキャンプ、チャールズ　76
リーヴィ、サンティナ・M　100
　『エリザベス朝の遺産』　100
リーパ、チェーザレ　155, 158
　『イコノロジー』　155
ルードウィク、アラン・I　63
　『彫られた図像』　63
レヴィン、ハリー　63, 127
レノルズ、デイヴィッド・S　76, 81-82

【ワ行】

ワゴナー、ハイアット・H　11, 24, 32, 172, 267
ワシントン、ジョージ　80, 178, 194, 199-207, 209-217, 219-221, 226, 243, 247-248, 251, 253, 264, 271

【著者】

入子 文子

（いりこ　ふみこ）

1942 年岡山県出身。アメリカ文学者。ナサニエル・ホーソーンを専門にした。
1965 年お茶の水女子大学文教育学部（英文学・英語学専攻）卒業。
竹中工務店大阪本店を経て、家庭に入る。1979 年甲南大学大学院文学研究科修士課程修了。
神戸常盤短期大学専任講師、神戸海星女子学院大学教授を経て、1996 年関西大学文学部教授、2013 年定年退職。最終講義は「彗星と流星――ホーソーンの星の再考」(2013 年 1 月 15 日)。
2005 年『ホーソーン・《緋文字》・タペストリー』で博士号（人文科学、お茶の水女子大学)。
2020 年 3 月 29 日逝去。

主要業績

【単著】
『ホーソーン・《緋文字》・タペストリー』（南雲堂、2004 年）
『アメリカの理想都市』（関西大学出版部、2006 年）
『メランコリーの垂線――ホーソーンとメルヴィル』（関西大学出版部、2012 年）

【編著・監修】
『視覚のアメリカン・ルネサンス』（武藤脩二氏と共編著、世界思想社、2006 年）
『図像のちからと言葉のちから――イギリス・ルネッサンスとアメリカ・ルネッサンス』（藤田實氏と共編著、大阪大学出版会、2007 年）
『独立の時代――アメリカ古典文学は語る』（林以知郎氏と共編著、世界思想社、2009 年）
『英米文学と戦争の断層』（編著、関西大学出版部、2011 年）
『水と光――アメリカの文学の原点を探る』（谷口義朗氏監修、中村善雄氏編、開文社出版、2013 年）

【共著】
『アメリカ文学における夢と崩壊』（井上博嗣氏編、創元社、1988 年）
『英語・英米文学研究の新潮流』（『英語・英米文学研究の新潮流』刊行委員会編、金星堂、1992 年）
『アメリカを読む』（藤田実氏、若田恭二氏、加勢田博氏、植条則夫氏、白木万博氏と共著、大修館書店、1998 年）
『女というイデオロギー――アメリカ文学を検証する』（海老根静江氏、竹村和子氏編著、南雲堂、1999 年）
『緋文字の断層』（斎藤忠利氏編、開文社出版、2001 年）
『メディアと文学が表象するアメリカ』（山下昇氏編著、英宝社、2009 年）ほか多数

複眼《ふくがん》のホーソーン

2022年3月29日　第1刷発行

【著者】
入子文子

発行者 : 高梨 治
発行所：株式会社**小鳥遊《たかなし》書房**
〒102-0071　東京都千代田区富士見 1-7-6-5F
電話 03-6265- 4910（代表）／FAX 03 -6265- 4902
https://www.tkns-shobou.co.jp

装幀　ミヤハラデザイン／宮原雄太
印刷・製本　モリモト印刷株式会社

ISBN978-4-909812-85-8　C0098